幼狮文艺

人世间，无论路途多么坎坷
让阳光照进生命的心窗
撑起一片璀璨星空，去迎接人间
最美好的明天……

伫立窗前，汪佳伦思绪翻飞：饥寒苦涩的童年，痛楚辛酸的少年，求索拼搏的青春，一幕幕过往就像放电影一样渐次入怀，感到快慰的是，自己总能保持热爱、良善与希望……

汪选龙 著

丹心向阳

中国青年出版社

作者简介

汪选龙，1963年2月生于湖北省襄阳市，博士，副研究员，湖北省作家协会会员。历任中等师范学校教师，县委办公室秘书科科长兼县委书记秘书等，市级报社社长兼总编辑，国有集团公司总裁等。35岁辞职下海，任湖北某集团公司董事局主席。系襄阳市第十一、十二届政协委员、常委兼经济委员会副主任，北京大学襄阳校友会会长，襄阳市文艺评论家协会名誉主席等。著有报告文学集《楚国的一朵白牡丹》（新华出版社，1990年），诗词集《心韵》（海天出版社，2013年）等。

目录

第一章 · 苦涩童年　　001

第二章 · 涉世之初　　023

第三章 · 跳出农门　　049

第四章 · 大学时代　　067

第五章 · 秘书生涯　　087

第六章 · 触底反弹　　133

第七章 · 扑向大海　　165

第八章 · "地震"余波　　227

第九章 · 铁肩担当　　255

第十章 · 向阳花开　　299

星星是月亮嚼碎了变的，
一颗星星就是世间的一个人。

尘世间的芸芸众生，需要多少血泪和苦难浸泡，
才能孕育出与星河一样炫彩的银辉和耀眼的光芒？

人生在世，无论路途多么坎坷崎岖，
必须让金灿灿的阳光照进如诗如画的生命心窗，
撑起一片璀璨星空，方可于叹惋中日转星移又一春，
去迎接人间最美四月天。

如果说月亮能够发光，那是因为有了太阳的缘故。
太阳照耀大千世界，何曾有一物回馈？
但太阳依然像完成自己使命一样，每天照常从东方升起，
赋万物以生机，给世界以光明……

第一章 苦涩童年

第一章 苦涩童年

一九六三年阴历二月初二，春姑娘刚刚睁开眼，人畜抢夺着粮草。江北省向阳县津门公社浩然乡蔡营二社六队汪家哨子上，一座墙壁斑驳的两层破旧木制楼房内，汪宏文的长孙在母腹中经过四个多小时拳打脚踢突围，因着接生婆煤油灯火苗熏烤刀剪后的助力，一声清亮的啼哭，心急火燎地初来人间。喜迎新生命的一家人，禁不住流泪、呼喊、欢歌……

婴儿母亲唐英姿，曾是大户人家的宝贝疙瘩。她放弃进入江北省立师范学校读书的机会，遵循父母指腹为婚的诺言，刚刚跨入二十岁门槛，便与同年同月生的汪宏文长子汪必然结婚，成为一贫如洗但书香满屋的村妇。蔡营的人都说，汪家哨子上祖坟冒的烟都是文化味道，汪宏文家娶了个排场儿媳妇。

唐英姿营养不良，一直没有奶水，婴儿饿得哇哇直叫，哭闹不止。婴儿哭，大人也急得跟着哭。

"肉连肉，疼不够。"四十一岁的奶奶刘太秀，看到孙儿哭得可怜巴巴的，心疼极了。她将自己的奶头塞进孙儿嘴里，孙儿含着奶头，边哭边拼命吮吸，硬生生吸出了血水，不久竟出现了奶水。

这真是个奇迹。

唐英姿没有奶水，孩子也就一直吃奶奶的奶水到六岁，跟着奶奶爷爷睡。

蔡营坐落在三千里汉江中游南岸，因东汉末年荆州牧刘表的水军大将蔡瑁在此安营扎寨、训练水军而得名。波光粼粼的汉江水，从蔡营的北边改变了江水铁打的方向，由东向西拐了一个大大问号似的弯儿，安宁而沉静。

　　走千走万，不如汉江两岸。远山如黛，近水微澜，帆影点点，炊烟袅袅，渔舟唱晚。这醉人的景色，传递着纯正、泥土、温暖的乡情密码，感受着平静中雄浑磅礴的力量。

　　蔡营人多地少，共有一社和二社两个大队，十二个生产队，是一个五千多人的大营盘。这里有一个远近闻名的用砖头瓦块青石板铺就的日日集——"露水集"，天不亮开市至露水干罢市。时间虽短，但世代务农的泥腿子早上做罢生意，再下地干活。就这样世代农耕，秋种夏收，春种秋收。闲时楫舟捕鱼，亦农亦商，农商互补。

　　蔡营所在的向阳城，乃天下之腰膂也。有着两千八百多年的建城史，是一个临江向阳、浸润在古诗词里的历史文化名城。它像一尊从容淡定的大儒，用诗书画美景娓娓讲述着自己的历史。这里物华天宝，人杰地灵，养育了千古贤相诸葛亮，东汉名士庞德公，唐代大诗人孟浩然、张继、皮日休，北宋著名书画家米芾等一众名人。

　　汪宏文秉持读书人的书卷气和情怀，深深影响了整个家族。他说，汪家老祖宗是从安徽逃荒到蔡营的。汪宏文的爷爷叫汪学华，养育了汪光引、汪光领、汪光知、汪光会四个儿子。其中，汪光会是汪宏文的父亲。汪学华去世前交代，蔡营汪姓人家族谱字辈排序依次为上、青、如、学、光、大、必、选、中、地、克、昌、治、国、安、帮……汪家在自己田地里挖沟，捡到了十根金条和一个金犁头，一夜之间发财了，置办了良田，盖起了四栋八个头的大宅，四个儿子一家一栋。

汪光会养育了汪宏文等三个儿子。生于一九二二年阴历五月初五的汪宏文，排行老二，五岁就被送到当地私塾上学，学习四书五经。他天资聪颖，博闻强识，饱读诗书，胸有丘壑，一直读到向宜县立高级中学。

一九三九年，汪宏文十七岁，与同是十七岁，地处中州望族的刘家、"十指不沾阳春水"的书香小姐刘太秀结婚。先后养育了四个儿子，这是后话。

也就是这一年，汪宏文考上了楚天大学，开学前被强行征召给向宜县政府领导当秘书，几年之内阴差阳错当上了县长。一九四八年九月，汪宏文手拿一本德国军事理论家克劳塞维茨的《战争论》，辞去县长职务，并把自己的钱财用马车拉着全部给了共产党。回到蔡营，他把家中祖产包括粮行、牲畜行、田地等也全部给交了。

解放后划成分，汪家划为中农，但被列入监管对象，成为划入另册的"边角料"。人世间准备好了的贫困、残疾、死亡、冷漠与悲苦，像黑夜的帮凶，向他袭来——

汪宏文的兄长因家中仅有的一袋口粮，被以莫须有的罪名没收而含恨悬梁自尽。弟弟为活命被迫远走他乡，投亲靠友，艰难度日。一九五八年，一九六一年，父母都是在七十三岁于饥饿疾病中死去。二儿子五岁时发高烧，村医打针用药太重，药物中毒，不发烧，却智障了。大儿子汪必然考上高中，却因汪宏文的身份问题，政审不合格，并且不准参军、入党，不准当村干部，不准参加工作队。三儿子的遭遇更是闻者伤心流泪。他改名换姓，被送给汪宏文原来的秘书当儿子，后来考上了北京的大学。"文化大革命"期间，被揭发是伪县长的儿子，双腿被打断。柔媚刚烈的大学同学女友偷偷将他抬上火车运回老家蔡营，捡回了一条命。他瘫痪在床，穷得连老鼠都想搬家，七年后病死。这在汪宏文内心深深划开了一道渗血口子，成了他心头一道难以愈合的伤疤。一九五九年，唯一的女儿刚出生也夭折了。

现实世界再破破烂烂，还是得缝缝补补，将将就就过下去。命运的大手越是用力，汪宏文就越是咬紧牙关，挺直累弯了的脊梁。

长孙出生那天，打饥荒的破户汪家已经揭不开锅。第二天天刚亮，汪必然就到二十公里外的外爷（外公）外婆家报喜。下午回来时，挑回了外爷外婆几大家子凑的一百斤大米和六只老母鸡，这才解了燃眉之急。

外爷也是个识文断字喝墨水的人，他名叫唐积发，曾独自一人赤手空拳打死过金钱豹，身高一米八五，上过《向阳报》，号称"打豹英雄"。他提议孩子的乳名就叫龙娃儿，因为是"二月二，龙抬头"出生的。

汪宏文早已为孙子起好了大名：汪佳伦。

骨子里浸润着书香风雅的汪宏文认为，自从盘古开天地，三皇五帝到如今，中国姓汪的，他最佩服的是一千二百多年前唐朝的汪伦。汪伦虽和自己一样只当了个县令，但文采斐然，且为人厚道，乐施好善。大诗人李白都为他写下了千古名篇《赠汪伦》："李白乘舟将欲行，忽闻岸上踏歌声。桃花潭水深千尺，不及汪伦送我情。"

汪伦也由此名垂青史。

汪宏文希望孙子做一个像汪伦一样的人。

满月时，家人抱着佳伦一起去外爷外婆家认门。到了外爷外婆家门前，外爷外婆和舅妈先把佳伦放到牛槽里连滚三遍，说是希望今后能到朝廷里去"当差"。进屋后，外婆拿出专门请工匠精心打造的纯银百人百岁胸牌项圈，由外爷戴在佳伦脖子上。项圈上一根银链子坠上一个栩栩如生的百岁图像胸牌，漂亮极了。外爷将百岁纯银项圈给佳伦戴好后，佳伦像迎接美丽食物的小鸟一样，冲着外爷张开小嘴一笑，惹得外爷回味了好几个月。

一周岁"抓周"，家人在佳伦面前摆了铜钱、小算盘珠、小碗小筷和一支钢笔。佳伦一把抓起钢笔，紧紧不放。爷爷一见，乐不可支，连声说道："我孙子将来要吃笔杆子这碗饭。看来给他起名汪佳伦，让他向汪伦学习没错，希望他今后既能入仕，又能比汪伦做得更好！"

佳伦三岁时，一场史无前例的政治风暴来了。蔡营分成"农民赤卫队"（简称"农赤"）和"红色联合总司令部"（简称"红联总"）两派，双方动刀动枪，死伤了好几个人。

汪家是监管对象，"红联总"和"农赤"两派都不准汪家人加入，他们无意中躲过了一场灾难。汪必然的初中同学杨兵加入了"农赤"。"红联总"和"农赤"交战，互相动手开了枪，乡妇联主任的弟弟打死了人。结果，偷梁换柱，栽赃陷害给杨兵。杨兵新婚之夜被抓走，屈打成招，被判死缓。

汪佳伦一家除了下地干活，平时就躲在屋里不出门。他们住的是一栋两层木楼，上下两层各有六间房。楼房的西侧还有四间碾米和磨面的侧房，关牛、驴、猪的牛栏、猪圈，有半亩多的一个大院子。佳伦出生时，整个二层楼房的楼板，多出的檩子、柱子，用作墙壁的木板等都拆下来卖了换了口粮。爷爷汪宏文的半间楼房的楼板没有拆，上面放着所谓的宝贝，实际上就是一屋子书。爷爷只允许佳伦登梯上楼拿书看，其他任何人不得进入。

佳伦长到四岁，爷爷就开始教他学习汉字。教的第一个字，却是"赢"字。爷爷希望，孙子今后能"赢"了爷爷、父亲所遭受的苦难。但这个字实在太难认难写，佳伦怎么也学不会。爷爷就把"赢"字拆开，分成"亡、口、月、贝、凡"五个字，这五个字学会后，又教他这五个字的大概意思，即"亡"代表死亡，"口"是说话，"月"代表时间，"贝"是金钱，"凡"代表平常心。

佳伦也听不太懂，只是感觉很好玩。他好像一下子开窍了，一次就认识了"亡、口、月、贝、凡、赢"六个汉字，高兴得又蹦又跳。紧接着，爷爷教他认识和学写"人"字。"人"就是一撇一捺，很好写，也好认，但"人"字好认不好当，"人"字好写心难懂。爷爷还指着"人"字说，若不撇开终是苦，各自捺住即成名，这就是撇捺人生。佳伦瞪大眼睛，像听天书一样，但充满了好奇。

五岁时，佳伦已能认七百多个字，爷爷开始教他看书。第一本书，竟是法国著名作家罗曼·罗兰的《约翰·克利斯朵夫》。只让他认字，念成句子，等佳伦主动问是什么意思时，才解释给他听，特别强调个人奋斗和人格魅力的重要性。

六岁时，爷爷教他背诵的第一首诗，便是唐朝大诗人李白的《赠汪伦》。爷爷告诉他，汪伦是安徽泾县人，此人性格豪爽，喜欢结交名士，经常仗义疏财，慷慨解囊。李白名扬四海，汪伦很是佩服。得知李白正在安徽游玩，汪伦立即写信邀请："先生喜欢游历名山大川吗？这里有十里桃花；先生喜欢饮酒吗？这里有万家酒店。"李白酷爱喝酒，看到信中说有十里桃花的美景，立即欣然应允。一见到汪伦，就想去看十里桃花和万家酒店。汪伦笑了笑说："'十里桃花'是我们这里潭水的名字，实际上方圆十几里没有一朵桃花，而'万'是我们这里酒店店主的姓，并不是有一万家酒店。"李白听后，先是一愣，接着哈哈大笑起来，连声说："佩服！佩服！"李白游玩畅饮半个月，要走的那天，汪伦送给他名马八匹，丝绸十匹。李白登上停在桃花潭上的小船，正要离开时，只见汪伦和附近的村民一起用脚打着节奏，载歌载舞欢送他。李白心潮澎湃，思绪万千，写下了流传千古的送别诗《赠汪伦》。

爷爷讲罢，才告诉他名字的由来。佳伦听后很是惊喜，脱口而出，表示一定要向汪伦学习。听此言，爷爷高兴得一把将他抱起，大加赞赏。

佳伦七岁，本该上学了，可是由于处在特殊时期，佳伦所在的蔡营二社六队耕读小学唯一的教师——生产队记工员的小学毕业的女儿汪丫丫——嫁给了向阳城里的一个半憨鼻涕糊，原来设在烤烟叶用的几间房子里的耕读小学因无教师而关门。二社六队所有的小孩，一、二年级就无学可上了，佳伦只好天天跟着爷爷到牛栏里学认字、看书和学写毛笔字。

解放后，生产队就专门安排爷爷喂牛，不干其他农活。奶奶负责各家各户到汪家无偿碾米磨面，由生产队记工分。

学写毛笔字，爷爷首先让他写飞、风、家三个字。爷爷说，会写飞、风、家，一定是行家。爷爷还请原在楚天师范学院当讲师的杨凤安老师专门教佳伦读书、背诵诗词。佳伦兴趣很浓，进步很快。

杨凤安老师很喜欢佳伦，让他与自己的大徒弟，因写出"镢头使春姑娘和黑土地结婚怀孕生子"诗句而成名，被誉为"向阳县用镢头刨出诗"的农民诗人赵运来结识，向赵运来学写诗。于是，佳伦一下子就到了另一个层次的学习中了。

然而，认字、看书、写诗好对付，饥饿却难以招架。蔡营两个大队公社化以后，所有土地实行的政策是：三级所有，队为基础，计划核算，按工分、人口分配粮、棉、油、柴、菜。这个地方人多地少，又是大锅饭，望天收，产量极低。每年完成粮、棉、油、生猪统购统销任务后，要吃七个月的自购国家返销粮，社员叫"吃救济"。

巧妇难为无米之炊，一日三餐是佳伦奶奶最为头疼的事情。苦巴巴的日子，艰难地熬着。每顿饭都精打细算，但算来算去，一分钱恨不得掰开两半花，粮食还是不够吃。奶奶心里比针扎还难受，咬着牙默默承受着生活的风霜。佳伦坐在土灶前帮奶奶烧火拉风箱，常常看到奶奶暗地里偷偷落泪。

一天三顿几乎都是面籽糊糊，每人端着碗在院子里喝几碗，连碗边残余的都用舌头舔得一干二净。碗筷叮当响，鸡、狗在人堆的空隙钻来钻去寻食，可哪儿还有它们的份儿呢？

特别是冬末春初，青黄不接的季节，更是难熬。进入冬季的几个月，家家户户每天都只吃两顿饭。白天上工下地干活，晚上这一顿不吃饭。小孩们在外面玩到黑灯瞎火才回家，晚上点不起煤油灯，只好饿着肚子，摸着爬上床睡觉，不敢吭声。

实在没办法的时候，只好去找佳伦在县招待所当书记兼所长的大舅，给津门公社领导写个条子，到公社粮管所低价购买一些处理的碎米陈粮，勉强糊口度日。

佳伦的父母只是在土地里刨食照顾几个儿女，全家衣食住行由爷爷奶奶操心。他们两个是喝过墨水的文化人，每次太饿了，就只好用看书充饥，"拿空筷夹春秋"，他们把饿了就看书叫"吃书"。佳伦一说饿，父母也叫他"吃书"去。时间一长，佳伦就养成了习惯，一饿就拿书"吃"，且"吃"不释手，百"吃"不厌。即使晚上不吃饭，他也要在奶奶纺线和织布的煤油灯下"吃书"。"吃书"也成了佳伦童年生活中唯一的甜。

每年冬天最难熬。佳伦总感觉寒风刺骨，因为他只有一套光筒棉袄棉裤和一双棉鞋，从未穿过秋衣秋裤和袜子。家里也没有火笼缸，冬天冻得无处躲藏，他也只好硬扛着，冷得牙齿直打哆嗦。

贫困是人类文明永恒的伤痕。饥饿和贫穷牢牢拴住了佳伦的腿脚，他被困在蔡营这个地方，当一只笼中小鸟，无法寻找属于自己的天空。外面的世界是什么，他"不知有汉"，更"无论魏晋"。

痛苦生活的烙印，让汪佳伦从小养成了沉默寡言的性格。他每天喜欢一个人待着，不爱与人说话，就是喜欢看书。他觉得在书中能够找到属于自己的奇妙世界。他把自己埋在文字中，放在别人的故事里，从中得到心灵的慰藉。

有天下午，佳伦到杨凤安老师家去借书，走到蔡营卫生所与杨凤安老师家的柴垛旁时，忽然发现地上有两元钱。佳伦连忙捡起来，大声呼喊："这是谁的钱丢了？"没有人应答。佳伦只好站在原地，见人就问丢钱了吗？一直等到天黑，也没见到丢钱的人。

佳伦回到家后，伤心地把钱交给了奶奶。奶奶问他伤心什么，他说那个丢钱的人现在该有多着急呀，这可怎么办？奶奶安慰并表扬他说："奶奶先把钱收好，等找到丢钱的人以后，再还给人家。知道还给丢钱的人，你还的就不是钱了，而是爱心和良心，奶奶今天煮个鸡蛋奖赏你。"

第二天，爷爷把孙子捡到的两元钱交给卫生所所长收着，在卫生所门前贴了一张告示，说孙子汪佳伦昨天在此捡到了两元钱，希望丢钱的人直接到卫生所办公室认领。后来得知，是中州大队的一个小孩生了病，大人慌乱中丢了钱。

汪佳伦每天除了看书，撅断枯树枝在地上写字，帮大人干些杂活，就是跟着爷爷奶奶和猪、狗、鸡、猫、牛玩，而不和营子里调皮捣蛋的小伙伴玩。

从小到大，直至离开蔡营，佳伦是全大队唯一没跟任何小孩吵过架、打过架的孩子。小伙伴喊他捉迷藏、掏鸟窝，他也摇头不干。他从未跟爷爷奶奶、父母顶过嘴，蔡营的人都说他是"书呆子哑巴"。

一九七一年，汪佳伦已有了由爷爷起名分别叫笔、墨、纸、砚的大弟、大妹、小妹、小弟四个弟妹了。五个孩子像梯子磴一样，肩挨肩一串儿。

汪佳伦该上学了。耕读小学关门，八岁的汪佳伦还未上过学，但他已认识一千多字，会背一百多首唐诗宋词和毛主席诗词，毛笔字写得工整大方，还跟杨凤安老师学会了吹笛子、拉二胡。

爷爷奶奶和家里人勒紧了裤腰带，直接送他到浩然乡办的蔡营学校，读小学三年级。开学前几天，奶奶将平时积攒的碎布头，一针一线拼接起来，缝成了一个漂亮的新书包。这千针万线、细细密密的针脚里，缝进了奶奶星星点点的爱怜和希望。佳伦背着新书包，第一次走进了陌生的学校，感到好奇和新鲜。

浩然乡蔡营学校是由过去的天主教堂改建的。学校位于蔡营东北角的汉江边，由一栋两层木楼和几十间平房组成。楼房的上层是教师办公室和寝室，楼下是教室和教职员工食堂，围成一个回字形的圈。中间及外面分别是乒乓球场地和操场。

学校有三、四、五三个年级的小学生，和初一、初二两个年级的初中生。每个年级两个班，每班五十个学生，十个班共有五百个学生和二十多个教职员工。学校的上下课铃，沿用天主教堂院内一棵古柏树上挂着的小铜钟，声音清脆悠远。

汪佳伦走进校园，一股温热的风把他带进了三（一）班课堂。第一节课，进来的是班主任名叫古月士，教算术。古老师首先作自我介绍，同时宣布了班干部名单。

浩然乡妇联主任汪苗苗的儿子汪未谋为班长，从北京随父母迁回蔡营的凡京生为学习委员，二社二队队长的儿子赵鲜闪为劳动委员，一社会计股长的儿子汪红兵为体育委员，音乐委员则是公社林业站站长的女儿叫王桃花。

古老师让几个班干部走上讲台，和同学们见面，并要他们把名字写在黑板上。劳动委员赵鲜闪的名字写得东倒西歪，缺胳膊少腿，像丢了魂儿似的，引起哄堂大笑。紧接着开始分组，班上五十个人分成五个组，每组十人，男女同学交叉坐，然后指定各小组组长。

第一节课还没下课，音乐委员王桃花忽然说，她的钢笔被人偷走了。这可是个大事儿！全班同学大部分是用铅笔，有钢笔的只有少数几个同学。

古月士老师要求五个班干部负责搜同学的衣服口袋。首先是五个班干部先互相搜，然后再搜同学们的。这时，戏剧性的一幕出现了。班长汪未谋贼喊捉贼，把自己的手伸进王桃花的口袋里，大声说，钢笔在王桃花自己的裤兜里，并把钢笔高高举起。古老师赶紧大声说，一切都是误会，一切都是误会。其实同学们个个都明白是怎么回事。

下午上课时，同学们都听说古月士老师"下课"了，说是浩然乡妇联主任汪苗苗认为，古月士老师太不会做事，出了自己儿子的洋相。当即通知学校免去古月士老师的班主任职务，调到三（二）班当算术老师去了。

三（一）班的班主任换成了五十岁教语文的公办老师马秋水。马老师很善良，课也讲得很好很有趣。学校里停课闹革命，"读书无用论"弥漫，但上课钟声一响，只要是马老师上课，本来乱哄哄的教室立即安静。他不论学生的家庭成分，一视同仁，特别喜欢爱学习的学生。

马秋水老师每次看到汪佳伦在课堂上看课外书，从来不没收，有时还表扬他爱看书是好事，但不要影响上课听讲。汪佳伦也和班主任马秋水老师最亲近，私下悄悄地喊他卡尔·马老师。

马秋水老师很吃惊，但慢慢感觉挺好，没有批评汪佳伦。后来广为流传，整个学校都知道有一个卡尔·马老师。然而，时间不长，三（一）班的几个坏孩子就开始捣乱，并欺负到了汪佳伦的头上。

特别是二社五队队长的儿子、外号叫"蔡罢园"的蔡八元，一社民兵连连长的儿子、外号叫"饭桶撮瓢嘴"的王凡同，天天欺负汪佳伦。他们每天逼着汪佳伦给一人一分钱，否则，不准进教室。汪佳伦东躲西藏，急得只想哭，压抑着愤怒的冲动，最后干脆不上学了。

人常说，母亲像空气一样如影随形。一天，母亲干活中途休息时，回家给第五个孩子喂奶。忽然看见佳伦坐在房子东边的长坑（青龙堰）边上看书。一问才知道，他已经好几天没上学了。

佳伦的妈妈可不是个好惹的人。她带着佳伦到学校直接冲进教室,不管三七二十一,大声问:"谁叫'蔡罢园'蔡八元和'饭桶撮瓢嘴'王凡同?"指认后,她上去就是每人两巴掌,并警告说:"若发现今后谁再敢欺负汪佳伦,就把谁的狗腿打断。老娘自从嫁到姓汪的人家来,亲眼看到你们蔡营的人一直欺负人,我一忍再忍,从来没有吭过声。现在,你们竟然欺负到我的儿子头上来了,翻了天了?!"从此以后,再也没人敢欺负汪佳伦了。整个蔡营的人都知道,汪佳伦妈妈的大哥在县里当官。

一九七四年,十一岁的汪佳伦升到初一了。学校"开门办学",学生学工学农,课堂教学形同虚设。语文基本成了政治课,全是语录和诗词,学校到处是大字报。学校每星期还演练一次苏联坦克开进蔡营、人们纷纷钻进防空洞等内容。

林奇贵老师,楚天大学毕业,原在县一中教书,后被发配到蔡营学校教音乐课,他向学校建议成立宣传队,学校同意了。林老师将五位有音乐特长、家庭出身不好的初一(一)班学生组成乐队,号为"五大才子",他们分别是——

牛言志,一九五九年出生,父亲是大地主,用笛子吹奏的《扬鞭催马运粮忙》像真的马蹄声声、车轮吟唱,蔡营的人都击节叫好。他眼睛特别大,外号叫"牛眼子"。

叶哲,一九六〇年出生,父亲原是国民党军医,用板胡所拉《百鸟朝凤》,飞鸟鸣禽的叫声逼真动人。因在父亲的原单位江北省临江市造船厂生活过,会讲一口地道汉口话,外号叫"汉蛮子"。

凡京生，一九六一年在北京出生，用小提琴所拉的《梁祝》如泣如诉。父亲无故被遣送回老家，作文写得很好，经常被当范文贴在黑板上供同学们阅览，会讲普通话，满口"之乎者也"，外号叫"京夫子"。

蔡天问，一九六一年出生，姑妈在解放前夕被一个传教士带到了美国，成为有海外关系的敌特分子。他所拉二胡《赛马》激越奔腾，如波涛滚过，狂飙卷来。一顿"不忘阶级苦，牢记血泪仇"的忆苦思甜饭，他吃了十五个野菜包子，外号叫"菜包子"。

汪佳伦，一九六三年出生，全年级年龄最小，爷爷当过国民党伪县长，乒乓球打过全公社冠军，早晚课外书籍不离手，外号叫"书呆子"。

汪佳伦多才多艺，什么乐器都会，特别是用笛子自吹自唱现代京剧《红灯记》唱段《穷人的孩子早当家》，每每把观众唱得泪流满面，掌声四起：

  提篮小卖拾煤渣，
  担水劈柴也靠她。
  里里外外一把手，
  穷人的孩子早当家。
  栽什么树苗结什么果，
  撒什么种子开什么花。

林老师又分别从小学和初中选调了三十多人的歌唱、舞蹈等文艺宣传队成员,任命凡京生为宣传队队长。从此,蔡营学校每天放学后的校园里都是锣鼓喧天,歌声阵阵。天天登台表演,甚至走到田间地头,让社员们停下手中的农活,观看表演。

十三岁的汪佳伦已长成了一个活脱脱的英俊少年。他皮肤白皙,吹弹可破,五官清秀,带着一抹俊俏;高高的鼻子,丹唇外朗,皓齿内鲜,标杆般笔挺的修长身材,带有一丝心底无邪的纯真稚气,有着独特的空灵与俊秀之美,而被书香浸润的气质,更是上天赐给他的礼物。

一九七六年的麦收结束后,家家户户都分到了一些粮食和柴火,汪佳伦也快要初中毕业了。

汪佳伦的小爹①二十岁,上门提亲的不少,但到汪家一看十几口人,干活的没几个,还连年超支,最后都打退堂鼓了。爷爷奶奶就和佳伦的父母商量分家过,一直超支生产队的钱累计柒拾贰元叁角伍分,全部由爷爷奶奶背着,佳伦父母不用管。楼房六间各分三间,二楼上的半间书房专门留给大孙子佳伦。

佳伦的父母从结婚到分家,从来没有做过饭,全是奶奶一个人操劳,爷爷当家操持所有人的衣、食、住、行和家里的人情往来。尽管分了家,但佳伦依然像往常一样,天天黏着爷爷奶奶。他也抱

---

① 小爹,方言,小叔。

着美好希望,准备迎接初中升高中的到来。

佳伦的母亲知道这个没有钱的家还真不好当。考虑到几个孩子暑假过后开学要交学费,母亲就让佳伦带着比自己小一岁零一个月的大弟弟选笔,坐渡船过汉江,到县招待所去找大舅要学费。

第二天,天刚麻麻亮,佳伦就和大弟弟选笔一起,从蔡营码头坐早上第一班渡船,过汉江到对岸的杨家河堤岸起坡,先步行五里多的芭茅沙滩地,经过十家庙,进入乡间小路,再走十几里公路和铁路旁边的小石子路,走过汉江大桥,赶到在县招待所工作的大舅家。

佳伦和弟弟选笔经过汉江大桥时,看到了一个奇特的景观,一辆辆拉着板车进城的毛驴,屁股后面都吊着一个粪袋子。后来问爷爷才知道,这是向阳市新任市委书记袁野的一大发明。当时周边乡下进城的板车很多,大都是用毛驴牵引,造成城里满街驴粪。袁野认为,不让毛驴进城不切实际,绝不能因为抓城市卫生管理而影响生产生活。于是,他想出了这个主意。

舅妈还在农村生活,大舅住的一间平房的门紧锁着。到办公室,工作人员说他开会去了。佳伦就和弟弟坐在大舅家门外等,一直等到下午三点多钟,也不见大舅回来。兄弟俩就又到所长办公室去找,还是没找到。他们非常饿,又没有东西吃。佳伦就打开招待所洗拖把的水龙头,兄弟俩喝了一肚子凉水充饥。

为了赶在天黑之前走到汉江边坐上渡船,佳伦带着弟弟,累了也不敢歇气,快速往回赶路。道路两旁野花烂漫,在佳伦眼里,全部成了流着泪的苦菜花儿。还好，他们赶上了最后一班船，伤心地回到了家。

没见到大舅，兄弟俩还花掉了一去一回购买船票的八分钱。母亲看到两手空空的儿子摸黑回来后，难过得直掉眼泪。父亲指着母亲说："从今以后，永远不准再干这种低三下四活丢人的事，穷死饿死也不准向任何人伸手，否则我剁谁的手。你们永远给我记住，冷莫靠灯，穷莫靠亲。在动物世界里，有的是皮值钱，譬如狐狸；有的是肉值钱，譬如牛；有的则是骨头值钱，这就是人。"

佳伦从小就会从一个眼神、一个挑眉中读懂大人的情绪，猜出他们话里的弦外之音。他赶紧招呼弟妹们吃饭，并给父母各添了一碗饭递到手上，然后才盛了一碗面糊糊，抹着眼泪怏怏地端到爷爷奶奶的屋里吃去了。

初中升高中，当时不看成绩，学校老师没有发言权，而是由贫下中农推荐入学，大队干部拍板决定。当时，"有腿的"大小队干部的子女可以上津门公社高中，一般贫下中农和阶级成分问题不大的子女，可以上浩然乡李湾儿山上的"五七"高中。

一九七六年八月二十日，是发放高中录取通知书的日子。靠双拐走路但自强不息，汪佳伦非常敬佩的本家，外号叫"老瘸"的同学汪春生，兴高采烈拿到了高中录取通知书。"五大才子"却没有收到高中录取通知书，成了"五子落第"，全部被剥夺了上高中的权利。

父母和爷爷奶奶听说后，肺都气炸了，但又无可奈何。父亲不说话，闷声抽了大半夜烟。母亲一会儿说，活人能叫尿憋死？一会儿说，车到山前必有路，船到桥头自然直；一会儿又说，不上高中能死人？坚决不求任何人！

意难平的爷爷内心被痛苦撕咬着，牙齿咬得生铁断。长吁短叹，懊恼不已，不知命运会将孙子推向何方。他自言自语，说自己当了几年国民党县长，连累了大儿子、三儿子和小儿子，现在又连累上了大孙子。爷爷几天睡在床上不吃不喝，也不到生产队的牛栏里去喂养牲口。

佳伦伤心那比天大比海深的苦难，却再也受不了眼泪的羞辱。他一个人跑到汉江边，站在人生这条悲伤的河流边，看到一泻千里的汉江水全都是泪。人生最难受的，不是翻过山冈却发现没人等候，而是明知无人等候，还要咬着牙、流着泪翻过山冈。

佳伦看到爷爷奶奶、父母一天到晚伤心悲戚的面容，还专门去找了"五大才子"中的其他人了解情况。原来，十七岁的"牛眼子"牛言志和十六岁的"汉蛮子"叶哲，已到覃嘴水库工地修坝挣工分；十五岁的"京夫子"凡京生，到哥哥所在的县新华书店做临时工；十五岁的"菜包子"蔡天问，坐火车到四川舅舅家找活干去了。

只有十三岁的汪佳伦，因年龄太小，生产队不让他下地干活挣工分，只好天天顶着毒辣的日头，打着赤脚，搂柴、割草、捡粪、帮家长挑水做饭、看书打发日子。曾经憧憬像黄金一般美好的未来，变得暗淡无光。他把铁锹、镰刀、竹篮、粪箕当成自己的"文房四

宝",整天写写画画,耳边是那迷醉的歌谣:

  粮食垛子堆上天,
  累得老汉腰腿酸。
  摘朵白云擦擦汗,
  凑着太阳抽袋烟。

  汪佳伦依然难以排遣精神的贫瘠和心中的苦闷。滔滔东流的汉江岁岁流走希望,年年灌溉无尽的失望。命运狠起心来,连一丁点儿光亮也不愿给他。佳伦像一只落单的孤雁,他将飞往何处?

第二章

涉世之初

一九七六年，古历龙年，这是东方大国悲欢交集的一年。

"五大才子"之一的"牛眼子"牛言志，怎么也没想到，仅仅因为当众指出生产队长一个错别字，竟然要了他的命。

牛言志所在的蔡营二社一队"白字篓"（读写错别字多的人）生产队长，把"永垂不朽"念成了"永垂不巧"。牛言志当场指出了这一错误。生产队长却反咬一口，倒打一耙子，说牛言志把"朽"说成了"巧"，并当着全体社员的面扇了牛言志一巴掌，宣布取消"狗崽子"牛言志在覃嘴水库修坝挣工分的资格，甚至准备揪出去游街示众。牛言志一时想不开，跳汉江自杀了。他的死如微茫星火泯灭，又有谁会关心呢？汪佳伦心里像刀割一样疼痛，他跑到杨凤安老师那里哭诉。

外号"杨疯子"的杨凤安，原是楚天师范学院的讲师，博古通今，满腹经纶。大鸣大放、引蛇出洞时，"策划于密室，点火于教室"的阳谋，让二十五岁的他被下放劳动改造，隔三岔五挨批斗，受尽凌辱和折磨。妻子被迫带着刚出生一个月的女儿跟他离了婚，并被发配到向阳县最北边的冷集乡黑龙洼小学监督改造。

由于身心受到摧残和强烈刺激，杨凤安得了癫痫。病一发作，他就完全丧失意识，倒在地上，口吐白沫抽搐，很是吓人。后来病情加重，教不成书，只好回老家蔡营养病改造。

可是父母解放前已去世，唯一的妹妹被拐卖到了贵州，蔡营连个落脚的地方也没有，就借住在蔡营学校腾出的半间房子里。但他经常犯病，老师、学生都怕，最后，只好在蔡营卫生所的山墙边搭建了一间简易土坯房住下来。

汪佳伦的爷爷，明明自己都泥菩萨过河，却偏偏见不得人间疾苦。他看杨凤安可怜，时常帮他拾掇拾掇家里，晒晒被子。

有一次突然下起了小雨，杨凤安却坐在外面一动不动，也不知道收被子。他说在构思打雷的诗句，人们就知道他又犯病了，赶紧把他拉到旁边的卫生所治疗。

杨凤安毕竟是吃商品粮的"公家人"，不发病的时候，穿着一件传统的长衬衫，戴着一副眼镜，手不离书，十分儒雅。成天看书写诗，吃饱玩饿，时常挎个菜篮子到蔡营集上割肉杀鸡吃，倒也有几分自在。

汪佳伦的爷爷就请当地的"红叶"（媒人）给他介绍，和一位农村寡妇肖玉莲结了婚。肖玉莲虽是文盲，但做事麻利，家里犄角旮旯被她收拾得井井有条、妥妥帖帖。但仍有一些不懂事的娃子们，一见到杨凤安就喊他"杨疯子"，并用土坷垃打。

汪佳伦每次见到杨凤安都喊他杨老师，还拱手施礼。时间一长，两人成了忘年交。汪佳伦经常把爷爷的书拿去和他交换着看，杨凤安还主动教他作文、写诗和拉二胡、吹笛子。

一九七六年十月，汪佳伦所在的蔡营也和全国各地一样，无论是绿树环绕的村头，还是谷物飘香的田间，人们敲锣打鼓，兴高采烈。汪佳伦心想，"四人帮"打倒了，自己无所事事的苦闷日子会有所改变吗？他胸中卧着一只饥饿的雄狮，总想去寻找更广阔的草原。蔡营这个村子，用牛鼻绳子已经拴不住心早已远行的他。

一天傍晚，汪佳伦像霜打的茄子，一个人坐在营子东边寨河墙上的歪脖子老槐树旁发呆,看着太阳一点点掉进河里。他怎么也赶不走躲在心里的苦。生产队长看到了,怕汪佳伦出事,就跑上前问他要干啥。汪佳伦鼻子一酸,眼泪就不争气地掉了下来。

"娃子,你哭啥子?有啥事给大伯我说。"队长问。

"我想在生产队务农挣工分,请给我安排个活儿干。"汪佳伦说。

"你才十三岁,还不到挣工分的年龄,再过两年就可以了。"队长劝说道。

汪佳伦看了一眼肩膀上披着褂子、耳朵上夹着烟卷的生产队长,沮丧地低着头。队长把烟袋锅里的烟灰往鞋帮子上磕了几下,告诉他一个消息,说蔡营二社组建了一个建筑工程队,到野山冲林场盖房子,每个生产队二至三个指标不等,大人一天挣十个工分,补助一角钱,拎灰桶的小工每天五个工分,补助五分钱。他让佳伦找爷爷想办法,看能不能到野山冲林场去拎灰桶挣工分。不过,工程队已走好几天了。

一句不经意的提醒,给了追风少年汪佳伦一丝微弱希望。佳伦说:"谢谢大伯伯!"他立即跑回家,告诉了爷爷奶奶和父母,希望他们想想办法,争取让他到野山冲林场干活挣工分。

"冻死迎风站,饿死不乞食。"爷爷奶奶和父母都是一辈子不求人的人,加上佳伦还小,又是到三十公里外的大山里干活,他们也不放心,就没有答应。

明月如镜,喧嚣了一天的蔡营,静静依偎在月光和大地的怀抱里。汪佳伦思前想后,第一次忤逆了爷爷奶奶和父母的决定,字斟句酌写了一封信。乘着皎洁的月色,他直接跑到杨凤安老师那里,告诉了自己的想法,想请杨老师出面帮忙,因为工程队队长正是农民诗人赵运来。

杨老师说:"他们工程队已经走了好几天了,搬砖头拎灰桶的活儿可是又脏又累呀,你干得了吗?"

汪佳伦说:"大人们不是经常说,当泥鳅就不怕泥巴糊眼睛。我干得了!"

杨老师说:"让我考虑考虑再说吧。"

汪佳伦把信交给了杨老师,鞠了一躬,怏怏地往回走。家乡月抚摸着他的头,照在光溜溜的土路上,像撒了一地的盐。

杨凤安老师打开信,急忙读起来——

亲爱的杨老师,您好!

大公鸡唱起了晨曲,叫醒了睡着的大地。风儿拉响了挂在墙上的二胡,炊烟将我的梦想升起。白云已把蓝天擦洗干净,鱼儿在向它敬礼!南飞的大雁啊,请你下来歇歇脚,带我飞出这个穷窝窝。

我现在书不让读,活不让干,上天无路,入地无门,我该怎么办?就像月亮掉进了堰塘,我真想随它而去。希望我的希望会有希望,恳请师傅伸手帮忙!

佳伦

第二天一大早,杨凤安将写给徒弟赵运来的推荐信交给了汪佳伦,叮嘱他早点去,相信徒弟一定会安排好的。他还夸汪佳伦的文字有灵气。

佳伦把自己要去野山冲林场做工的事,告诉了爷爷奶奶和父母。他穿着奶奶做的千层底布鞋和单薄的衣服,背着行李和《少年维特之烦恼》《安娜·卡列尼娜》《红与黑》《唐诗三百首》《雷雨》等十本书及笛子,第二天早晨就辞亲远行了。

临走之前,十三岁的汪佳伦给爷爷奶奶留下了一封信,信中写道:"亲爱的爷爷奶奶,我马上就要走向我自己也不知道的一个地方,但总归是我人生新的历程。请您们相信我写下的决心书:下定决心,离开农村;排除万难,杀猪过年。"

汪佳伦走进爷爷奶奶的房间,奶奶一边说舍不得佳伦到大山里去出苦力挣工分,一边低声抽泣,瘦弱的肩膀一耸一耸。爷爷说让佳伦去吧,"猪圈里养不出千里马,花盆里种不出万年松"。

佳伦安慰奶奶别伤心,自己已经长大了。奶奶坚持要送孙儿一程,像产后看不够婴儿的妈,满眼都是疼爱。佳伦从小吃奶奶的奶水长大,和奶奶最亲近。奶奶疼爱孙子的心没有插针的缝儿。

奶奶帮佳伦拿着行李,缠足的小脚一直送了老远。她用颤颤巍巍满是青筋的双手,从对襟褂子的口袋里,掏出了用手绢包着的两个煮熟的鸡蛋和十张发皱的一角毛票共计一块钱,硬是塞给了孙子。这一举动深深刺痛了佳伦的心,他泪如雨下,一把抱住奶奶放声大哭起来。奶奶被生活搓皱的脸上流满了弯弯曲曲的泪水,她安慰佳伦别哭，再三叮嘱他注意安全，早点回家。

从蔡营到野山冲林场有三十公里路，山路占了一半。汪佳伦要经过后岗、覃家湾、淳河店、霸王山、尤堰、钟杜坡、死骡岗、狮子山冲、林芭里、小覃湾、黄冲，最后到达野山冲林场，共十二个村寨和山寨。路上不时有人骑着自行车，挽起袖子，露出手表，摇响铃铛，从身边经过，汪佳伦投去羡慕的目光。

村头校园里飘出《我们的生活比蜜甜》的歌声，汪佳伦禁不住踮起脚尖，伸长脖子，眼睛直勾勾地朝教室内张望。

临近中午，汪佳伦到了霸王山山脚下，路程已走了一半。抬头望着高高的霸王山，烂漫的山花盛开得要有多野有多野。汪佳伦双手捧起山脚下沟沟里欢快的溪水，连喝了几大口。

爬到死骡岗时，他猛然看到山坡上竖着一个木牌子，上面写着"董招娣遇害处"。他顿时害怕起来。津门公社的人都知道，一九七〇年这里发生了一起杀害野山冲林场女知青董招娣的案子，一直到一九七三年底才破案，凶手次年伏法。

汪佳伦加快脚步，一口气爬到狮子山冲才坐下来休息。

岁月失语，惟石能言。他坐在不会说话的石头上，仿佛能从屁股底下石头的沉默中，读出大山的心思。他吃了奶奶煮的两个鸡蛋，又在附近山坡上找了几棵野白菜苔，狼吞虎咽吃了下去。

奶奶纳的旧布鞋底连同脚后跟都被古怪嶙峋的山石磨破了，汪佳伦脚板底下起了血泡，而他却只心疼布鞋。

下午六点，汪佳伦终于摸到了野山冲林场。农民诗人赵运来看到小师弟汪佳伦，大吃一惊，连忙问："诗童，你怎么跑到这儿来啦？和谁一起来的？来干啥子？"

汪佳伦默不作声，从口袋里掏出杨凤安老师的推荐信。赵运来接过信，打量了他好半天，从水池子里舀了一瓢凉水递过来说："先把行李放下，一会儿吃饭。"

晚饭后，赵运来带着汪佳伦来到一块大石头上坐下来。他告诉汪佳伦，蔡营大队的工程队肯定是进不去，但他会想办法让汪佳伦占用林场的指标，在这儿干活，钱从林场支出。他一会儿就去找林场的后勤主任商量，让汪佳伦先回工棚休息。

晚上九点多钟，赵运来回到工棚告诉汪佳伦，从明天开始，让他以林场临时工的身份，跟林场会计的爱人覃香芝一起给工程队做饭，按小工算，每天一角钱，一个月三块钱，包吃包住。汪佳伦像中了彩票一样高兴，在被窝里蒙着头激动地哭了，心里也种下了温暖友爱的种子。

从此以后，汪佳伦就成了工地上一名做饭的小工。他负责择菜、切菜、淘米、挑水、烧火、打扫卫生等，覃香芝负责掌勺炒菜和做饭。另一个男师傅负责买粮、买菜、记账等，人们喊他司务长。

半个月后，汪佳伦就成了工程队二十多人的做饭、炒菜师傅。覃香芝不干具体事，成了甩手掌柜。汪佳伦每天早上四点钟就起床，蒸馒头、煮稀饭，中午和晚上做米饭，一天三顿都是大头菜、白菜、萝卜等蔬菜。一个月只偶尔吃一两次附近山民卖的野猪肉或野山鸡。

每天最难干的一件事，就是到山脚下去挑水。由于人多，每天光洗脸、洗脚、洗澡水就需要两大池子,洗菜淘米做饭还得一池子水。每次挑水上山要经过一个斜坡,途中没有落脚的地方,所以中间不能歇,必须一口气挑上去。刚开始,他只能挑两个半桶,得往返十几趟才能挑满三个水池子。后来,才慢慢挑满满的两桶水,腰弓得像大虾,累得满头大汗,气喘吁吁,每走一步都似有千斤重。

从山脚下挑水到工地食堂,对于一个十三岁的少年来说,确实有些吃力。有一次下雨,山路太滑,汪佳伦挑着水,一步没走稳,摔了一跤。双腿和右胳膊肘都摔破了,流了不少血,钻心地疼。他就捏一块烂泥巴堵住出血的地方,因为大人们常说墙上的灰土和地上泥巴最养人,还能治病。

汪佳伦从不叫苦,硬是坚持了下来。现实告诉汪佳伦,自己不吃苦,就会被生活踩死。他要将苦难的生活沙砾磨成钻石,因为他心里装着另一个五彩世界。

风雨压不垮,苦难中开花。时间一长,汪佳伦挑水上山竟能快步如飞。他就像野山冲乱石荆棘丛中的小山林果树,日渐茁壮。

汪佳伦每天除了做饭,就是看书,写一些所见所闻的日记和诗歌。野山冲林场有二十多个下乡知识青年,他们天天看到一个白白净净、稚气未脱,脸颊还挂着婴儿肥的大小孩在那里看书,很好奇。他们把自己的手抄本拿来,和汪佳伦带去的中外小说及诗词读本交换着看。

汪佳伦在这座大山深处,看到了很多野路子来的手抄本小说。

比如《叶飞三下江南》《三朵梅花案》《虹桥公墓》《灰色的大楼》《第二次握手》等。汪佳伦看后心潮澎湃，甚至连续两夜不休息，手抄了一遍留存。书籍和习作涵养了他的智慧，清苦和磨炼锻造了他的灵魂。

遇见，就是缘。由于每个月要到林场会计室领取三块钱的工钱，出纳刘阳的美丽身影一下子就让汪佳伦陷了进去。

刘阳年方十八，是刚从省城临江市分到林场的知青。她长着一双会说话的大眼睛，两泓清泉，水灵灵的。刘阳皮肤细嫩，白皙如玉，淡雅如菊，清高如梅，纯洁如荷。一笑脸上出现两个醉人的梨窝，梳着两根黑油油的粗辫子，文文静静，浑身上下都闪着光，美得让人移不开眼，娇俏灵动的少女气息，扑面而来。

在上帝的杰作面前，汪佳伦显得有些自卑。接触多了以后，刘阳和汪佳伦也经常交换看书，慢慢成了无话不谈的好朋友。

一天，刘阳告诉汪佳伦，她母亲张赛琴是楚天师范学院的教授，父亲是后勤处长，比母亲大整整十八岁，刚刚退休。家里还有一个弟弟在读初中。

得知刘阳的家庭背景，汪佳伦不禁心中一颤，非常感动。他想，这么好家庭出身的大城市人，竟能看得起自己这个生在农村、爷爷还当过伪县长的人。他不禁油然而生敬意，越想越觉得抓心挠肝。

野山冲林场，乱石嶙峋，晴天一把刀，雨天一团糟。这里交通不便，无水无电，买粮、看病、购物、理发、小孩上学难，只有几间茅草棚。林场工人只能因陋就简，就地取材，搭工棚，盖草房。

工人们每天早出晚归，两头不见亮，中午送饭吃，去修通各山的林道，进行绿化荒山，重点绿化远山。他们引进良种，科学造林，提高质量，大批引进了湿地松、火炬松、杉树、川柏、水杉等良种。经过多年奋战，林场此时已经出现了茫茫看劲松、山山变葱茏的绿色画卷。

刘阳和临江市的七个知青以及向阳地区城区的十几个知青，于一九七五年夏天，响应"知识青年到农村接受贫下中农再教育"的号召，离开闹市和父母，来到清贫寂寞、交通闭塞的野山冲林场，自己生火做饭，照顾自己。他们和林场工人一样开荒种地，植树造林。滚一身泥水，磨一手老茧，炼一颗红心的知青们，一年以后就感到无趣和贫乏，共同心愿就是想家，重新回到城里。

刘阳干的是出纳。经过一年多的工作和生活，她体会了林场的艰苦，更了解了为什么林场好几年都是由后勤主任兼任出纳，而会计是一个四十多岁的男同志。

原来，一九七〇年九月二十四日，林场原出纳、向阳地区城区下放来的女知青董招娣，到津门公社银行取林场工人工资及其他开支共计三千一百元。她走到死骡岗时被犯罪分子杀害，现金也被抢走，直到前不久才破案。

董招娣是从向阳地区城区同时来野山冲林场的知识青年。她个头大，人老实本分，林场决定让她当出纳。她非常认真负责，从未出现过一丝一毫差错，大家都十分信任。

取钱要到二十多公里外的津门公社银行办理，有一半的山路，一个小姑娘也有些害怕。因此，董招娣每次都会找林场场长派一名男同志和她一起去，顺便帮忙寄出及取回一些信件，买一些日常用品。

事发当天，董招娣想回家拿一些换季衣服，就让和她一起去的男同志先回林场。到银行取到三千一百元钱后，她自己一个人往林场赶路。走到霸王山的尤堰时，天下起了小雨，她就到一个认识的农户家借了顶斗笠。临近十一点时，雨逐渐下大了，过死骡岗时，刘一瞬和王石稀从后面追了上来。

刘一瞬和王石稀是与董招娣同时从向阳城区到野山冲林场的知识青年。

看到他们，董招娣很吃惊，忙问：""下这么大的雨，你们怎么跑到这儿来了？""

刘一瞬说：""实不相瞒，我们两个从津门街上就跟在你身后，你把今天取的钱交给我们，回林场你就说被小偷偷走了。""

董招娣不同意，刘一瞬和王石稀就上去抢夺。这时，附近畜牧场放牛的一个工人正往山下赶牛，董招娣大声呼救。刘一瞬和王石稀害怕事情败露，就用山上的石头猛砸董招娣，并把她脸朝下按在山中的小水沟里直至死亡。

刘一瞬和王石稀拿着抢来的三千一百元钱仓皇逃离了现场。下午雨停了以后，路过此地的山民发现了尸体，立即到附近的畜牧场报警。

津门公社接到畜牧场转过来的报警电话，一方面向县公安局报告，一方面让公安刑警骑上自行车，赶到霸王山山脚下，步行到山上的案发现场勘验。同时，县公安局派人到附近的村子逐家逐户走访询问。

有人反映，淳河店的覃实诚媳妇生了小孩，去给丈母娘报喜，曾经到过案发地点。公安人员立即赶到覃家，发现覃实诚所穿的鞋子上有血迹，立即就将覃实诚捆了起来，连同几个家人一起带到了公社派出所。

覃实诚告诉公安人员，老婆生孩子，他帮接生婆把媳妇的腰抱住，用了很大的力气才生下了小孩。估计是生小孩的时候，血溅到鞋子上了。公安人员不听这些，把覃实诚和他的一个弟弟、一个姐姐关了起来，直到三年多案破以后，才放了三人。

这个案子是怎么破获的呢？刘阳说，刘一瞬和王石稀平时就有小偷小摸的习惯，案发后也曾怀疑过他俩。但调查发现，案发当天上午，刘一瞬在向阳城区的解放桥和人打架，闹到了东风派出所，派出所有讯问记录。王石稀在地区医院看病、抓药，也有记录和发票，所以对他们仅仅是怀疑，没有进行深入调查审问。

一九七三年年底，他们两人因在淳河店赶集，偷钱被当场抓获。审问时，他们只承认这一次偷钱，但公安民警为了核实情况，就过河到他们城区的家里搜查。结果发现，他们一九七〇年抢劫董招娣的三千一百元钱，藏在刘一瞬家里砖砌的墙缝里，因为是新钱连号人民币，一直不敢用。

当问他们怎么当天派出所和地区医院有活动记录时，他们才分别承认，是精心安排了各自的弟弟，冒充他们两人的姓名故意与人打架、看病，特意留下的记录。

案件破获后，刘一瞬和王石稀分别被判处死刑，立即执行。他们的弟弟也都判了有期徒刑。

据说，董招娣在山上遇害，经公安验尸和林场派人辨认后，第二天上午才由林场四名工人用担架抬回来。抬进林场院子时，忽然有近百只喜鹊盘旋在上空鸣叫不止，赶都赶不走。人们都很疑惑，不解其意。当把遗体放到会议室擦洗换衣时，董招娣的口中突然冒出了鲜血，眼角也流出了泪水。法医认为，尸检时没流血，雨水又浸泡了那么长时间，从山中抬到林场的路上也没有流血，这一现象非常罕见。

这么一说，听到的人都毛骨悚然，惊恐万分，没有人愿意接着干出纳。直到这批知青来之后，案子也破了，刘阳不知情，就担任了林场出纳。

刘阳和汪佳伦成为无话不谈的好朋友后，就商量着想让汪佳伦搬到她的山墙旁边住，给她壮个胆。汪佳伦找到工程队师兄赵运来，说明情况后，在刘阳的山墙旁搭建了半间简易工棚房，安了一个树枝绑的小门。从此，汪佳伦就紧挨着刘阳的屋子住了下来。

每天晚上，汪佳伦把食堂卫生打扫干净，准备好第二天早上的饭菜食材后，就提着马灯到工棚房里。冬天刺骨的寒风把土坯房吹得像冰窖一样，马灯的光亮洒在地铺的书本上，闻得到诗的味道，他就感到特别温暖。有时睡觉前坐在屋外和刘阳一起拉家常，谈天说地，海阔天空，就感到无比幸福。

转眼到了春节，工程队马上要放假，需要留下一个人看工地。工人们都想回家过年，汪佳伦就主动要求留下来看工地。

汪佳伦拿出自己两个月的工钱共计六元钱，交给队长赵运来，让他分别转交给自己的爷爷奶奶、父母和杨凤安老师各两元钱。赵运来接过钱，向汪佳伦竖起大拇指啧啧称赞。他一把抱住汪佳伦说："我一定带到，你一个人在林场多保重，我们过罢年就早点儿来。"

刘阳和临江市的几个知青本来约好一起回家过年，但当她听说汪佳伦要留在林场看工地后，当即取消了回临江市过年的决定，她要在林场陪汪佳伦一起过年。

汪佳伦知道后心里涌起一股暖流，第一次喊刘阳"姐"，激动的心差点跳到了唇边。刘阳的心被"姐"字点燃，腮边浮起红晕，一时泪眼婆娑。两人纵有万千心里话要倾诉，但都默默地一句话也没说。

那个寒冷的夜晚，汪佳伦回到自己的工棚小屋，拿出心爱的笛子，吹响了《扬鞭催马运粮忙》《翻身道情》等欢快的歌曲。大山深处，青涩懵懂的他随着乐曲以道相思，心中小鹿乱撞，云散雾开。

十三岁的翩翩少年，不安的心从此开始发芽，思想的野马第一次飞奔在过去所看小说的情感故事里。

第二天中午，刘阳第一次走进汪佳伦狭小的工棚屋。

一进屋，刘阳就问："你还会吹笛子？"

"是的，在学校宣传队学的。"汪佳伦说。

"快过年了，把你的秋衣、秋裤、袜子和外套都换下来，我给你洗洗，准备迎接新年。"刘阳望着汪佳伦说。

佳伦瞪大眼睛，苦笑着说："我从小到大从没穿过袜子和秋衣、秋裤。"

刘阳鼻根一酸，内心涌出万千疼爱。她弯下腰，葱白一样柔嫩的手指，一把掀起佳伦的破旧棉裤筒，露出了雪白的小腿和光亮脚脖，她说："不冷吗？怎么会这样？"

"习惯了，一点儿也不冷，没事儿，别担心。"佳伦回答。

刘阳再次把小屋仔细打量了一遍，又说："你的牙齿那么洁白，这屋里怎么没看见牙缸牙刷呢？你用的什么牙膏？"

佳伦告诉刘阳："我们全家都是把医用纱布缠到手指头上，蘸上水刷牙，从来没用过牙膏刷牙。纱布还是爷爷过去的伙计魏先生给的。全家每人一块纱布，专门用来刷牙，主要是为了省钱。"

刘阳眼含泪花，心疼地抽泣了。

佳伦安慰刘阳说："你别伤心，我们家比较穷，但我从来不觉得苦。特别是过年，爷爷会想尽一切办法，无论如何也要给我们全家每个小孩做一套新衣服，年年如此。这也是我对过年的念想和最甜蜜的记忆。"

第二天一大早，刘阳给佳伦送去了一双她亲手织的袜子。她知道佳伦的鞋破了，还从代销点买了一双劳动牌鞋和牙膏、牙刷及擦脸用的雪花膏。特别是雪花膏，汪佳伦从未用过，他过去只有手和脚冻裂口子了才擦点儿胡壳油。

大年三十下午，寒风将几缕绯红吹在刘阳脸上，也吹进了汪佳伦的心里。汪佳伦第一次被邀请走进刘阳简陋的房间，激动得仿佛空气都停止了流动。

屋里生了一个煤炉子，一个大洗澡盆装满了热水，旁边木匠做的小板凳上，放着新毛巾和刚打开的东方红牌香皂。刘阳羞涩地望着佳伦说："明天是新年，今晚是除夕，你这个小弟弟现在就在我这儿赶紧洗个澡吧。我先出去，过会儿我们一起吃顿团年饭。"说罢，她转身就出去了。

佳伦赶紧插好门闩，快速脱光衣服，用细软的新毛巾和清香光滑的香皂，擦洗着身体的各个部位。用香皂洗澡，汪佳伦也还是第一次，他过去一直用洋胰子即肥皂洗澡。洗浴后的他，浑身焕发出春心萌动的轻松与梦幻。他更体会到了人世间的温暖和融化到心的关怀。

汪佳伦看见床上枕头旁有一本莎士比亚的爱情悲剧长诗《维纳斯与阿童尼》。他伸手拿起，声情并茂地背诵起来。他也有一本，早已背得滚瓜烂熟。

"佳伦，请开门。"刘阳敲门。

佳伦起身开门，她露出满意的幸福微笑问："你还会背莎士比亚的爱情诗？"

佳伦说："写得太好了，语言太优美了，百读不厌！"

除夕的年夜饭，刘阳和佳伦一起炒了几个菜，还拿了一瓶当地山民家庭作坊土法酿造的散装红薯干烧酒。两个互相取暖的知音开始碰碗对饮。在酒精的作用下，刘阳的童年记忆被唤醒，开启了冰封已久的心门。她告诉了佳伦一个秘密。

刘阳说，她现在的爸爸其实是继父，亲生父亲在她出生不久被打成了右派，组织出面强迫她妈妈离了婚。同时，还把他父亲遣送回老家劳动改造去了。继父是在"挽救"母亲的过程中，由组织出面安排重新组建了家庭。

继父原来的爱人因病去世了，她的两个姐姐是继父带过来的，现在已经出嫁。继父和刘阳母亲后来又生了一个弟弟。继父对她一直比较冷淡，只把弟弟当成宝贝。上山下乡指标一到楚天师范学院，系主任首先点名让右派分子的亲生女儿刘阳到条件艰苦的向阳地区接受贫下中农再教育。

临行前，刘阳母亲还交给她一封信，让她有机会去找一下妈妈的同班同学吴明安。大学毕业分配时，他好像分在向阳地区工作，但具体单位不清楚。刘阳已到向阳地区一年多了，但由于交通太不方便，一直没有机会找那个叫吴明安的人。

刘阳还一直幻想，这个叫吴明安的人，会不会是自己的亲生父亲？可是妈妈又给她说过，刘阳的名字是亲生父亲起的，原名叫杨阳，直到上小学时才改成继父的姓。

汪佳伦听在耳朵里，疼在心坎上，这么美丽善良、蕙质兰心的女孩子，却愿在自己面前袒露心扉，让冰冷刺骨的寒风穿透肺腑。

汪佳伦怜惜起刘阳这个小姐姐来，他说："今后我来帮你找吴明安,让爷爷动用一些关系帮忙找。"

刘阳却阻止了他,说:"一切都是缘分。再说,吴明安和妈妈除了是同学关系,到底还有什么关系也不清楚。"

刘阳心里苦闷,经过和佳伦聊天,心悄悄开了锁,真有点"让昨天脸上的泪痕,随记忆风干了"。她说:"初一给林场场长一家拜个年。趁着是晴天,初二开始到山里的几个景点去玩玩吧。"

回到工棚小屋,幸福的感觉慢慢溢了出来。刘阳无微不至的关心和敞开心扉的话语,让窄小冰冷的小屋有了阳光般的温暖。汪佳伦在日记本上写道:"姐姐,今夜我不关心林场,我只想你。"这一句话,竟和多年后一位知名青年诗人的诗句不谋而合。

一九七七年正月初一,汪佳伦一大早就带上工程队长赵运来给他留下过年吃的一瓶罐头和一盒饼干,给林场场长韩林生一家拜年。

韩场长夫妻二人和两个小孩都非常高兴,一定要留下汪佳伦吃一碗荷包蛋才让他走。上午,韩场长的小儿子跑到汪佳伦居住的工棚小屋,喊他吃午饭。汪佳伦就喊上刘阳,一起到韩场长家吃了一顿幸福而又欢乐的新年午宴。

正月初二,汪佳伦带了四个包子、六个馒头和一军用水壶开水。他准备让刘阳吃萝卜掺猪油渣子包子,自己吃馒头和咸菜。

他们一起直奔鹿门寺而去。

鹿门寺是鹿门山的核心景点,距离野山冲林场大约八公里。鹿门山原名苏岭山,因汉光武帝刘秀与近臣习郁在此"君臣同梦",夜里同时梦见两只梅花鹿，视为祥瑞之兆，便命习郁于此山中建寺，上刻两个石鹿对立于道口，百姓称为鹿门寺，而寺庙的所在地苏岭山也因此改称鹿门山。

鹿门山是五座山峰的统称，其中狮子山秀，香炉山幽，霸王山雄，鹿门山峭，李家山旷。狮子山山形似狮子，香炉山因其设过香炉、拜神灵验而得名，霸王山因楚霸王项羽在此屯兵而得名，李家山则旷渺宽阔、山形平缓。

鹿门寺雄踞其中，也可谓"世上好语书说尽，天下名山僧占多"。走进鹿门寺，红墙的庄严，寺院的清幽，舍利塔的神秘，伏虎亭的轩昂，瀑雨池的灵秀，聪明泉的清澈等，让汪佳伦和刘阳仿佛进入了忘我的境界。他们拜谒了曾在鹿门寺隐居过的唐代大诗人孟浩然的墓地，庞德公、皮日休等隐士的故居，诸葛亮拜师地，李白、杜甫、白居易、王维等诗人游历赋诗的踪迹。

正月里的几天，他俩早出晚归，乐此不疲。一路吟唱着妇孺皆知的诗句："人事有代谢，往来成古今。江山留胜迹，我辈复登临。""春眠不觉晓，处处闻啼鸟。夜来风雨声，花落知多少。"汪佳伦激情飞扬，出口成章，诗泉奔涌，刘阳的内心花枝悄放。

刘阳眼中闪过的一丝明媚，嘴角弯起的一抹浅笑，也让少年汪佳伦暖透了魂灵。

不知不觉间，一种若有似无的情愫在两个人之间蔓延。

正月十六，赵运来带着工程队到了林场。

爷爷奶奶和父母让工程队长赵运来给佳伦带来了缠蹄、香肠和一些卤菜。佳伦全部分送给了场长、刘阳和另外的知青、会计一家及司务长，他自己一口没吃。他觉得，和大家处理好这难得的关系比什么都重要，自己忍一忍，馋劲一会儿就过去了。

爷爷还请人为佳伦做了一套新衣服，选了十本书。

工程队在砌围墙、挖堰塘、盖平房、建仓库的工作基础上，又开始了修公路、打水井、建水塔等一系列的大小工程。

转眼到了一九七七年下半年，好消息接连不断。

首先是七十三岁的邓小平第三次复出，不久，国务院批准教育部高考制度改革意见，恢复了中断多年的高考，规定工人、农民、上山下乡回城和回乡知识青年、复员军人和应届毕业生，符合条件者均可报考。举国上下一片欢腾，大家奔走相告，知识、科学、教育的春天来了。

一天傍晚，刘阳神秘地告诉汪佳伦，高考制度恢复了，要汪佳伦做好准备。汪佳伦告诉刘阳，自己根本就没读过几本课本，物理、化学、历史、地理、英语从来没听过；要想参加高考，除非重新上学。

刘阳就让他先和自己一起复习，顺便帮她抄写一些复习资料，待汪佳伦明年找到了学校，再参加高考。

汪佳伦赞同。于是，工作之余，他们开始了紧张的复习备考。然而，高考报名就遇到了问题。刘阳因是右派分子的女儿，林场不敢给她开证明，没法到公社报名。

阴云爬上刘阳秀丽的脸庞，她急得直哭。汪佳伦像吞了金，心里又沉又疼。他安慰刘阳别着急，报名还有几天，待他想想办法再说。

汪佳伦找到工地食堂的司务长，把身上仅有的五元钱交给他，请他帮忙到淳河店集上，买几斤肥一点的猪肉。一年多来，司务长看到汪佳伦虽然年龄不大，但踏实肯干，叫人放心，就满口答应了。第二天，司务长翻山抄近路到淳河店，帮汪佳伦买回了六斤肥猪肉。当晚，汪佳伦乘着月色，拎起装着猪肉的竹篮走进了林场场长韩林生的家。

汪佳伦进屋后，将猪肉拿出来放到桌子上说："我们家刚杀了头猪给我送了点肉来，我一个人吃不完，这些送给您，感谢您这一年多来对我的关心，请韩场长今后多多关照！"

韩场长说："不好意思，但我也不客气。感谢！我大儿子刚从部队给我寄了一套军装，我把上衣送给你吧！"

汪佳伦坚持不要，但韩场长要他必须收下，否则肉拿走，汪佳伦只好遵命，连声道谢。韩场长告诉他说："你到我们家拜年的事，我爱人写信告诉了在部队的大儿子韩雨，说你很懂事，让他向你学习。儿子回信还让我代他向你表示感谢呢。"他要汪佳伦好好干，有机会一定会关照。

汪佳伦就顺水推舟，说："谢谢韩场长。现在还真有一件事，希望韩场长高抬贵手，给刘阳开个高考报名证明，她平时对我不错。这几天，我听到她天天在哭，为高考报名的事伤心。"

汪佳伦接着说："韩场长，刘阳没出生，父母就离婚了。到现在也不知道亲生父亲在什么地方。继父对她也不好，怪可怜的，您就帮帮她吧！"

韩场长动了恻隐之心，考虑片刻就说："好吧，我就担点儿风险，给她开个证明。你告诉她，不要跟任何人讲，悄悄去报名。"他拿出信笺纸，写了个证明，从五屉柜最上一层的抽屉里拿出林场印章，盖好后交给了汪佳伦。

汪佳伦双手紧握韩场长的手鞠躬致谢，随即拎起竹篮，迅速回到了自己的工棚小屋，敲开了刘阳的房门，交给她报考证明。

刘阳没反应过来，急忙问："找谁办的？"

汪佳伦怕刘阳知道后心里系个疙瘩，就让她别跟任何人讲，明天一早抓紧到公社报名，速去速回。刘阳一把抱住汪佳伦，贴着他的脸轻声低语道："谢谢佳伦，谢谢！"

一股幸福的涌泉泻落在刘阳的心海里，她感觉自己对佳伦有了一种从未有过的感情，心中的爱怜又增添了几分。佳伦抽身回到自己的小屋，借着翻过山坡的月光，回想刘阳春水般的眼眸。爱意浸润时，节制害羞的少年，用理智修筑了一道没有丝毫破绽的堤坝。他也瞬间感到，自己可能做了件很了不起的事。

刘阳第二天到公社报上了名，从邮局取回了妈妈从省城寄来的高考复习资料。

十二月六日至八日，刘阳在津门高中参加为期三天的全国统一高考。九日，刘阳满意地回到了野山冲林场，她告诉佳伦，高考题非常简单,考上大学有十足的把握。她要求佳伦一定要继续上学读书,争取考上大学。

一九七八年元月十二日,津门公社高考过线的人员名单公布,刘阳排名第一。体检后,她就填报了志愿表。她向韩场长请假,想回省城等通知书,因为她填写的通讯地址是楚天师范学院。

刘阳把自己的学习资料、学习用具和生活用品等,全部留给了佳伦。准备坐上马车走的时候,她一把紧紧抱住佳伦,轻声说:"一定要重新读书考大学,多保重!"说罢眼圈一红,泪珠挂在腮上,急忙低头转身而去。

佳伦站在寒风中,像个庄稼地里露出地面的半截青萝卜,愣头愣脑地目送着远去的马车和人影。

腊月二十二,汪佳伦从野山冲林场回到了蔡营。看到佳伦身子骨明显壮实,双手却冻裂开了口子,奶奶伤心地哭了。

佳伦发现,蔡营最大的变化是家家户户装上了电灯。

第二天腊月二十三,过小年。吃中午饭的时候,蔡营二社的电话员把一封信送到了汪佳伦手中。

信是刘阳写来的,原来刘阳回省城前,专门到向阳地区行署,查到了妈妈同学吴明安的单位和地址、电话。回家后,刘阳向妈妈介绍了汪佳伦的基本情况,请妈妈找吴明安叔叔帮忙帮汪佳伦找学校读书。

汪佳伦把刘阳的来信一会儿揣进兜里,一会儿攥在手里,信上的内容看了一遍又一遍,心中充满了无限渴望。

第三章 跳出农门

第三章 跳出农门

一九七八年初春,过去的政治坚冰尚未彻底消融,改革开放的春雷即将炸响。人们还在粗茶淡饭难见荤腥的苦涩中,期盼即将到来的除夕年夜饭。汪佳伦朝思暮想的,却是能否重新坐进教室,享受书海时光,迈进大学校园的神圣"象牙塔"。

这年春节,无论走到哪里,人们谈论的都是高考。正月初五,汪佳伦到同学凡京生家拜年,他们全家正在谈论,凡京生的大姐、二哥和三哥分别达到大、中专录取分数线,等待录取通知书的到来。凡京生的父亲也被重新安排了工作,从向阳县教育局驻村工作队调到了县一中教书。他督促凡京生到高中一年级插班学习,准备高考。

正谈到兴头上,汪佳伦的大弟弟气喘吁吁地跑过来说,野山冲林场的韩林生场长来了,要他赶紧回家。

一进门,就看见韩场长和爱人及一双儿女,正在家里吃荷包蛋泡油条。韩场长丢下碗筷说,他是趁春节放假还有两天时间,准备从蔡营坐船到县城玩两天,顺便看望一下佳伦的爷爷奶奶和父母,给他们拜年。他还告诉佳伦,要他开年到林场去当合同制林工,县里给了十个合同制山区林工指标,场里推荐了佳伦。

听到这个消息,汪佳伦在万般无奈的渴望里,又感到意外长出了希望的花芽。

正月十三上午,汪佳伦收到刘阳发来的信件。她在信中说,妈妈已经电话联系上了大学同学吴明安。吴明安现在是向阳县平安公社革委会主任,她要吴主任帮忙将佳伦安排到平安公社高中当插班生。吴主任满口答应,并作了安排。

正月十五下午，汪佳伦一个人带上行李和三十斤大米，先到向阳县招待所大舅家里，放下行李后，独自到城区公共汽车客运站，购买了正月十六早上去平安公社的汽车票。

佳伦告诉大舅，自己准备到平安高中读书，明天起床太早，就不和大舅打招呼了。第二天凌晨四点，佳伦就醒了，他悄悄出门，走到公共汽车客运站，在寒风中一直等到开门上车。破旧不堪的大客车，像头病重的老牛，喘着沉重的粗气，在坑坑洼洼的乡村公路上艰难爬行，每到一个小集镇都停车上下人，直到七点半钟，才到达平安公社。

汪佳伦扛着大米和行李，走进公社大院，直接找到了吴明安主任。吴主任当即推着自行车，把汪佳伦的行李和大米放到自行车后座上，一起走向平安高中。

路上，吴主任问他知不知道汪宏文。汪佳伦告诉吴主任，汪宏文是自己的爷爷。吴主任惊讶地说，他在蔡营驻过队，佳伦的爷爷和父母都有文化。当时他向县里汇报，要佳伦的父亲当工作队队员。可是，浩然乡和蔡营二社开出的证明，说佳伦爷爷当过伪县长，佳伦父亲就没当成工作队干部。吴主任还告诉佳伦，他和佳伦的大舅关系也很好。

到了学校，吴主任把汪佳伦交给了校长周心善，叮嘱他一定多多关照。吴主任也交代佳伦，有什么问题可以直接去找他，或者直接到学校对面的公社食品所找他爱人。他爱人是食品所主任，姓曹。佳伦一再表示感谢。

吴主任走后，周校长将汪佳伦安排在高一文科班。

平安高中原是向阳县属重点高中，师资力量雄厚，学校打钟的都是大学生。后因政治风暴，教师都成了臭老九，一些人还被打成了右派，学校也降格成了公社办的普通高中。

教室里是日光灯，白花花、亮堂堂的，让汪佳伦心胸开朗。晚自习后，他怎么也不想走。同学们都回寝室睡觉，只有他一个人还在教室里埋头学习。可是，他初中没学到什么知识，从高一下学期开始上，就感觉根本跟不上。

好在他学的是文科，语文、地理、历史、政治上手很快，数学干脆放弃。二十六个英语字母都没听说过，高考不计分数，他也准备放弃。

汪佳伦就像碾米磨面蒙着眼睛的毛驴一样，不分白天黑夜，一头扎进书本里，有使不完的力气。他一门功课一门功课地"推磨转圈"，反复阅读、理解、背诵，竟也可以倒背如流。期中考了个中等，期末考进了前十名。暑假，他只回家拿了些钱、粮和换洗衣服，就立即返回学校自学。他甩开老师的教学进度，通读高中文科课本。

到了高二，除了听老师讲课以外，他把学习任务分解到每天要完成多少，设定严苛的学习时间，必须背得滚瓜烂熟。睡觉前，其他同学还在说话，他就闭上眼睛默背白天所学的知识。

他牢牢抓住难得的读书机会，沿着命运递给他的绳索，使劲向上攀登。即便吃饭，他也是端着饭碗一边吃，一边在学校报栏前看《人民日报》《中国青年报》《参考消息》等报纸。每当看到好的语句和观点，就默记下来，回到教室再记到本子上。

高二放寒假和麦收假，汪佳伦没时间回去，身上的钱粮早已吃干喝尽，他只好找同学们借，找老师借。实在没办法了，他就找吴明安主任借了三十元钱。

汪佳伦盼着父母能送一点钱过来。可是，就是不见父母的人影，就像清晨的露珠，等不来中午的太阳。有时就不吃饭，可是不吃饭，头晕眼花，根本学不成，喝一肚子凉水也不起作用。刚到上午，肚子就叽里咕噜唱空城计，胃一抽一抽地疼。到吃饭时间了，他不自觉地走到周校长门前。周校长一喊，他就毫不客气地进屋吃一顿。时间一长，周校长的儿子就不高兴了。

汪佳伦终生难忘的是，一九七九年"五一"劳动节，学校休假三天。老师同学们都回家了，周校长一家也走亲戚去了，全校只剩下一个看门的人。汪佳伦身无分文，肚子饿得咕噜噜地叫，眼冒金星。实在受不了了，他就跑到平安街上唯一的一家集体餐馆。结果，桌上的碗盆一滴不剩，他连想吃点儿残渣剩水也没法下手。他只好怏怏地回到学校，想找看门的赵师傅，看能不能将就一顿，哪晓得赵师傅也不知所终。

就在他饥肠响如鼓，绞尽脑汁，已经绝望的时候，耳边忽然传来"佳伦，佳伦"的喊声。抬头一看，原来是和家里关系非常好的蔡营二社五队的复员军人李明武。

李明武就给汪佳伦拿出了三个蒸馒头和一垛子工厂食堂炒的"大头菜"，让他吃。汪佳伦把"大头菜"往馒头里使劲塞，毫不客气地咬了一口,像鹅一样伸长脖子咽下去,然后连连说:"太好吃了!小武叔,你怎么到这儿来了?"

李明武告诉汪佳伦,他在江北化纤厂做临时工烧锅炉,已经来了两个多月了。来的时候,佳伦的爷爷悄悄给了他二十元钱和一张纸条,让带给佳伦。化纤厂离平安高中只有三公里,但他刚到,人生地不熟,直到这次厂里放"五一"假,他才摸到平安高中来。

汪佳伦和李明武坐在学校操场乒乓球水泥台上,他一口气吃了两个馒头,喝了三次自来水,这才喘了一口气说:"谢谢叔叔!谢谢叔叔!"

李明武把二十元钱和纸条交给了汪佳伦,要他到化纤厂去玩,晚上还可以到锅炉房里洗个热水澡,好好吃几顿肉。

汪佳伦看到爷爷熟悉的毛笔字:"佳伦,穷不扎根,书不压身。好好学习,不要饿了肚子,你若能考上大学,就能让我在所有人面前抬得起头了。"佳伦的眼泪瞬间就不听使唤地掉了下来,他忘不了爷爷对自己满满的爱和无限的期望。

汪佳伦投入到了高考复习冲刺阶段。离高考还有一个月的一天上午,正在上课,汪佳伦忽然看见父亲隔着玻璃窗向自己招手。他立即向老师请假,走出了教室。

见面后,父亲给了他二十元钱。他一句话也没说,委屈的眼泪唰唰唰止不住地往下流。他感觉父母根本就不管他,所受的罪,挨的饿一幕幕浮现在眼前。父亲说,这次偷偷到南京、合肥贩麦冬一个多月，没赚到什么钱，但摸清了路子，还准备再去一趟。

佳伦跟着父亲走到了与学校一墙之隔的汽车站，因为还不到开车的时间，父亲就叫佳伦和他一起到旁边的茶馆坐一会儿。佳伦说马上还要上课，就看了一眼也在伤心落泪的父亲，抹着眼泪向学校走去。

汪佳伦每天都"绷紧弦、拉满弓、铆足劲"，挑灯夜战，伏案苦读，燃透自己的希望之光。除了按自己的计划复习以外，他还参加老师安排的突击复习和摸底测试。他咬紧牙关，祈盼着命运之神的垂青。

七月六日，周心善校长带领平安高中的七十三名考生赶到向阳县一中。第一天上午的语文和下午的历史考试，汪佳伦感觉考得不错，很是高兴。晚饭后，政治老师见到汪佳伦说，她有个手抄本小说《AP案件》，很好看，问他想不想看。

汪佳伦嗜书如命，心中痒痒，还是没忍住，伸手接了过去。晚上睡觉前，他自认为语文、历史都考得不错，明天的地理也复习好了，上午的数学反正也不指望，于是就伸手把枕头下的手抄本《AP案件》拿出来翻看。一翻不要紧，侦探小说故事情节起伏跌宕，环环相扣，汪佳伦一口气看完了，时针却指向了早上五点钟。

汪佳伦赶紧闭眼睡觉。可是，小说中巧用银环蛇毒杀他人的故事画面，让他怎么也睡不着。刚有一点睡意时，早起复习的同学已经开始洗漱了。结果，汪佳伦昏昏沉沉走进了考场，不到一个小时就第一个走出了数学考试考场。

下午地理考试，尽管昏头涨脑，汪佳伦还是比较顺利地考完了。

平安高中的地理老师李想，是全县出了名的顶尖老师，自信自己的学生比县一中的学生考得还要好。因为那一年所有的考题，他都让学生们反复练习过。李想老师首先叫住得意门生汪佳伦说："你这次应该考个满分吧？"

汪佳伦依然没吭声。同学们在议论大陆性季风气候和海洋性季风气候的区别时，汪佳伦感觉自己刚好答反了。这道七分的题目就从他的指缝间溜走了。

汪佳伦在懊恼中考完了第三天的政治和英语两门课。

平安高中文科班的师生们带上行李，准备坐车回去。汪佳伦跑步上前，一把抱住周心善校长放声大哭起来。这哭声里有辛酸，有欢乐，有感激，也有委屈。老师和同学们纷纷下车安慰，汪佳伦再三感谢老师和同学们，依依不舍地和大家招手告别。

这时，在县一中就读的"五大才子"之一的凡京生跑了过来，说他马上要坐公共汽车去县新华书店做临时工，为上大学挣学费。他告诉汪佳伦，还有几个没考上大学的发小，也在县一中复读参加高考，都考得不错。

老同学信心满满，汪佳伦心里的压力增加了不少。他想自己肯定没有县一中的同学考得好，但仍强作欢颜。正说着，在县一中复读，也刚参加完高考的张开帆、贾英海、赵运亮、吴建设四个同学，手里拿着银耳牌加长香烟，笑容满面地走了过来。他们要去找县一中物理老师汪必时，请他估分。汪佳伦知道汪必时和自己是一个生产队的，但从未见过面，就推辞不去，让大家吃罢晚饭后，在学校大门口碰面。

晚上七点钟左右，蔡营的五个同学在向阳县一中大门口见面了。他们个个都认为，考上大学一点儿问题都没有，估分都在三百二十分左右。他们问汪佳伦估了多少分，汪佳伦低头不语。

汪佳伦和四个发小同学，从县一中学校大门往北走。五个人坐到水泥栏杆上，各自憧憬着今后的人生蓝图。汪佳伦始终是个旁听者，既不抽烟，也不说一句话。

第二天一大早，汪佳伦就从向阳县一中坐公共汽车到县城，然后步行回到蔡营。停留了一天，他赶到津门公社给刘阳发了一封信，介绍高考情况。他告诉刘阳，自己将到向阳县城打工，让她不要回信，等高考结果出来后再联系。

汪佳伦坐公交车到六两河，再坐轮渡船赶到了小舅所在的县磷肥厂，做临时工挣钱。当时，县磷肥厂正在招农民工干装卸，一天一块二毛钱，干八小时的活。汪佳伦的小舅是磷肥厂食堂的司务长，当晚就和磷肥厂一个车间主任说好，第二天正式上班。

工棚还没有野山冲林场的条件好，一个工棚住四名炊事员，没有隔墙，床与床之间就拉一道布帘子。夏天天气炎热，篾席床上都睡成一窝汗水。

每天吃罢晚饭，洗罢凉水澡，汪佳伦就上床读《古文观止》。往往看会儿书，就已经睡着了。装卸工像牛马一样，劳动强度太大，一到工棚人就累瘫了。农民工没有一个人干过十天的，就像走马灯一样不停地走人，因为实在太累太苦。汪佳伦年龄最小，却一直坚持了整整四十天。

一天三顿饭，时间也没有数，都是小舅从食堂打好后送到工棚吃。吃饭不需要交一分钱，估计都是从工钱里扣除。

汪佳伦干着苦力活，心里还是想着高考。一有空，他就到厂宣传栏里去看报纸，了解高考的信息。每当走出工棚，看到厂里工人们大人小孩都在厂门口买冰棒和西瓜吃，汪佳伦就眼馋，可是身上只有两元钱，他舍不得花一分。小舅也舍不得给外甥买半片西瓜和一根冰棒，尽管当时西瓜才两分钱一斤，冰棒两分钱一根。

八月二十二日中午，佳伦正在工棚等午饭。这时，门牙缺了半颗的炊事员沈确传话给他，上午接到汪佳伦大舅打来的电话，说平安高中通知，叫佳伦回去准备参加高考体检。汪佳伦连声道谢，随即跑到食堂找小舅，小舅正给他准备午饭。佳伦就说下午不上班了，回去准备高考体检，让小舅帮忙给车间班长说一下。

吃罢午饭，汪佳伦坐上轮渡船，过唐白河后，从六两河步行到津门公社，然后沿着汉江江堤，走回了蔡营。

第二天上午十一点左右，父亲肩上扛着扁担，扁担上绑着几个麻袋，回到了家中。父亲从上衣口袋里掏出汪佳伦的高考分数单和一块钟山牌手表。

汪佳伦一看，高兴得说不出话来。成绩单上，语文95分，历史67分，数学10分，地理92分，政治55分，总分319分，达到了大学录取分数线。

父亲对佳伦说："这次到南京和合肥，分别与两家医药公司达成了口头协议，收购蔡营的麦冬。这次赚了点钱，回来时就顺便到你大舅那里去了一下。碰巧大舅正着急联系你，说刚刚接到平安高中周校长的电话，要你八月二十五日上午到设在县招待所的体检点体检，全县统一。体检时平安高中的老师也会到场。我预感到你今年一定能考上大学，在南京下狠心给你买了块手表。"

汪佳伦激动万分，喜泪涟涟。午饭后，汪佳伦先到同学凡京生家，结果凡京生不在。他又到张开帆家，张开帆也早就拿到了分数单，两人相约到时候一起去体检。张开帆告诉佳伦，赵运亮和吴建设两个同学连中专分数线都没达到，可能还要复读。

体检时，汪佳伦知道了自己身高一米八〇，而体重只有一百〇二斤！

九月十二日上午，烈日依然倔强地炙烤着大地，汪佳伦正在隔壁汪开心叔叔家，忽然听妈妈喊自己，说大学录取通知书到了。

汪佳伦跑步跨过腰墙，回到自家院子。生产队记工员刘明芝笑眯眯地说："恭喜呀，大侄子，快打开看看，是哪个学校？我在大队开会跑着给你拿回来的，生怕弄丢了。"这位婶娘把录取通知书当作稀世珍宝一样，比佳伦的父母还要高兴。

汪佳伦道谢后，双手接过挂号信封，小心翼翼打开，里面是一张红色录取通知书，一张新生入学注意事项。录取通知书上写的是楚天师范学院中文系汉语言文学专业。大家齐声叫好，汪佳伦喜极而泣。他终于被命运之船捞上了岸。

办完转户口和粮油关系手续后，汪佳伦长长出了一口气，心想这就算是跳出"农门"了。跳出"农门"，吃上商品粮，这是多少农村孩子梦寐以求的事啊！

爷爷奶奶脸上的每道皱纹都溢满幸福和笑容，他们专门为大孙子买了一身的确良衣服，还把奶奶嫁到汪家时的嫁妆——一口草绿色皮箱送给他装日常用品。汪佳伦感觉周围的空气里到处都飘洒着沁人心脾的甜味。今后再也不跟土坷垃打交道了，他要张开双臂，去拥抱崭新的美丽世界。

开学报到还有几天，母亲就让佳伦到几个亲戚家报喜。母亲说，先到小姨家，再到小舅和大舅家，最后去看看外爷和外婆。

母亲说，小姨家五月份刚盖了三间新瓦房，当时佳伦父亲到南京贩麦冬去了，家里没有钱，最后还是找毛权权家借了二十元钱上的礼。这次去报喜，小姨家肯定最少也要给二十元钱。

但佳伦心里清楚，小姨夫是生产队记工员，家庭条件好，却比较小气。因为过去农闲时，外爷会到两个女儿家走动走动，但每次从唐营家走时，总要逮上几只鸡，先到较近的彭岗小女儿家，再到大女儿家。

汪佳伦的外爷身强体壮，喜欢吃肉，一顿能吃几斤。他们家在"种一葫芦收一瓢""死土长不出活庄稼"的赤贫秃丘荒岗上，离津门街比较远，买肉还要肉票，所以只能吃鸡蛋。

每次到小女儿家，一到吃饭的时候，小女儿就会说没上街，也没什么菜，明天上街买肉，今天先将就。第二天，依然是外甥打灯笼——照舅（旧）。有一次外爷生气了，就数落说："上坟烧报纸，你想糊弄谁？"

每次空手到了大女儿家，佳伦的爷爷奶奶都会想方设法，借钱也要买上肥肉，让佳伦的外爷吃好喝好。外爷因此最喜欢到蔡营大女儿家。原来每次拎着几只鸡先到小女儿家住几天，再空着手到大女儿家，现在变成了挑着大米，带着鸡蛋，只到大女儿家来，不到小女儿家去了。

汪佳伦不会骑自行车，就找已考上江北师范学院，还没开学的同学贾英海和自己一起去。

汪佳伦和贾英海赶到时，小姨家正在门前大包干刚分到的堰塘里挖藕。他们前一天抽干堰塘的水，把鱼卖给了县招待所食堂，得了几百元钱。今天准备再把藕挖了，也卖给县招待所。

汪佳伦和贾英海一起帮小姨家洗干净藕，一直忙到了中午。午饭时，汪佳伦告诉小姨和姨父，自己考上了楚天师范学院，同学贾英海也考上了江北师范学院，今天是专门报喜来的。

小姨和姨夫都说，好事儿，好事儿。他俩视力都差，分不清稻子与稗子，但佳伦从他们的话语和眼神中感到，那份妒忌浓得化不开。

饭后准备回家，小姨从房间里拿出了一床旧棉絮，说考上大学不容易，要送一床棉絮给佳伦。佳伦一看，坚决不要，起身就往外跑。小姨一把抓住贾英海的自行车，勉强把那床旧棉絮放在后座上，要贾英海交给汪佳伦。

贾英海追上来后，汪佳伦将旧棉絮一把扔进了路边的臭水沟里，一句话也没说就回去了。

到家后，母亲问："小姨给了多少钱？"

佳伦说："我永远不会认这门亲戚了。"

第二天，佳伦还是坐同学贾英海的自行车，到县磷肥厂给小舅报喜。上大学要用钱，他希望拿到在磷肥厂四十天的工钱。结果，一分钱也没有拿到。那可是十六岁的汪佳伦肋骨都要累断了挣的啊！

亲情如纸张张薄，刺骨寒气透心凉。这件伤心事，就像在墙壁上钉了钉子，即使后来拔掉了，也留下了伤痛的疤痕。

汪佳伦气愤地坐上自行车，直奔大舅所在的县招待所。

大舅见面后非常高兴，先从抽屉里拿出五张大团结，一把塞给他。佳伦忍不住哽咽，滚烫的泪水滑落到脸颊上。

大舅叮嘱佳伦，到大学里要好好学习，团结同学，尊重老师，积极要求进步，有什么困难，直接写信告诉大舅，由大舅来办。

大舅还告诉佳伦，楚天师范学院北门路对面，是江北省商业专科学校。学校的后勤处副处长唐成，是他推荐的工农兵学员，毕业后留校任教，刚刚得到提拔。大舅把唐成办公室和家里电话都写给了佳伦，让佳伦也叫他舅舅，有事可以找，对方绝对不会马虎。

正说着，小姨和姨夫提着一篮子鸡蛋，走进了大舅的办公室。县招待所买了他们的鱼和藕，今天是专门送鸡蛋，表达感谢。大舅连忙说："你们来得正好，大外甥佳伦考上了省城的楚天师范学院，这可是不得了的事啊，全县今年只考上了二十几个大学生。"

小姨夫连忙从裤兜里掏出十元钱，当着大舅的面递给佳伦。佳伦把钱往地上一扔，狠狠踩了一脚说："你们勉强塞给我同学的那床烂旧棉絮，我扔在你们彭岗的臭水沟里了，你们捡回去！"说罢，给大舅鞠了一躬，昂头走出了办公室。

回到家后，佳伦告诉父母，外爷和外婆家就不去了，一是太远，同学贾英海也要开学报到；二是想休息一下，准备到省城上学的事。

父亲说："你妈嘴上没个把门的，叫你到她娘家的几个兄弟和妹妹那里去报喜，我没发言。她根本就不明白'人穷不走亲，越走越寒心'，让你受了委屈。这件事算了，我也不会再认你小舅和小姨这两门亲戚。人家从来就看不起我们这个穷亲戚，我更不稀罕他们的那几个臭钱！你考上大学，他们不是高兴，而是嫉恨。他们根本就不希望你好，我们天天喝西北风才高兴。我和你站在一起，坚决不认这两门长狗眼的王八蛋们。但是，有一个地方，我还是建议你去一下。就是你会群阿姨那里。她最喜欢你，如果不告诉她，她会很伤心。以后，你杨兵叔劳改回来，也会抱怨你。"

佳伦点头答应了。

第二天，佳伦和大弟弟一起，到了会群阿姨家。一见面，会群阿姨很高兴，一把抱住佳伦说："这是我这么多年来，听到的最高兴的一件事！"

会群阿姨不到四十岁，却憔悴得让人无法直视。当年那个身材高挑，美丽大方，令人过目难忘的会群阿姨，早已不复存在。她用葫芦瓢在水缸里舀了一瓢凉水，让佳伦兄弟俩喝，然后说："你们兄弟俩先坐在板凳上休息一会儿，由娃子的奶奶陪你们说说话，我出去一会儿就回来。"

麻绳专挑细处折，厄运专找苦命人。本来就风雨飘摇的家庭，又受了致命的一击。由于杨兵叔叔被诬陷而坐牢的事，杨奶奶两只眼睛都哭瞎了。杨爷爷也在翻建漏屋顶时摔断了腿，瘫痪在床。三间土坯草房东倒西歪，十二岁的孙子早已辍学，帮妈妈下地干活。刚满一岁的小孙女，在地上爬着自己玩。

大约半个小时后，会群阿姨回来了。佳伦心酸地告诉她，家里还有事，他们先回去了，以后再来看望阿姨和爷爷奶奶。

会群阿姨拿出刚借来的两元钱给佳伦。佳伦知道她们家实在太困难了，坚决不要。僵持了半天，会群阿姨急得一只腿半跪下了，抱住佳伦说："娃子，你要是不收下，就是看不起阿姨，阿姨是不会让你走的。"说着就哭了起来。

佳伦见状，也哭着说："会群阿姨，好，我收下。谢谢阿姨！您多保重！"

会群阿姨一直把佳伦和弟弟送到营子路口，兄弟俩躬身告别。回到家后，佳伦告诉父母，会群阿姨家实在是太穷了，太可怜了，感觉他们就像牲口一样生活，一定要多帮他们。

这时，父亲告诉了佳伦一个秘密。他说："你杨兵叔一家真是黄连木上挂苦胆，苦上加苦。苦命人已经苦到天花板了。去年春节前，我去监狱看望同学杨兵，他告诉我，儿子和女儿都不是自己的，而是邻村书记强奸自己媳妇后生下的。他出狱后，一定要杀了那个书记全家。"

佳伦听后如五雷轰顶，心里就像扎上了一枚蘸着毒汁的钢针。过去总有人说，杨兵叔叔真有本事，在监狱里还能和会群阿姨生小孩。现在想想，杨兵叔叔该承受着多大的痛苦啊！佳伦仿佛一瞬间长大了。他看到了这人间悲剧背后的丑恶和欺凌，心中的不平和愤怒像决堤的汉江水一样奔腾。

佳伦又见了杨凤安老师和赵运来师兄，与他们一一话别。

过了几天，佳伦给刘阳发了一封信，告诉她自己从向阳火车站到达省城临江火车站的车次和时间。而他对刘阳的思念，就像风儿吹过一扇关不紧的门，越发强烈。

第四章

大学时代

第四章 大学时代

一九七九年，注定是不平凡的一年。惊天地、泣鬼神的春天故事，像天上的繁星，地上的野草，数不胜数。

内心丰盈者，独行也如众。九月二十日，十六岁的农家子弟汪佳伦，怀揣大学录取通知书，独自一人背着行囊，踏上了从向阳火车站开往省会临江市的绿皮火车。

下午四时许，火车抵达临江火车站。汪佳伦随着人流来到了出站口。这时，楚天师范学院大二学生刘阳猛然跑上前，毫无顾忌地给了汪佳伦一个热烈的拥抱。

刘阳接过行李，带着汪佳伦走到火车站站前广场的楚天师范学院新生接待站，登上一辆坐满了新生的大卡车，直奔校园而去。不到一小时，卡车到了南湖之滨桂子山上占地近两千亩的楚天师范学院。

九月，正是桂子飘香的时节。"叶密千层绿，花开万点黄。"桂子山的桂花令人陶醉，秋色令人痴恋。

汪佳伦站在大卡车上，看到到处都是欢迎新同学的标语，路途的劳累一扫而光。下车后，刘阳和另外几个同学一起，带领汪佳伦等新同学来到中文系教学楼和宿舍楼前。

这是三幢品字形大楼，青砖绿瓦，飞檐斗拱，主楼屋顶与两翼屋顶错落有致，极具飞动之美，后面副楼的歇山屋顶，四角轻盈翘起，更是玲珑别致。中间一个大花园，有假山鱼池和其他植物，花园对面是学生宿舍楼，两旁香樟树参天而立，郁郁苍苍。

男生宿舍楼由西往前，就是学生食堂。刘阳带着汪佳伦办理了入学报到、新生注册、户口迁移、粮油关系等手续，领取了师范生的免费饭菜票，住进了双层架子床的六人房间。

稍事休息，就到了晚饭时间。刘阳带着汪佳伦到学生食堂就餐，让他先好好休息几天，等开学后再到市区转转玩玩。

中文系举行了开学仪式，大学生活正式开始了。

转眼到了国庆节，汪佳伦计划到学校对面的省商业专科学校找唐成副处长，然后给爷爷奶奶等亲朋写信，汇报一下自己的学习情况。

刘阳早汪佳伦一年半考入楚天师范学院中文系，刘阳的妈妈张赛琴老师就在中文系教现代汉语和写作课。她告诉佳伦，妈妈要佳伦十月一日中午到家吃饭。当天上午，他俩沿着校园小路并肩而行，走到一幢四层高的坐北朝南楼房前。宽阔的花径，大片的绿地，茂盛的树木，幽静的校道，古朴的建筑，桂子山风景如画。

汪佳伦跟随刘阳走了进去。这是一套两室一厅约有六十多平方米的房屋，屋内摆设简朴整洁，小客厅里放了一个小圆桌和几把椅子。最引人注目的是满屋子的书籍，倚墙而立的自制书架占据着每个房间的犄角旮旯，让人目不暇接。

刘阳的继父带着儿子到大女儿家去了，只有刘阳的妈妈张赛琴老师一个人在家。看上去很显年轻的张老师，身量适中，气质高雅，说话柔声慢气，正是吴侬软语。眼镜下忧郁的双眸，好像有说不完的心事，总带着几许淡淡的愁怨。她让刘阳陪佳伦喝茶，自己先到厨房把菜炒完，马上就可以开席了。不一会儿，小圆桌上已摆上了六菜一汤，还拿出了一瓶竹叶青酒。

落座后，张赛琴老师含笑盈盈地说："今天请佳伦到家里来小坐，一是祝贺佳伦考入楚天师范学院，二是感谢佳伦在野山冲林场对刘阳的关照，三是希望佳伦好好学习，努力成才，做一个有为青年。"然后碰杯开席。

"阿拉不晓得，对不对佳伦的口味。"张赛琴老师讲了一句上海话就不言语了。

刘阳在一个开明家庭的熏染下，从小养成了自尊、正直、温顺、善良的优良品性，且喜吟诗作赋，具有较高的文学天赋。在野山冲林场时，她就经常和汪佳伦对诗唱和。

张赛琴老师站起来说："佳伦同学，我和刘阳一起敬你一杯酒。刘阳考上大学后，写信感谢野山冲林场的韩林生场长，而韩场长回信说，应该感谢佳伦，是佳伦找他，感动了他，他才冒险给刘阳开了报名证明。直到那时，我和刘阳才得知事情的真相，你也一直没告诉刘阳，我们全家很感动。你小小年龄，太了不起了，来，我和刘阳敬你一杯！"

汪佳伦一口干了，说："都是应该的，我做得还很不够。"

张赛琴老师忽然问佳伦："你是向阳地区哪个县的？"

"向阳县的。"佳伦说。

"向阳县？哪个公社？哪个乡？"张老师接着问。

"津门公社浩然乡蔡营二社六队的。"汪佳伦说得很详细。

"真的？"张老师有些吃惊。

"是的,张老师,你知道这个地方?"汪佳伦感觉有些奇怪。

"那你认识一个叫杨凤安的人吗?"张老师又问。

"认识,他是我的师傅老师。"汪佳伦回答。

"师傅老师什么意思?"张老师追问道。

"我还没上学之前,杨凤安老师就收我为徒弟,我跟他学了不少知识。如果不是杨老师找他的大徒弟帮忙,我还去不了野山冲林场,也就认识不了刘阳,重新读书考上大学也就无从谈起,更不可能坐在这里和您一起吃饭。我会一辈子感谢杨老师,他是我的师傅和恩人。"汪佳伦说。

"他还好吗?"张老师问。

"原来身体有些问题,现在好多了。一直在蔡营住,工资从蔡营学校领取,过得还不错。"汪佳伦回答。

"哦。"张老师轻轻叹了口气。

汪佳伦隐隐约约感觉,张赛琴老师好像有什么不便说的隐情。

"来,我代表我的师傅杨老师,敬您一杯,看来你们认识。"汪佳伦提议。

"谢谢,我干了!"张老师举杯一饮而尽。

"妈妈,这个杨老师,你怎么会认识?"刘阳问。

"我们是大学同学。"张老师说。

"那我们以后有机会到佳伦家去玩,顺便还可以看看你的同学,包括吴明安叔叔。"刘阳说。

"好哇,好哇。"刘阳妈妈说着话,眼里却泛着泪光,声音有些颤抖。

"那我代表全家和我师傅,邀请张老师和刘阳一起到我们向阳去观光览胜,寄情抒怀!来,干杯!"汪佳伦提议。

"干杯!"三人齐声说道。

汪佳伦酒足饭饱,带着醉意回到了宿舍。

第二天上午十点,汪佳伦走进了江北省商业专科学校。当他敲开后勤处副处长唐成的家门时,唐成和爱人、女儿、岳母一家四口,正准备出门到同学家做客。

汪佳伦自报家门后,唐成非常高兴,一再说他能有今天,全是托佳伦大舅唐书记的福,唐书记是他们全家的恩人。他要佳伦一起去同学家吃午饭。佳伦婉拒后,唐成说,那你带四瓶肉罐头回学校吃,这个星期六到家里来吃晚饭,好好聊聊。

回到学校后,汪佳伦愉快地给爷爷奶奶、父母、杨凤安老师、赵运来师兄、大舅、周心善校长、吴明安主任、高中班主任李奇林、野山冲林场韩场长、李会群阿姨等写了信,向他们问好,汇报了大学的学习生活情况。

在给杨凤安老师的信中,汪佳伦特别提到了张赛琴老师的问候。

节后,本来有张赛琴老师的写作课,结果临时换成了其他老师的古代汉语课。后来才知道,张老师爱人十月二日因车祸突然去世了,张老师在处理后事。

随着上课增多,同学们熟悉起来。汪佳伦也由刚开始胆怯、四处张望,慢慢变得自然起来。在他看来,中文系都是佼佼者,许多同学都有一种天然的文人特质，孤傲、恃才、不羁，人人多才多艺，都比自己强。他一头扎进书海里，如同干涸的海绵一般徜徉在知识的海洋，汲取营养，还从同学们的身上学着更好做人。

一九八〇年元旦，汪佳伦和同在临江市的发小同学约好，上午九点在洪山礼堂旁的江北省委大门口集合，然后去东湖游玩。汪佳伦和楚天师范学院教育系的张开帆、江北财经学院法律系的凡京生、随父母平反回到临江市安排工作后考上省广播电视大学中文系的叶哲，先后到达了约定地点。

四名发小同学沐浴着暖冬的阳光，来到了东湖。放眼望去，偌大的东湖，水波浩渺，孤舟如丸，寒鸦戏水，小鸟群飞，叶落池瘦，游人信步，数枝腊梅凌寒独开，好一幅水墨山水。在凛冽的冷风中，大家喜上眉梢，尽情诠释着青春的渴望，书写着刻骨的清欢。湖边几只鸭啼，像被寒风揉碎于耳畔的心语，在轻叹春的期盼。

中午时分，四人游兴未尽，在东湖边一个小餐馆坐了下来。带薪上广播电视大学的叶哲，当仁不让地尽地主之谊。在他点菜过程中，汪佳伦把杨兵叔叔蒙冤入狱之事，告诉了学法律的凡京生，请他帮忙找一下老师想想办法，把这个冤案给翻过来。凡京生满口答应了下来。

一桌子菜和火锅上来了，开了一瓶黄鹤楼牌白酒，大家酣畅淋漓地举杯畅饮。在饱览了东湖的美景和饱餐了火锅的美味后，老同学们挥别分离。

时间如流水，离春节只剩两个月时间了。大学上课的教室不固定，没有老师盯着你学习。除了上课，其余时间都是自己安排，没有老师监督。但汪佳伦从不懈怠，他很清楚，生活不会同情弱者，一切必须靠自觉。他好像有一种知识饥渴症，深感考上大学不容易，如久旱逢甘霖般珍惜宝贵的学习时光，一天到晚除了教室就是图书馆，文学、哲学、戏剧、心理学什么书籍都读，学习时间超过十二个小时。他一心扑在用书砌就的台阶上面，向上攀登着，特别是一些中外名著。

转眼放寒假了，汪佳伦带上唐成副处长给的罐头、饼干、糖果和刘阳给的水果，踏上了归途。到家后，汪佳伦首先把礼物给了爷爷奶奶、杨凤安老师和赵运来师兄，把糖果给了弟弟妹妹。他把五个苹果用刀切成两半，分给爷爷奶奶、父母和弟妹，一人吃一小块。他们都没有吃过苹果，尝个新鲜。

汪佳伦让父亲春节前去监狱看望杨兵叔叔时，要杨兵叔叔写冤案申诉材料，省城这边正在想办法帮他翻案。他当面给杨凤安老师详细汇报了刘阳及其母亲张赛琴老师的情况，杨老师告诉佳伦，张赛琴老师就是自己的前妻，佳伦大吃一惊。

深埋在他心中的那片贫瘠但厚重的土壤里的文学种子，一旦时机成熟，便破土而出。汪佳伦准备根据自己的亲身经历，创作短篇小说《缘起》。小说的主要情节是，一个乡村失学少年，进山做工时认识了大城市来的下乡女知青，通过女知青在大学教书的母亲，他重新走进教室，最后考上大学的励志故事。

春节开学后，十七岁的汪佳伦带着写好的《缘起》和爷爷奶奶、父母给的香肠、缠蹄及赵运来师兄专门从大山里弄的熏肉等年货，返回了学校。到校后，汪佳伦把年货分别送给了刘阳的妈妈、唐成副处长和老师同学们，把短篇小说《缘起》寄给了江北省文学刊物《小草》。

汪佳伦还结合学校生活和所见所闻，创作了一组诗词和散文，交给了楚天师范学院校刊《萌芽》编辑部。不久，散文《桂子飘香》就发表了。看到同学们争相传阅，汪佳伦兴奋不已，这也坚定了他文学创作的信心。

在学校春季运动会上，汪佳伦崭露头角，一举夺得全校乒乓球男子单打冠军。

在学校迎"五一"联欢晚会上，汪佳伦代表中文系上台表演了二胡独奏《赛马》。汪佳伦演奏赛马仿佛矫健的骑手，如离弦之箭疾驰，你追我赶，轻快豪放。台下师生掌声如潮，纷纷高喊"再来一个"。汪佳伦推辞不过，他放下二胡说："谢谢大家，我今天把笛子也带来了，就给大家清唱一首京剧《红灯记》选段《穷人的孩子早当家》吧。"

台下师生齐声高喊："好！"

汪佳伦拿出笛子，先吹响过门，然后声情并茂地清唱《穷人的孩子早当家》。台上的他唱得泪流满面，台下的师生们也热泪盈眶，连声叫好，要求他再来一曲。

汪佳伦再三致谢说："今天，我非常高兴，也非常激动，那就再献个丑，给大家背诵一首著名诗人郭小川的诗吧！这首诗的名字是

《春天的后面不是秋》。"然后,汪佳伦就高声朗诵起来:

> 春天的后面不是秋,
> 何必为年龄发愁?
> 只要在秋霜里结好你的果子,
> 又何必在春花面前害羞?
> 有时候我也着急,
> 那是因为工作的不顺利,
> 有时候我也发愁,
> 那是因为我的祖国还很落后。
> 我曾踏遍人生的旅途,
> 最后才知道,
> 这是人生唯一正确的道路——
> 人民的事业与世长久,
> 谁的生命与它结合,
> 白发就上不了他的头。
> 我不再有什么别的希望,
> 只希望人民不再受苦难;
> 我不再有什么别的要求,
> 我的要求就在大家的要求里头。
> …… ……

同学们的掌声经久不息，汪佳伦鞠躬致谢，终于走下舞台。这台"五一"联欢晚会，汪佳伦成了最大亮点。全校师生都认识了这个多才多艺、中文系年龄最小的学生。团支书安莉，更是被汪佳伦才艺闪到了眼睛，心跳乱了节拍，入了相思门。

不久，汪佳伦的短篇小说《缘起》在《小草》杂志上发表了。刘阳妈妈专门购买了二十本，分发给中文系的部分同学。学院的文学内刊《萌芽》也全文转载，并加了编者按。

系里还组织了一次《缘起》创作座谈会，汪佳伦一时声名大噪，风光无两。校学生会召开临时会议，破例将汪佳伦吸收进学生会宣传部，增选为宣传部部长。

黄鹤楼素来享有"天下绝景"和"天下江山第一楼"的美誉。五四青年节那天是周末，刘阳腾出时间，带着汪佳伦来到长江大桥旁的黄鹤楼旧址，观看即将动工建设的黄鹤楼效果图展览。

"孤帆远影碧空尽，唯见长江天际流。"天公作美，万里晴空，风和日丽，整个天空瓦蓝瓦蓝的。汪佳伦伫立桥头，凭栏四望，怀古感今；举目远眺，滚滚长江，波光潋滟，令人心驰神往，激起阵阵豪情。古往今来，长江水奔流不息，迎来送往了多少文人墨客、英雄豪杰。

人山人海、熙熙攘攘中，刘阳有意无意间第一次主动时而拉着佳伦的手，时而挽起佳伦的臂膀。佳伦也紧紧抓住刘阳那温润如玉的纤指，感觉自己手心冒汗，一股暖流融遍全身。心动的感觉就像电流直通心脏，女人特有的体香，点燃着佳伦激动难耐的欲望。

回到学校，汪佳伦辗转反侧，难以成眠。他起身提笔，写下了词作《卜算子》："鹤去情满楼，春来万绿稠，不尽长江正东流，洗尽古今愁。凭栏何所求，相对两含羞。揽胜题词谁贳酒，江城画春秋。"这首词在《江北日报》东湖副刊发表后，楚天师范学院文学内刊《萌芽》也进行了转载。

恰在此时，社会上青年人学习科学文化知识、开展大中专学历教育热火朝天。唐成副处长找到汪佳伦，说省商业专科学校接到了省直商业单位的培训任务，办起了学历补习班，但师资力量不足，想请他到补习班代语文课。每周三晚上和星期天一整天上课，周三晚上补助两元钱，星期天补助四元钱。

从此以后，汪佳伦除了紧张学习以外，又有了代课任务。当然，也有了一份不错的收入，学习和生活费用等一切自理，没找家里要过一分钱。

两个月后，汪佳伦把刘阳也介绍到了省商业专科学校补习班代课。他跟刘阳学会了骑自行车，此后寒暑假都骑着刘阳的五羊牌自行车到补习班代课，没有回过老家。

十八岁那年，汪佳伦递交了入党申请书。

进入大三，恢复高考的首届大学生年初毕业了。学校学生会换届，汪佳伦成为楚天师范学院有史以来最年轻的学生会主席。

在唐成副处长的极力推荐下，刘阳如愿分配到了省商业专科学校。张赛琴老师让佳伦出面，把唐成副处长请到家里吃了顿饭，以表感谢。

汪佳伦把很大一部分精力，放在了学生会管理上。他完善了学生会各个部门的职责，重新组建了秘书处、学习部、组织部、宣传部、生活部、体育部、外联部、社团部等，特别是对学生会主席、副主席和秘书长分工进行了调整。他紧跟学校活动主题，将学生会工作搞得有声有色，得到学校和院系领导一致好评。

一天，汪佳伦接到爷爷寄来的一封信。信中说，佳伦好几年没回家了，奶奶和他快要过六十大寿，想让佳伦回一趟老家。他还告诉佳伦，津门公社改成津门区了，杨兵叔叔的冤案也平反昭雪了。

汪佳伦很高兴，想到奶奶曾说想到省城看长江大桥。佳伦立即有了一个想法，邀请爷爷奶奶到临江市来看长江大桥，顺便在省城给爷爷奶奶过个六十岁生日。老家的祝寿活动照样办，但自己就不回去了。拿定主意后，汪佳伦给爷爷回信，请爷爷奶奶五月一日前赶到省城，"五一"假期陪爷爷奶奶一起看长江大桥。

四月三十日，汪佳伦在临江火车站接到了爷爷奶奶。看到心甘情愿把自己"锁"在向阳县蔡营汪家老屋大半辈子的奶奶，第一次出远门并来到了省会大城市，佳伦激动得泪湿满襟。他让爷爷奶奶住进了楚天师范学院招待所。五月一日中午，佳伦邀请刘阳及张赛琴老师和唐成副处长全家，在学校招待所一起为爷爷奶奶办了一桌欢快而又热烈的生日宴会。张赛琴老师和唐成副处长分别给爷爷奶奶送了布料、罐头、水果等生日礼物。

五月二日，佳伦和刘阳一起带着爷爷奶奶游览长江大桥，爷爷奶奶坚持要从桥上走个来回。佳伦跟在后面,看到爷爷奶奶头上随江风飘飞的银丝,他多想太阳不要晒黑自己的脸,而是去帮忙晒黑爷爷奶奶的头发啊!

"一桥飞架南北,天堑变通途。"这座横跨蛇山和龟山之间的铁路、公路两用桥,造型新颖,气势宏伟,像一条巨龙横卧在长江上。它上层是公路,下层是铁路,两头有很长的引桥。走上环形引桥,右侧是人行道,左侧是车行道,不愧是"万里长江第一桥"。

刘阳拿着照相机,不停地为爷爷奶奶拍照留念。

午饭后,刘阳在长江大桥引桥旁边的小卖部给爷爷奶奶挑选购买布料和礼品,爷爷奶奶坐在茶水摊上喝茶。真是芝麻掉进针眼里,巧得很。当佳伦走到茶水摊旁边的钟表修理店时,猛然看见发小同学吴建设正低着头修手表。

"建设!建设!"汪佳伦连声喊。

吴建设抬头一见汪佳伦,先是一愣,然后呜呜地哭了起来。佳伦见状,赶紧劝慰。

吴建设高考落榜后,连续复读了两年,依然连个中专也没考上。他感觉对不起父母,没脸见人,就给家里留下一封信,说要跳江自杀,就失踪了。父母召集很多人沿汉江上下寻找,哭天喊地也没找到,都以为吴建设跳江淹死了。

吴建设告诉佳伦,他原准备从长江大桥跳下去自杀,可是从桥上走过来走过去,走了十几趟,就是下不了狠心。身上也没钱,饿昏在这个钟表店摊位旁,被好心的田师傅救起来。他就一直跟田师傅学修钟表、手电筒、收音机、配钥匙等,田师傅管吃管住,给他钱他也不要,直到现在。

佳伦就劝他,一定要回去,父母为他操碎了心。经过反复做工作,吴建设同意了。

汪佳伦和田师傅商量,准备让吴建设和自己的爷爷奶奶到时候一起坐火车回老家,并再三感谢田师傅对吴建设的帮助。田师傅也非常高兴,坚持要给吴建设和汪佳伦的爷爷奶奶购买回向阳的火车票。

过了几天,汪佳伦和刘阳一起,把爷爷奶奶和吴建设送上了返回向阳的火车。汪佳伦送给吴建设可以做一套衣服的的确良布料,吴建设含泪和他告别。

送走爷爷奶奶和同学吴建设后,汪佳伦就投入到了紧张的实习和准备毕业论文工作中。他也面临毕业分配了。当年大学生读到三年级时,主管部门就开始征求意见,准备选拔优秀人才到急需岗位上。各行各业人才青黄不接,这一批大学生受到了社会的普遍欢迎。

楚天师范学院是教育部直属的重点综合性师范大学,是为国家培养中、高等学校师资和其他高级专门人才的重要基地。大学生毕业分配,由教育部配合其他部门,根据政府机关、事业单位等用人需要,制订分配计划,然后下发给各个高校,再由高校推荐合适的人选。

当时流行的口号是:"我是党的一块砖,东南西北任党搬。放在大厦不骄傲，搁在茅厕不悲观。"由于毕业分配的好坏，直接关系到每个学生的前途，汪佳伦所在的楚天师范学院中文系毕业生们格外重视。

这一级中文系同学分配的单位都不错，只等正式通知了。汪佳伦是学生会主席，他已被学校推荐到中直某机关秘书局，他的同乡同班同学牛择武被推荐到某部委组织人事司，还有不少同学分别被推荐到其他部委办和省直单位。

汪佳伦一直在省商业专科学校补习班代课，他就直接选择在省商业专科学校实习。刘阳在省商业专科学校教书，但他们两人单独会面的机会并不多。刘阳留起了飘逸的长发，整个人变得更加养眼、轻盈柔美了。

一天，张赛琴老师找到汪佳伦说："你们俩感情很好，但考虑到刘阳作为一个女同志，比你大五岁，你马上又要分配到北京，两人不在一个城市。另外，省商业厅长的儿子也在托人，想把刘阳介绍给他。综合几个方面考虑，佳伦你在个人感情方面，就不要考虑刘阳了。这个事，我和刘阳也沟通过了。"

汪佳伦感觉太突然了，就像桂子山开口说了话、舔了一口的糖掉到了地下。只有几句话，却像几支利箭一样精准击中汪佳伦的心房，更像一记耳光抽得他哑口无言。

汪佳伦像傻子一样，呆愣着不动，酸涩冲击着浑身每根神经。他眼中溢满泪水，带着哭腔还是答应了，让她放心，不会有什么问题。

人生就是这么奇妙，有些人注定只能陪你走一程。同行时真心陪伴，彼此成就，共同滋养，然后在下一个路口挥手告别，各自去往更大的世界。汪佳伦的初恋从十四岁开始，只不过就像一株悄悄疯长了五年的树，没有结成果实。风儿决定要走，云儿怎么挽留？曾经令他甜到掉牙的初恋，现在却变得像穿肠毒药一样让他痛苦。

一想到刘阳妈妈的话，汪佳伦心里就非常难受，胸口堵得慌，像被人捂住了嘴和鼻子一样，透不过气来。难道不在一个城市就分割了彼此，就能把俩人的初恋撕得粉碎？回宿舍的路上，汪佳伦感觉自己灰溜溜的，步履沉重，失魂落魄，任泪水顺颊流淌。他成了望极天涯不是归途的断肠人。

汪佳伦决定把悲伤留给自己，把爱恋藏在心中。连着好几个黑夜，就像个"小偷"，偷走了汪佳伦心中的欢乐，无助的他彻夜难眠。曾经的过往、美好记忆，一点点在熄灭。情已逝，心如霜，但汪佳伦仍然把刘阳这个感情世界的过客，永远珍藏在自己的心灵深处，细细品尝着人生思念。

时光如惊鸿照影，飘然而逝。天之骄子们踏着冬天远去的脚步，站在春天温暖的大地，沉浸在"金饭碗"的幸福海洋里。

毕业前夕，老师告诉汪佳伦，因为蔡营二大队对学校外调政审函一直没有回复，所以，他的入党只能延后。学校会在档案中说明他是入党积极分子，并附上相关材料。

人生就像一列载满乘客的火车，缓缓驶向终点，中途有人离开，也有人上车。早知道汪佳伦将分配进京,对汪佳伦展开过一浪高过一浪猛烈追求的团支部书记安莉,约汪佳伦和另外几个同学一起吃告别晚餐。

汪佳伦感觉当初有些对不起安莉,于是就没有推辞,和大家一起来到校外"情未了"餐厅。八个同学围桌而坐,倒茶点菜,热火朝天,但佳伦内心悲苦,只有强作欢颜。

菜上齐后,性格讨喜的安莉眸底清纯雅润,嘴角清新浅笑。她给每人倒满一杯四十六度长江大曲,简单的几句开场白,然后带头一饮而尽,二两白酒下肚了。

大家齐声叫好,并紧跟安莉仰脖杯空。劳动委员牛择武提议,让一直不说话的学生会主席汪佳伦讲几句。

汪佳伦推辞不掉,只好站起来说:"亲爱的各位同学,今天,团支书安莉把我们召集在一起,我感到非常高兴。安莉同学既是我们的班花,也是我们班男生心目中高傲的公主。我能与安莉和大家一起同窗四年,深感荣幸。一天同学,终身兄弟!那是忘不了的爱,那是割不断的情,那是分不开的缘,那是天长地久的牵挂与惦念!同学之情,如皎皎明月,柔情缱绻,如影相伴;同学之情,似缕缕春风,温馨拂面,直入心田!同学之情,需要忠诚去播种,热情去浇灌,原则去培养,谅解去护理!有道是:无酒何以逢知己,无酒何以壮行色,无酒何以言别离?为了我们今天的相聚,为了我们灿烂辉煌出彩的明天,干杯!"

汪佳伦诗一样的语言,从他心中泉水一般奔涌而出。

"干杯！"大家齐声高喊，掌声雷动。随后，八位同学吟诗赋词，谈天说地，捉对厮杀，昏天黑地，一片狼藉，然后乘着月色，分头散去。

汪佳伦在醉酒中，跟着比自己大一岁的安莉，东倒西歪来到了安莉和学校广播员同住的位于《萌芽》编辑部旁边的寝室里。负责广播的同学和安莉一样，都是临江市人，周六放学后回家去了，寝室里只剩安莉一个人。

这时，似乎被丘比特之箭射中了心脏的安莉，长期对汪佳伦欲求不得压抑的情感，在酒精的作用下瞬间点燃了。她猛然扑进汪佳伦的怀中，双手勾着他的脖子，凹凸有致的身体随即贴了上去，滚烫的香唇紧紧狂吻汪佳伦的面颊和唇舌。

面对突如其来的温香软玉，柔波缠绕，汪佳伦一时惊慌失色，手足无措。继而欲拒还迎，双眸猩红，只喘粗气，不知不觉中，两人四脚乱蹬，衣裤滑落于脚下……

第二天早上，面色潮红的安莉轻挽汪佳伦的臂弯，在阳光斑斓的抚慰下，朝学校食堂走去。爱情，有时就是这样蛮不讲理，汪佳伦和安莉的同学关系瞬间升级为情侣关系。相爱总是悄无声息，猝不及防。

一九八三年七月二十日，经过金色的大学时光淘洗后的汪佳伦参加完毕业典礼，与老师、同学、刘阳全家、唐成全家及安莉全家问好话别后，背上行囊，踏上了归程，等待着书写未知的人生剧本。在人生的拐角岔道口，他能如愿走向理想的云翳虹霓吗？

第五章 秘书生涯

二十岁的汪佳伦，走进三年多未回蔡营的家，感觉"风含情，水含笑"，每个人都笑脸盈盈。

毕竟是酷暑，烈日炎炎，太阳好像生气了，空气划根火柴就能点着，要把人的皮肤灼伤。天似蒸笼，地如焦炉；蝉聒蛙鼓，蚊蝇狂舞。鸡鸭靠墙趴卧，猪狗伸舌喘气；小孩赤身戏水抹澡，大人手摇蒲扇纳凉。特别是知了那声嘶力竭的鸣叫，好像在倾诉着夏日的炎热、农人的艰难和辛酸……

汪佳伦心中的理想之火，烧得他彻夜难眠。光阴过往，岁月凝香。那些如白驹过隙般悄然从指缝溜走的美好与遗憾，挥毫泼墨，书写青春之歌的琴弦乐章。与老师同学们朝夕相处的大学宝贵纯真时光，和刘阳、安莉的爱与哀愁，眷恋斑斓的迷人画卷，刹那间，青春散场似的，心里快速划过一阵尘封的痛。删不去的记忆，割不断的情丝，留不住的芳华，写满了他记忆的角落，叩响了他洁净的魂灵，抚慰了他凄楚的倦心，浇灌了他生命的绚烂之花，温柔了他不眠的夏日之夜。

八月十九日上午，汪佳伦的大妹墨墨收到了二社电话员丰好仁送来的挂号信。打开一看，是向阳县一中的录取通知书，墨墨当场就哭了起来。她中考成绩是向阳县津门区第一名，参加向阳地区师范学校幼师班的面试成绩也是第一名，是十拿九稳要上中专吃商品粮、脱离农村苦海了的。但是一位领导的外甥女挤占了墨墨的名额，本可以减轻父母负担的机会，被别人偷偷攫取了。全家人伤心难过，又束手无策。

佳伦劝墨墨说:"你不要太伤心。考上中专被人顶替,塞翁失马,焉知非福?上高中考大学,岂不更好?"

这时,初中未毕业就辍学帮父母下地干活的大弟弟选笔说:"大哥,你知道现在最流行的两句话吗?"

"什么话?"佳伦问。

"一是板车滚子转三转,给我个县长都不干;二是即使你在北京当大官,爹妈在农村照样搬他的砖。这两句话的意思是,现在钱好赚,比当县长都强;天高皇帝远,父母再可怜,即使儿子在北京当官,也是远水解不了近渴,没办法关照父母。你在大学里那么优秀,却也没入党。你没说,但我们早就知道了。因为大队干部早就发话了,说你再厉害,他不给你开证明,谁都没得门儿!"选笔一口气打完了子弹,如电光石火般弹弹击中汪佳伦的心灵,句句锥心。

汪佳伦大脑一片空白,内心如翻江倒海。犹豫,矛盾,痛苦,希望——年轻稚嫩的心,承受了如鹿门山一样沉重的负荷。他心想,汪家几辈人在蔡营,一直都没能抬起头。为了爷爷奶奶、父母、弟妹及整个家族今后不再受欺负,自己必须做出牺牲。

他暗下决心,放弃进京,回到向阳地区工作。前方的人生之路不管是喜是悲,是好是坏,自己一个人承担,做个铁肩宽膀的人。作为男人,汪佳伦想背负起整个家族。他听从内心的召唤,哪怕头破血流,遍体鳞伤,也要坚决勇往直前,无怨无悔。

汪佳伦迅速行动,他当即坐火车回到楚天师范学院,找到辅导员,谈了自己的想法。辅导员说:"佳伦,人生就像一场新雪,希望你谨慎地走好这关键的一步,因为一落脚,就会留下痕迹,后悔都来不及了!"

辅导员反复做工作,但汪佳伦心意已决,不再改口。

刘阳和同在省城居住的安莉知道后,都劝他不要放弃这千载难逢的大好机会,不要仅仅当个"池中之鱼"。

汪佳伦"吃了秤砣铁了心",态度决绝。他同时告诉安莉,已向政治辅导员推荐了已入党的安莉,希望学校考虑让安莉替代自己分配进京。

张赛琴老师也和省商业专科学校已升任处长的唐成一起来到学院招待所,找到汪佳伦苦口相劝:"佳伦,你能到北京工作,本身就是一种荣耀,而你分配的单位又是世人眼里伸向天空的高枝呀!"

汪佳伦身如逆流船,心比铁石坚。他更像一把生锈的锁,别人使尽绝招也无法打开。他认为,人生的路就像心电图,没有蜿蜒曲折,反而不是什么好事。

汪佳伦要从北宋文学家苏轼身上,寻找可供自己参考的人生范式。苏东坡身处逆境,到了黄州就爱上那里的猪肉,到了惠州就爱上那里的荔枝,到了儋州就爱上那里的生蚝,并且创作了脍炙人口的诗词歌赋,创造了令世人称道的骄人业绩,真正做到了一个人点亮一座城。

决定一个人命运的,环境要占很大的因素,但也不是绝对的,关键是自己面对环境的态度。何况,自己的人生才刚刚开始,他要自己做出人生赛道的选择。

唐成处长说:"算了,看来要想让佳伦回心转意,就好比我们在飞机场等一艘轮船,永远都不可能。我们和他根本就不在同一个世界。"

经过调整,汪佳伦的派遣证开到了向阳地区人事局。

命运的航线总是不会轻易按照个人既定的方向前进,就像天气可预料,但往往出乎意料。向阳地区人事局领导告诉汪佳伦,正值地市合并,组织人事工作一律冻结。如果愿意回本县工作,马上就可以办理。

汪佳伦说:"很好,我就是要回到向阳县工作。"

向阳县人事局让汪佳伦过两天再去找,汪佳伦就到县招待所的大舅家住下。大舅告诉佳伦,全国正在从严从重打击刑事犯罪,也就是"严打",各单位人手都很紧张,要佳伦沉住气,一切听从组织安排。

过了一天,汪佳伦又到了县人事局,一位矮个子干部让他去教育局。汪佳伦又赶到了县教育局,得知自己被分到了向阳县师范学校。汪佳伦拿着报到证,第二天乘坐公交车到了距离向阳市区二十里、地处农村田间地头的向阳县师范学校——走下公共汽车,还要步行一千多米的泥巴土路才到学校大门口,是个十分荒凉的地方。

向阳县师范学校是由过去专门关押右派分子的"五七干校"改建的,四周都是庄稼田。学校大门外的东北方是县农药厂,东南方是省第五监狱新生砖瓦厂。农药厂和砖瓦厂各有两个冲天烟囱,浓烟翻滚，昼夜不休，遥相呼应。

学校占地七十余亩，包括两口堰塘。学校大门是两根水泥柱对立夹着的生了锈的铁栅栏门。紧挨大门的右边是体育老师的住房，他兼管夜间开关大门，白天大门敞开着。

一条沙石土路，从学校大门一直通到稻田。路两边是新栽的小树苗，右边是篮球、乒乓球场地，左边是四排平房教室。围绕学校四周一圈是砖木红瓦平房，分别是教师住房和图书室、实验室、教职工食堂，墙角是露天旱厕所。

男女生宿舍和食堂分别在学校东南角的两口堰塘之间，宿舍内是大通铺，全部是用木板搭成的两层架子床。院内连接教室和寝室及教师住房的土路坑坑洼洼，高低不平，长满了杂草。

汪佳伦看着眼前的一切，心想这些也许都是自己成长路上的珍宝。他不仅不怨尤，反而有一点自豪。

汪佳伦住在靠西边的一间平房内。报到后，他就迅速投入工作中。领导安排他带化学、数学、物理三个班的语文基础课和两个中文班的专业写作课程，每个班一周上六节课，五个班一周共三十节课。

一个月后，校长袁方和教务处主任万清找到汪佳伦，让他担负起了附近农药厂和新生砖瓦厂干部补习班的课程。农药厂每周三晚上两节课，新生砖瓦厂每周日晚上两节课。这样一来，汪佳伦每周要上三十四节课。

在课堂上，汪佳伦有一种天然的感染力。他是全校所有教师中带课最多、反映也最好的老师。他基本功扎实，授课认真，普通话标准，声音洪亮，语言生动，声情并茂。比如普通话，他清澈见底的声音，连变调、儿化、轻声，都讲得详细生动。他的板书，被学生们当作字帖一样模仿学习，舍不得擦掉。

一天，汪佳伦的父亲从老家蔡营来到学校。他告诉佳伦，现在农村为了完成"严打"指标，有扩大化的倾向，比如憨冬娃儿拿了过去集体仓库里的一个废牛轭头，就被抓起来了。他到县师范来，就是想躲在这里观察一下形势。另外，小妹纸纸因大妹墨墨考上中专被顶替而改读高中，她读到初二就要下地干活，不读书了，说她也不听。

佳伦告诉父亲，全国"严打"主要是打击刑事犯罪，不是过去那种政治运动。小妹不读书了肯定不行，让她到县师范附中来接着读初三，明年考高中。如果她不读书，我回向阳工作就失去了意义。大妹妹读高中，我争取每个月给她送十元钱。小妹妹来这里，衣食住行等家里就不要管了，由我负责。

父亲回去就把佳伦的小妹妹送到了县师范，佳伦让小妹妹跟学校打字员一起住，送到师范附中唯一的一个初中毕业班上课。汪佳伦心想，既然弃京回乡，面对家里再沉重的担子，也要勇敢坚强地站得住，立得稳，扛得起，必须使自己站起来肩挑担子的身影成为耀眼的美景。

汪佳伦给县农药厂中层以上干部补习文化课，与厂党委书记雷鸣建立了交情。元旦放假前一天，雷书记接汪佳伦到农药厂吃晚饭，表示感谢和赞赏。酒过三巡，汪佳伦说："我希望你们这批干部补习班的领导们，明年都能考上工业干校去进修，拿个中专文凭，今后能有大的作为。特别是雷书记，一定要考上市委党校干部培训大专班，今后不仅是在向阳县当干部，还要争取到市里的大型企业去干一番事业。"说罢，大家鼓掌碰杯。

汪佳伦接着说："我看到你们厂正在搞基建，能否就汤下面，帮我们师范学校把校内的几条土路硬化一下。"

雷鸣书记立即表态："马上开会研究，同时争取把你们学校到我们农药厂之间的这条泥巴路，以及公交车站到你们学校的泥巴路也一起给硬化了。"

汪佳伦站起来，端起一大杯白酒，再三表示感谢，一饮而尽。

回到学校，汪佳伦敲开了袁方校长的家门，汇报了此事。同时建议，趁热打铁，把雷鸣书记等厂领导班子成员接到学校来吃顿饭表示感谢，把修路的事敲定。

袁校长非常高兴，要汪佳伦立即代表学校邀请农药厂领导来学校做客。席间，雷鸣书记说："你们师范学校内的几条土路和通往七路车公交站以及到我们农药厂的两条泥巴路，我们厂党委已经研究了，马上准备让施工队进场勘察施工，争取春节前完工。"

袁校长带头鼓掌，站起来表示感谢，端起一大杯白酒，邀请雷书记等农药厂领导们一起干杯。

雷鸣书记接着说："我们厂还准备再盖四栋平房给双职工家庭住，但是，现在红砖红瓦的指标不好搞，袁校长能否帮忙找新生砖瓦厂解决一部分指标？"

没等袁校长表态，汪佳伦就把话头接过来说："我来找砖瓦厂的王政委汇报，争取搞定。"

大家碰杯握手互相致谢，高兴道别。

第二天，汪佳伦找到新生砖瓦厂王政委，说："王政委，我们学校准备盖一部分学生宿舍，让男女学生不再住废旧仓库改造的通铺宿舍了，那些宿舍也是要拆的危房。学校想请你们支援一部分砖瓦。同时，学校也找了农药厂，农药厂领导也答应无偿给学校建设。农药厂自己准备盖双职工宿舍，也想通过我们学校找您要一部分红砖红瓦指标，他们自己掏钱买。"

王政委说："小汪老师，元旦前我们送你一套干警穿的棉衣和长大衣，你坚决不要，我们很感动。我手里掌握的去年红砖红瓦指标还没用完，可以答应你。一是免费支援你们学校建学生宿舍所用的砖瓦，二是满足农药厂所用砖瓦的指标。算是感谢你们学校为监狱干警补习文化课！都是邻居，多有来有往好！"

汪佳伦一再感谢，并代表学校请王政委到学校做客。

回到学校后，汪佳伦向袁校长作了汇报。袁方校长激动地拍着汪佳伦的肩膀说："你太厉害了，学校要好好奖励你。"

汪佳伦说："这都是我应该做的，不需要奖励。"

半个月后，学校的内外道路硬化工程、学生宿舍平房以及农药厂的双职工宿舍平房都如期开工建设。

看到热火朝天的工地，汪佳伦感觉自己的劳动和付出，得到了社会的承认和尊重，更有一种理想化为现实的满足感。

第五章　秘书生涯

春节放假前，汪佳伦在全县教师普通话观摩大赛中夺得第一名，为学校争得了荣誉。经学校推荐，汪佳伦获得了全县年度模范教师称号。节后刚开学，县教育局批复同意，任命汪佳伦为向阳县师范学校团委书记。

日子过得像利箭一样飞快，温暖的春天从中国南方走来。汪佳伦漫步在学校东边小清河边，他细细观赏着柳树抽出的绿丝，枝条鼓起的青春苞蕾，泛出鲜活的亮色。

"五一"劳动节，汪佳伦专门到县招待所去看望大舅。

大舅问："在县师范干得怎么样？"

汪佳伦说："一切都很好。如果不出校门，还是很不错的，学校领导、同事对我都很好。但一走出学校，与社会上的人一比较，差距就太大了。感觉教师的社会地位比较低，尊重不够。全社会应该尊重知识，尊重人才，尊师重教，大力提高教师的社会地位和待遇。比如，春节回家过年，和一些同学聚会，酒桌上明显感觉，我一个大学毕业的师范学校的老师，还没有一个在乡镇工作的中专生受人尊重，让人心里很不是滋味。"

大舅说："我一九五一年当县招待所书记兼所长，当时这里还是一片桃树林，到今年整整三十三年了，位置没动过。县委书记换了十几任，县委几次提议让我当农工部长、外贸局长、粮食局长、物资局长等，都被否决了。原因只有一个，就是县招待所离了我唐德荣不行，叫别人来，县委县政府领导不放心。我这一辈子没给党组织找过任何麻烦，没有提过任何要求，任劳任怨干到现在。在个人升迁这个问题上,别人骑马我骑驴,回头看看还有步行的,所以我心安理得。"五一"节前,组织部长找我谈话,征求我的意见,准备把我动一下。我说,自己五十五岁了,也该让年轻人来干这个活儿。至于我自己,没有任何要求,一切服从组织安排。你大学毕业的时候,我问过你,你说毕业方案已定,可能要到北京。我和县委办主任杨仁义同志参加工作就在一起,关系一直都很好。他当时还专门问过你,我说你回不来,要到北京。"五一"节后,可能要下文通知我到县行管局当书记。到时候我找杨仁义主任汇报一下你的情况,因为县委办公室很缺人。你要安心工作,不要分心,也不要跟任何人讲。"

汪佳伦在大舅刚分的三室一厅的新家里,吃完中午饭后,返回了学校。

五月十七日上午,汪佳伦正在上课,教务处万清主任通知汪佳伦下课后到袁方校长办公室去一下。袁校长介绍说,他办公室坐着向阳县委办公室副主任魏佐臣和办公室秘书史君。

魏主任说:"小汪老师,我们到县师范来之前,已调阅了你的档案,刚刚袁校长介绍了你的情况。学校说你干得非常好,学校舍不得放你走。但是,党组织需要,我们都是为国家培养人才。我就实话告诉你,我们准备把你调到县委办公室工作。你先有个思想准备,搞好保密工作。这学期一结束,你就直接到县委组织部办理调动手续,我们事先会把一切安排好。就这样,不耽误你上课了!"

汪佳伦握手言谢。他想,得赶紧抽时间再到向阳县一中给大妹送点钱，这也可能是自己最后一次从县师范给大妹妹送钱了。

五月二十日星期天，汪佳伦带上准备好的二十元钱，一大早第一个到教师食堂吃罢早饭，又买了两个馒头，骑上前一天找袁方校长借的自行车。汪佳伦是全校教师中，唯一没有自行车的人。他负担太重，实在买不起自行车，就经常找袁校长或其他星期天不外出的老师借自行车。他骑行了三十公里，赶到向阳县一中。

送钱给妹妹后，汪佳伦感觉像又完成了一项重大任务，心中有一种满足和自豪感，全身心都放松了下来。

返回县师范的路上，趁着休息片刻，他就坐在路边啃完两个感觉特别香甜的馒头，愉快地回到学校，准备晚上给新生砖瓦厂干警补习班的课程。

一九八四年七月十九日，二十一岁的汪佳伦被命运的微波细浪冲到了黄金海岸上。他先到向阳县委组织部拿到调令，然后到县委办公室报到上班。

向阳县委办公室在县委大院内一排平房里办公，里面有县委书记，三名副书记和县委常委、县委办公室主任，三名副主任，六个秘书，三个机要员，两个打字员，一个通讯员，六个司机，共二十六个人。

县委书记、三名副书记、一名办公室主任各一间办公室，三名副主任两间办公室，六个秘书一个大通间办公室，通讯员一间房，其中半间房用作夜间值班室，通讯员负责收发报纸、打扫卫生和书记办公室以及常委会议室的开水。

机要室和打字室在县政府大院内的五间平房内办公，另有三通间的平房是常委会议室。县委大院的干部职工食堂在东北角，公共旱厕所在大院的西南角。两栋东西走向的五层干部家属楼，把县委办公室夹在中间，显得紧凑和谐，兼容静雅。

汪佳伦住在坐西向东的半间平房内。当晚，他在日记本上写下一首小诗《新芽》：

> 回眸刹那，
> 冻土中破出一枝嫩芽。
> 这是春天的第一个吻，
> 这是忍冬吐露的芳华，
> 这是春姑娘柔美的应答！
> 没有故作娇媚的浮夸，
> 没有车马箫鼓的喧哗，
> 唯有一份执着向上的搏杀！
> 羞涩朝气地装点未来，
> 傲然、勃发！

汪佳伦上班第一件事就是抄写材料，一个材料接着一个材料地抄。有时，领导们修改来修改去，一个材料要抄写好几遍。八月五日晚上九点，汪佳伦接到抄写两份文件的任务，他一直抄写到了深夜一点半。

第二天上午，县委常委会讨论给向阳市委上报的调查报告和向阳县委下发的处分意见的文件。县委常委会讨论修改后的草稿，汪佳伦又要再抄写一遍，准备打印上报、下发。

下午，县广播站女记者殷红通过县委办公室吴秘书找到汪佳伦，要先看一下准备上报、下发的材料。汪佳伦抬头一看，身穿白底红圆点连衣裙的殷红，亭亭玉立，柳眉杏眼，面如桃花。特别是厚厚的双唇，就像她的名字一样——樱桃小口一点红，十分娇媚动人。

殷红自我介绍说："我是县广播站的记者。县委书记卫尚可和我爸爸是老乡兼同事，关系很好。我就是卫书记从大山区的金南县调到向阳县的。听说你是楚天师范学院毕业的，当过师范学校的老师。没想到你这么年轻，不简单，前途无量！"

汪佳伦一直不吭声，低头抄写着材料。殷红就自己翻看抄写草稿里的内容。结果，第二天县委关于某位同志的处分决定文件还未打印下发，县广播站已经播报了。

县委常委、县委办主任杨仁义狠狠批评了吴秘书一顿，要求县广播站立即写出书面检讨。由于汪佳伦刚刚到县委办工作，又是吴秘书让殷红看的，所以只字未提汪佳伦。

吴秘书被批后，骑上自行车赶到县广播站，找到站长和殷红，劈头盖脸狠狠骂了一通，说他们不讲政治，稿子没经过审查就广播了，影响极坏，必须深刻检讨。县委书记知道后说，算了，反正文件要发的，无非是早晚的问题，以后注意就行了。

八月十九日下午，县委办杨仁义主任来到大办公室，对在场的六位秘书说，统统带上板凳和本子，到他办公室讨论材料。办公室副主任刘顺利准备念自己带队下乡一个多星期写好的调查报告，刚念了几句，杨主任说："你只说说这个调查报告的主要观点。"

刘顺利刚说了一个大标题，杨主任直接把材料拿过去，自己翻看浏览了一遍，轻声细语地说："县委响应党中央知识化、年轻化号召，破格把你从县报社的一名搞群工的一般干部，提拔到县委办公室当副主任，当时就有人说你上班工作就是一把剪刀、一瓶糨糊、一支钢笔、一个登记簿，专门负责来稿登记，我还不相信。你是大学生，尽管是工农兵学员，但起码在报社这个天天跟文字打交道的地方，写材料应该没有问题。没想到，你带队搞的第一个材料，就搞成这个样子！"

另外两个副主任赶忙帮腔说，再想办法重新搞。大家讨论来讨论去，刘顺利不停地检讨，表示马上下去重新调查，重新写，决不辜负杨主任期望。

最后，杨主任说："也不能全怪你，因为你也才到办公室半年时间，估计过去确实也没搞过材料，但和你一起去的两个秘书应该知道怎么写啊！结果，你们搞出这个'四不像'来。算了，你们几个也辛苦了，一会儿各忙各手头上的事去。这个调查报告，我个人认为，就让小汪一个人去搞。小汪也是大学生，我看过他的档案，各方面对他评价都很高，他在大学里就写过不少小说、诗歌、散文。虽然才到办公室，给小汪一个机会，让他锻炼锻炼。"

杨主任发话后，没有一个人表态，空气像凝固了一样。这时，吴秘书说："办公室还没有这个先例，刚来一个月，哪能就放手让他去单独完成一个调查报告？实在是不太合适。我们都是抄了好几年材料，才开始从写小材料起步。"

杨主任打断他的话说："就这样定了，今后就是要打破常规，不拘一格用人才，形势在变，我们也得跟上形势发展的步伐。小汪，你有什么要说的吗？"

"没说的，一切服从领导安排。"汪佳伦说。

"吴秘书，你负责通知牛头区委办王主任，让他明天一早派辆车来接小汪去。小汪人生地不熟，其他具体的事，你会后再专门给小汪交代。好，散会。"杨主任干脆利落。

第二天早上，牛头区委办王主任亲自赶到县委办公室，带着汪佳伦坐上吉普车，向四十里外的牛头区驶去。

汪佳伦听王主任介绍了全区的基本情况和兴办家庭工厂的情况，让王主任把手头上掌握的相关资料全部找来。同时，让他通知，自己下午就去乡、大队、小队座谈，特别是找家庭工厂大户，做得比较好的典型座谈。座谈后得知，典型就是以柳林乡织布大队王梅花为首的生产儿童服装为主的家庭工厂，产品主要销往省城临江市的汉正街。

由于国家实行计划生育政策，只准生一个小孩，人们都舍得花钱给独生子女买衣服穿。王梅花瞄准这一商机，加上当时买缝纫机要票，不好买，但王梅花的舅舅是向阳市缝纫机厂厂长，能开后门买到缝纫机，王梅花就购买了一批缝纫机，发放给每家每户。各个农户按照她的布料、尺寸加工童装，由王梅花集中起来，向外销售，并向每个农户支付加工费。至于布料的购买和童装的销路，只有王梅花一人知道，农户和当地干部不知道。这还是汪佳伦刨根问底，王梅花悄悄告诉的。

汪佳伦得到第一手资料后，帮王梅花算了算经济效益账，从订单、购买布料、任务分发、批发销售等一条龙产业链，总结出这实际上就是订单式的家庭工厂，效益非常可观。

座谈到晚上八点钟，汪佳伦才和王梅花一起吃晚饭。

汪佳伦回到区公所，躺在床上，兴奋得睡不着觉。由于停电，他就点燃马灯，起身连夜把调查报告写好了。

第二天还在睡觉，办公室王主任喊汪佳伦起床吃早饭，说区委书记已在餐厅等他。走进餐厅，大家都瞪大眼睛望着汪佳伦，估计是昨晚熬夜的黑眼圈引起了大家注意。

早餐后，区委书记说："今天，我亲自陪小汪下去转转。"

汪佳伦说："王书记，我要在招待所写材料，您先去忙别的，由王主任陪我就行了。"

上午，汪佳伦把夜里写的调查报告进行了修改并抄写工整。吃罢中午饭后，他就准备回去，坚决不让王主任用车送。

汪佳伦本来还想到与牛头区只有一公里的县一中去看一下大妹的，但为了不分散精力，他直接坐公共汽车回到了县城。杨主任见到汪佳伦很吃惊，问他怎么这么快就回来了。

汪佳伦说："已调查好，数据、典型都很翔实，只需要组织素材加工。"

杨主任说："那你就到寝室里写吧，争取三天时间拿出来。"

实际上材料已经写好，但汪佳伦说："一定按时完成任务！"

第二天一上班，汪佳伦就把早已写好的调查报告交给了县委办公室杨仁义主任。

九点钟，杨主任让吴秘书通知在单位的所有办公室人员，到会议室开会。杨主任说："真没想到，小汪才来一个月，一个人去牛头区搞家庭工厂调查，这么快的速度，写出了这么有分量的调查报告，我自己都不敢相信，但这又确确实实是真的。你们大家互相传阅一下，好好看看！这个调查报告观点鲜明，内容丰富，语言简洁，建设性意见站得高，看得远，对县委领导决策推广经验有非常好的参考作用。请立即以县委办公室内刊"调查报告"的形式，打印发送给'四大家'领导和各部、办、委、局，各区、乡。"

汪佳伦在调查报告的基础上，改写成了长篇通讯《农民的智慧与创造》，本县的《向阳报》和市委机关报《向阳日报》、省委机关报《江北日报》先后发表了，也受到县委书记卫尚可当众表扬。县委办杨主任更是逢会必讲小汪，多次表扬，弄得他很不好意思。

王梅花由此被评为全国三八红旗手，在北京开会期间，受到国家领导人的亲切接见。

一九八四年八月底的一天，县广播站记者殷红来到县委办公室，把汪佳伦喊到门外说，她向县委书记推荐汪佳伦当他的秘书，卫书记已同意，估计很快就会通知汪佳伦，让他暂时保密。说罢飘然而去。

第二天，县委办杨主任找汪佳伦谈话，要他给县委书记卫尚可当秘书，并详细交代了一些注意事项。从此，汪佳伦就不再值夜班和抄写材料了。他每天紧跟卫书记下乡调研、开会、撰写讲话稿、来信来访、上下接待，屋里屋外大包大揽，尽量做到尽善尽美，不出差错。

一天下班前，父亲忽然慌慌张张地找到汪佳伦，说他的大弟弟被人打伤了，现正躺在市第一人民医院的走廊里。汪佳伦请了假，和父亲一口气跑到市第一人民医院。只见大弟弟双眼紧闭，脸色苍白，一动不动躺着。

汪佳伦让父亲就地等候，他跑到医院办公室找到陪卫书记夫人看病认识的副院长卫伊丽。卫院长听说后，立即和汪佳伦一起来到急诊室，安排立即组织抢救。

汪佳伦在手术单上签字后，弟弟立即被推进了手术室。卫院长说："脾脏被打破了，腹腔内流了很多血，再晚一会儿，人就没命了。刚才没医生管，主要是因为你父亲身上没带钱。"

汪佳伦说："谢谢卫院长，钱由我想办法，一定尽快补交上，希望不要影响治疗。"

年轻漂亮的卫院长让汪佳伦放心，不会耽误治疗。

经过五个多小时的手术，汪佳伦的弟弟脱离了生命危险，住进了普通病房。

第二天，汪佳伦直接到望江派出所报了案。当天下午，犯罪嫌疑人投案自首了。那人是郊区集体办的浩然酒楼的采购，骑三轮车碰到了卖完青菜准备回家的汪佳伦的大弟弟，两人发生口角，随即出拳殴打汪佳伦弟弟，将他打倒在地，然后仓皇逃窜。

犯罪嫌疑人的父母一直赔礼道歉，并先送了一千元钱到医院，表示愿意赔偿一切损失。汪佳伦想到对方也不容易，现在态度又比较好，本着得饶人处且饶人的原则，就谅解了对方。派出所了解后，让犯罪嫌疑人取保候审回了家。

国庆节前一天，卫书记的爱人站在阳台上对汪佳伦说："小汪，你吃罢早餐，上来一下。"

汪佳伦赶到后，卫书记的爱人说："小汪，你每天要么穿一套黄军衣，要么穿一套蓝军衣，夏天就是白衬衣，脚上就是力士鞋和布鞋，太朴素了！这是老卫让我专门给你买的一双皮鞋，你穿穿试试。另外，明天放假，老卫想回老家金南县，你跟着一起去，准备四十斤小磨芝麻油，给他的老同事带去，人家每年给我们向阳县送很多木炭和木耳、香菇，全分给办公室的同志们了。"

汪佳伦说："我马上就到县粮食局直属库去办，请放心！"

汪佳伦把皮鞋拿到屋里一试，有点儿小。他身高一米八三，是四十六码的脚，鞋子小了两码。这是他第一次穿皮鞋，非常感动。

为了到时候穿得舒服些，他把被褥的两个角分别塞进皮鞋里撑着，希望能把鞋子撑大一点，等走的时候再穿。可出发时，依然很卡脚，他忍着不敢吭气。坐进车后，他悄悄把鞋子脱掉了。

上车后，汪佳伦小声对卫书记的爱人说："车上装了一百斤芝麻油，十斤一装共十壶，怕少了不够。"

卫书记爱人竖起大拇指，连连点头。

原来卫书记坐的是一辆吉普车，这次回老家坐的是刚从北京买的一辆二手的"伏尔加"银灰色轿车。车到金南县县委大院，围了几圈人观看，都说太漂亮了。

中午在金南县招待所吃罢饭后，卫书记没有休息，直接回到了大山深处的老屋，在老家所在的区公所住了一晚。

第二天，到了位于金南县大山旁的影视基地，卫书记与老朋友金政委及其他领导和演职人员见面，共用午餐后又回到向阳县。

事后，卫尚可书记对汪佳伦说："小汪，你不仅材料写得好，也很会办事儿！"

卫书记不知道的是，由于皮鞋小了，汪佳伦两只脚都磨破了，但他连眉头都没敢皱一下，强忍着陪卫书记走完了回乡之路。

一九八五年春节放假前，汪佳伦接到省委办公厅的长途电话，说第二天有一位从北京来的牛同志回向阳县，请他安排接待。

汪佳伦立即向县委办杨主任汇报。杨主任说："明天卫书记要参加一天常委会，你就负责去火车站接这个同志，接到后中午在县招待所吃饭，下午把他送回老家去。马上要过年了，准备一份年货带上。"

第二天，汪佳伦和司机准时在向阳火车站出站口举着"接北京牛同志"的牌子等候。汪佳伦没有想到的是，来人是大学同学牛择武，两人高兴极了。在回县招待所路上，牛择武说："老同学，我这个岗位本来应该是你的，你突然不去了，我才捡了个漏儿。"

汪佳伦说："在大学时，我就说你父亲当兵出身，给你起名叫择武，但在大学你就喜文，志向高远。当年我们说'苟富贵，勿相忘'，现在服气了吧？"

"是的，我本来是分到教育部，结果我顶了你的位置，安莉顶了我的位置。我永远也忘不了我们兄弟俩的情谊。"牛择武说。

一提起安莉，回忆从汪佳伦心中跳了出来，又掀起了阵阵波澜。与安莉猝不及防牵手，却又在风轻云淡的无奈中别离。这花开一季的光阴，要用一生来遗忘。

该来的人挡不住，该走的人留不住。两人之间相互给予最纯洁的爱，既是上天的安排，也是自己今生最珍贵的缘分，必须把这份爱深深珍藏在心中。

恍惚间，汪佳伦若无其事地说："我回到老家，先在县师范教了一年书，调到县委办公室才半年时间，给县委书记当秘书。你在北京一定要好好干，为家乡争光，为国家做贡献。回北京后，代我问安莉同学好！"

"我和安莉都在北京，但大家都很忙，这都一年半了，我和她还没见过一面，只是偶尔打个电话相互问候一下，她还在电话中向我打听过你，但我们都不知道你当时分到什么单位了。春节后，我一定要见见她，把你的话带到。"牛择武说。

"中午我争取让县委办杨主任陪你吃饭，下午我送你回老家。"汪佳伦转移了话题。

"谢谢老同学！"牛择武说。

中午，县委办杨仁义主任亲自设宴招待了牛择武。

牛择武老家在向阳县东北角的胡集区牛家庄，途中要经过大河区。汪佳伦电话联系了大河区委办公室主任，让他准备了一份年货。到了牛择武家后，汪佳伦一再跟其父母说，今后有什么事，一切由他来办，让择武在北京好好干，二老及弟妹由他来照顾。

中央提倡干部队伍"革命化、年轻化、知识化、专业化"，要求各地大胆提拔一批年富力强的干部进入领导班子。一九八五年春节刚过，向阳市也对向阳县的领导班子进行了调整。

五十五岁的向阳县委书记卫尚可调任市农委主任，三十九岁的县委副书记刘贵生接任县委书记，五十四岁的县委常委、县委办主任杨仁义改任县人大常委会副主任，四十四岁的县委常委、宣传部长欧光明接任县委办公室主任。

曾在北京上过大学的新任县委书记刘贵生，担任分管农业的副书记时曾有一个不固定的秘书，现在点名让汪佳伦当他的秘书。

春节上班后，全市召开了三级干部会议，根据会议精神，向阳县委、县政府组织机关干部进村入户，开展大规模减轻农民负担的工作。汪佳伦跟随新任县委书记刘贵生，除了蹲点龙头区外，还巡查全县的十七个区及部分乡、村、组、农户。

汪佳伦根据县委关于减轻农民负担的文件，结合各级干部进村入户开展工作的情况，给向阳市委机关报《向阳日报》投稿《向阳县委采取五条新规定，进一步减轻农民负担》。很快，《向阳日报》

在头版头条发表了。

当天中午，正在龙头区吃午饭的刘贵生书记，接到市委书记常爱民的电话。常书记说："你的秘书小汪发表在今天《向阳日报》上关于你们县减轻农民负担的做法很好，动作迅速，措施得力，在全市起到了带头作用，但要狠抓落实，一抓到底。"

刘贵生书记放下电话，表扬了汪佳伦，并要他把市委书记的指示精神迅速传达下去。同时，他要求全县掀起减轻农民负担的高潮，层层狠抓落实，树立典型，坚决把农村"三项提留、五项统筹"真真切切落实到农户头上。

转眼间，大妹妹墨墨高中快毕业了。汪佳伦骑上县委办公室作价六元钱分给自己的一辆飞鸽牌旧自行车，到县一中给大妹妹送去了三十元钱，鼓励她沉着应战，劳逸结合，胜利归来。

"五一"刚过，夏天的脚步便如约而至。成片的麦子齐刷刷挺立在田间，金黄金黄的麦穗弯着腰，低着头，弓着背，微风拂去，波浪阵阵，芬芳四溢。

"三夏"劳动开始了。"三夏"指的是夏收、夏种和夏管，一般从每年五月中旬开始，上年播种的麦子、油菜等农作物成熟，需要抢时间收割，颗粒归仓。另一种种植面积也比较大的重要农作物水稻，又需要不误农时栽插下去。此外，还有棉花、花生、芝麻、豆类等各种农作物，也要及时管理，如除草、治虫、施肥等。各种农活交织，人们披星戴月，男女老少全部投入到紧张的劳作中。

刘贵生书记深知这个季节的重要性，他迅速把全县减轻农民负担的工作专班和刚刚开展的"整党"工作专班，投入到全县的"三夏"工作中。

湛蓝湛蓝的天空没有一丝云彩，太阳像个火球挂在天际，照在黄灿灿的麦海里，写在人们的笑脸上。一支由向阳县委、县政府组成的"三夏"蹲点队伍正向全县十七个区、四十个乡、六百五十四个村挺进。弯弯山道上，阡陌沟壑里，留下了一串串党政干部深深的脚印……

汪佳伦跟随刘贵生书记巡视各个区、乡及村组，当了解到吴生发副主任在"双抢"中，每天头戴草帽，脚穿布鞋，手提黑包，吃住在农户家里，遇到问题不推诿，不回避，不踢皮球，不择易丢难，帮助该村以及其他乡村解决了很多实实在在多年都未能解决的问题时，刘贵生书记立即要求汪佳伦留在晏湾村，深入调查，树立典型，快速拿出一个有分量的材料出来。

汪佳伦仅用两天时间，调查了解到了吴生发同志带病蹲点"三夏"，先后帮助解决了好多问题，比如观音村四组二百六十亩水稻因电机损坏提不成水、补不上秧苗的问题；晏湾村小麦脱粒的节骨眼上，变压器过负荷被烧坏的问题；洪庙村四组农民刘根辛和邻居合伙买电机，争抢霸占脱粒机抢打麦子的问题；姜兴村三组农民尚维府、鄂州村五组农民钱明富等贫困户"望麦兴叹"，无力"双抢"的问题；吴生发同志听到天气预报要下雨，半夜通知到各个村组，并拿着手电赶到尤河村，在大雨到来之前，帮助该村将十二场麦子全部安全抢收等感人事迹。

汪佳伦连夜写出了长篇通讯《大地的儿子》，经刘贵生书记审阅批示后，在本县《向阳报》上发表。他还专程送到市委机关报《向阳日报》编辑部，并投寄给了省委机关报《江北日报》，结果省、市日报都先后发表了。

《向阳日报》发表后，市委书记常爱民当即作了批示。市委办公室把市委书记的批示以传真形式发至各县、市，要求全市党政干部向吴生发同志学习，再掀新一轮"三夏"高潮，善始善终。

七月一日，二十二岁的汪佳伦光荣入党。

八月十日，汪佳伦接到县教育局分管招生工作的副局长电话，说其妹妹高考考了五百七十三分，是全县的第三名。汪佳伦立即将这一喜讯电话通知到津门区浩然乡，请该乡的电话员帮忙通知到他家里。

八月二十五日，汪佳伦的大妹墨墨收到了江城工学院录取通知书。开学之前，汪佳伦的大弟弟送大妹，专程到汪佳伦那里停留了一下。大妹情绪低落地说，填报志愿的时候生怕落榜，志愿报低了，有点吃亏。事后才知道，江城工学院是理工类全国重点大学，佳伦的妹妹并不吃亏。

十月一日，汪佳伦二十一岁的大弟弟结了婚，了却了父母的一桩心事。

按照向阳市的统一要求，向阳县委办公室设置了秘书科、综合科和机要科三个科室。人员大致进行了划分，但所有秘书和原来一样,没有牵头人,还是由县委办公室主任和副主任直接分管。

一九八六年三月,县委常委会研究任命了一批干部。好运再次降临到二十三岁的汪佳伦身上,他被任命为县委办公室秘书科科长,另外两名同志分别为综合科科长和机要科科长。

大家都感到非常吃惊,因为汪佳伦毕竟只有二十三岁,到办公室才一年多,而且前勤、后勤通通都管。原来一些老资格的秘书成了其部下,其中年龄最大的五十五岁。

汪佳伦除了谦虚谨慎、任劳任怨外,把很大一部分精力投入到了处理各种关系上,多请示多汇报,尽量做到左右逢源,每天加班加点,不敢怠慢。撰写领导讲话、文件把关、调查报告等等,夜晚一点钟以前从来没有睡过觉。

适逢国家领导人到向阳市视察,晚间点名要看向阳县豫剧团知名演员吕喜儿表演的豫剧《秦雪梅》。晚会结束后,领导们大加赞赏,要求向阳县委一定要多关心剧团发展,对台柱子吕喜儿更要多关心。

第二天一上班,刘贵生书记要求汪佳伦抽出一个星期时间,专门到县豫剧团调查研究,看剧团目前是个什么现状,还需要解决什么问题,提出建议和对策。于是,汪佳伦就深入剧团,分别找到团长、编剧、演员、剧务、后勤等人员谈话了解。特别是吕喜儿,一家三口住在一间不到二十平方米的房间里,墙无三尺白,窗无三尺宽;房门不挡风,屋顶不遮雨;白天屋里长明灯,夜晚出门路难行,挂在墙上相框里的照片都潮坏了。

汪佳伦看到这一幕,心灵受到极大震撼。吕喜儿说,她肯定短寿活不长,因为每一次演出后,她因劳累和为剧情真哭,连内衣都湿透了,一定要连续休息几天才能缓过来。说着说着,吕喜儿竟趴在汪佳伦肩上号啕大哭起来。见此情景,汪佳伦满面泪痕。

根据调查了解的情况,汪佳伦迅速写出了《饮誉荆楚、蜚声中原的奥秘》和《楚国的一朵白牡丹》两篇报告文学。经县委主要领导同志审阅后,以县委内刊"调查研究"的形式下发至各部、办、委、局,各区、乡。省、市、县三级党报也都先后刊发,一时反响强烈,以至豫剧之乡中原省都派出代表团前往向阳县豫剧团拜访取经。

县委、县政府还从县财政预算外资金中拿出三十万元,彻底解决了豫剧团干部职工们的住房问题,盖起了一幢五层住宅楼和一个标准排练厅。吕喜儿也被破格提拔为县豫剧团团长。

炎热似火、犁耙水响的七月,汪佳伦滚烫的文字,倾听柳荫深处抑扬顿挫的蝉鸣,仿佛镰刀锤子的交响。

根据省、市的统一要求,向阳县进行了撤区并乡工作,把原来的十七个区和四十个乡合并为二十八个乡镇。刚从农学院进修毕业的原县级市神农市委副书记董光明,调任向阳县委副书记。同时,向阳市委还任命向阳县朱洼区委原书记贾近途为县委副书记。

董、贾二位副书记同时到任,他们不仅是同学,还都是工农干部,农业是他们熟悉的工作领域。但县委分工安排贾近途分管农业,董光明分管工业。原来两个关系不错的"叫驴子",不自觉地针尖对麦芒,明争暗斗起来。占明显优势的是贾近途,因为向阳县是农业大县，粮食每年增产一亿斤，在全省乃至全国都小有名气，抓起来驾轻就熟，容易出成绩。

董光明分管工业，明显处于劣势，且刚到向阳县，人生地不熟。他就向刘贵生书记提出，能否让县委书记的秘书也给他当秘书，但仍以县委书记为主，待情况熟悉后，再配专职秘书。

刘贵生书记找汪佳伦谈话，让他辛苦一点，兼给副书记董光明当一段时间秘书，马上会让其担当重任，叫他心中有数。这样，汪佳伦就奔跑在两个书记之间，还要统筹秘书科的全面工作。

汪佳伦跟随县委副书记董光明，深入到全县工业企业及各乡镇的乡镇企业进行调查研究。汪佳伦向董光明副书记建议，振作起来，兴奋起来，要像过去分管熟悉的农业时那样热爱土地，转而去爱恋工业，拥抱企业，要全身心地、满腔热血地投入进去，尽早使向阳县由农业大县向工业强县转变。

董光明副书记连连称赞说："建议很好，关键是从哪里找准突破口呢？"

汪佳伦说："就以大力发展乡镇企业为突破口，因为县属规模以上工业就那么十几家，但全县二十八个乡镇，乡镇企业星罗棋布，下到农副产品初级加工、缝纫、烧砖、打铁，上至纺织印染、工业电子等各个工业部门，到处可见乡镇企业的踪迹。乡镇企业发展起来，可以成为向阳县经济的半壁江山。"

董光明副书记完全赞同，就让汪佳伦按此要求向县委、县政府写一个把发展乡镇企业作为振兴县农村经济主要产业的报告。经县委常委会议讨论通过后,全县推出了一幕幕改革大戏。

当时人们普遍认为,县属工业是大头,乡镇企业是搭头,后者发展没劲头;抓住粮食是"现钞",兴办企业是"支票",发展后者不牢靠;乡镇企业没爹没娘,资金难筹,原料难购,销路难找,工作难做,缺乏自力更生和自强精神,"不骑马,不骑牛,骑个驴子当中游",缺乏进取精神等。

县委紧紧抓住发展农村商品经济这个主题,抓住发展乡镇企业这一富有活力的生长点,在全县范围内开展横向对比,揭矛盾,找差距,压担子,加措施,组织各乡镇党委、政府一把手和县直单位主要负责人,到江、浙、沪等先进地区学习考察,增长见识,开阔眼界,进一步探索发展乡镇企业的新思路。

县里举办培训班四十余期,学习中央、省、市关于大力发展乡镇企业的文件精神,增强干部职工的改革意识,广泛开展乡镇企业产值"超千跨五争百过十(万)"活动,大力发展乡镇企业,全县范围内热潮涌动。

县委县政府还本着藏富于基层、藏富于企业的原则,出台了支持发展乡镇企业,实行放宽税收、"养鸡下蛋"政策的十八条规定,明确提出了"五个轮子一起转,乡镇企业为骨干,村办户办为重点"的指导思想,多种行业一齐上,网罗千家万户,调动千军万马。特别是到江浙沪等地的参观考察,对大家思想的冲击也很大。一颗小小的纽扣,一年就为浙江义乌创造产值十几亿元。人们的思想一下子开了窍。

向阳县企业改革以猛虎下山之势，大踏步地向两大顽疾"铁饭碗"和"大锅饭"进逼，竞争、创新像旋风一样席卷全县工业企业。在发展乡镇企业枯树老枝冒出新绿之际，刘贵生书记按捺不住心中的激动，带着汪佳伦悄然来到了向阳县的东大门——大沟镇。在大沟镇制鞋厂，刘贵生和汪佳伦一边和干部职工座谈，一边探讨战胜困难、振兴企业的出路。

"难道企业真的没有更好的出路？"刘贵生书记首先发问。

长吁短叹，阴冷的秋天，人心更冷。终于有人说话了："刘书记，办法倒是有……只有一条路……"

"什么路？"刘贵生书记问。

"能不能也像农村那样，搞大包干承包企业？"有人反问。

刘贵生书记要汪佳伦迅速通知分管工业的副书记董光明，带领县经委、工业局、轻工局、乡镇企业局等单位的主要领导赶到大沟镇，深入企业了解思想包袱，掏真心话。

几乎一夜之间，大沟镇掀起了企业大包干的热潮。

这一爆炸性的新闻，出现了爆炸性的效果。困扰向阳县多年的企业大锅饭体制，瞬间土崩瓦解。

是呀，要实现人类的彻底解放，就要奋斗。这种超越必然带动重大变革，必然经历存亡兴衰决战。

数字，如金笛银铃，似珍珠玉环，掷地有声，叮当作响！向阳县在企业改革之中，以"包"字的巨大拉动力，冲破了僵化的思想束缚，短短几个月时间，全县县直各战线及乡镇办工业已承包五百七十八个。当年实现产值比承包前下达的计划数增长百分之九点二,实现利润比承包前计划数增长百分之十三点七。

根据向阳县工业企业和乡镇企业一系列改革故事,汪佳伦迅速写出了《精彩的跳跃》《矗立在汉江上的经济立交桥》两篇报告文学,先后发表在北京的《农村工作通讯》、省委机关报《江北日报》和市委机关报《向阳日报》上,引起了强烈反响。

一九八七年春节后,二十四岁的汪佳伦被破格提拔为向阳县委办公室副主任。除了兼任秘书科科长外,他同时还兼任两位书记的秘书工作。

三月一日早上七点半,汪佳伦和司机早早来到刘贵生书记所住的向阳市委大院,准备一起下乡。这时,刘书记的爱人肖老师来到小车前喊佳伦到家里去一下。

走进位于三单元一楼的两室一厅的房间,低暗窄小的客厅里还支了一张小床,显得非常拥挤。肖老师说:"老刘还在上厕所。小汪,你看,这桌椅床凳都是老刘在山区县当秘书时自己打造的,还挺结实。卫尚可书记已经搬到市农委去住了,我和老刘商量准备近期搬到向阳县去住,两个小孩也转学过去。现在就是我们一家五口人,两个娃子大了,我母亲也七十岁的人了,被褥不够用,请你想办法在乡镇买几床,搬家时每张床上换上新棉被。"

汪佳伦说:"您放心,我马上去办。"

刘贵生书记老家在辽宁锦州,出生在吉林长春,上大学在北京。他一九六八年二十二岁大学毕业,分配到地处大山区的江北省峡谷县委宣传部。向阳地市合并前，调到向阳地委办公室调研科任副科长，一九八三年地市合并后，第二年调任向阳县委分管农业的副书记，一九八五年任县委书记。

汪佳伦看到刘书记简陋的家，心中肃然起敬。

第三天，大河乡党办主任送来了二斤、三斤、四斤、五斤、六斤重的各两床被褥，平安镇委办主任送来了两纸箱床单和被面给汪佳伦。汪佳伦用自己的钱，坚决要两个办公室主任收下并打了收条。刘书记搬家时，全部换上了新棉被，肖老师按收条把钱还给了汪佳伦。

这一年，汪佳伦围绕县委中心工作及刘贵生书记和董光明副书记的指示精神，先后写出了《飞旋的世界》《富民强村兴县之路》《太平景观》《向阳粮王》《情系一条街》《春雨之歌》《跨越高峰》等一大批优秀报告文学，不断见诸报刊，这些作品一时掀起了向先进典型学习的热潮。

一九八七年"五一"节刚过，汪佳伦的报告文学《飞旋的世界》获奖，他参加了在北京召开的颁奖大会。与他同住一个房间的是来自部队的王政委。

会议结束前一天，王政委说："小伙子，你这么年轻就获奖，不简单，我想送给你一个礼物。"

汪佳伦好奇地问："什么礼物？"

王政委说："我们有几位女兵，素质高，人也长得漂亮。你若还没谈女朋友，会议结束后我想带你去看看。如果感觉合适，可以谈谈试试。"

汪佳伦吓了一跳，但又感觉不好推辞。

当天晚上，汪佳伦接到县委办公室吴秘书打来的长途电话，说要汪佳伦三天之内到省委，向省委秘书长江乃文同志汇报工作。

汪佳伦原本还准备见一下大学同学牛择武和安莉，只好电话告诉他们时间来不及了。会议结束的当天下午，汪佳伦就坐上王政委的车，来到了他的办公室。

休息片刻，王政委便让通讯员喊来一位女兵，简单问了一些工作上的问题后，就让她走了。

王政委问汪佳伦感觉咋样。太美好的东西，大都具有侵略性，不是迷了眼，就是醉了心。只见了一面，汪佳伦就已沦陷在她清澈的眼眸里。

王政委说："这个小鬼是江苏南京人，是我前几年从应届高中毕业生中挑选的六个人之一。到部队之后学的是军事密码，业务素质不错，各个方面表现也很优秀。她比你小两岁，但也入党两年了。你若愿意，我马上让她再来，你们互相留个联系方式，我的任务也就算完成了！"

汪佳伦说："谢谢！"

随后，汪佳伦再次见了那位女兵，简单交谈后，互留了联系方式，汪佳伦回到了招待所。汪佳伦年轻老成的气质、文雅深刻的谈吐，也让那位女兵颇有好感。

当晚九点半，汪佳伦坐上了开往临江市的火车。牛择武和安莉气喘吁吁地赶到了站台上，两人分别送给了汪佳伦一份包裹。简单寒暄后，三人握手话别。

汪佳伦感觉北京的月亮好像长了牙齿，把自己这个异乡人咬得生疼。在靠窗的硬座上，他打开了包裹。牛择武送的全是食品，安莉送的是一件她亲手织好的红毛衣和新买的一套深蓝色西装，还有一条领带，一双四十六码的黑色皮鞋。

汪佳伦扑在安莉送给自己的衣物上，禁不住热泪盈眶。

列车车轮与钢轨的撞击声不断叩击着汪佳伦的心潮，就像把一封写满爱意的情书投入火中痴痴地燃烧。人的一生不知与多少人擦肩而过，又与多少人蓦然重逢。岁月深处，不经意间，风儿吹皱了思念，清冷了孤单，催忘了清欢，咀嚼了酸甜。

汪佳伦被如水般的光阴，磨炼得柔软而有了张力，舒卷而有了恬静和诗意。几多煎熬烦忧，几多安暖静好，都随深深的思念，飘洒在无涯的微波之中了。他知道，在这个世界上，谁都不可能同时拥有春花和秋月。面对无情的距离和现实，汪佳伦只能默默地忍痛斩断两人的情丝。当入骨的爱已成往事，泪落掌心才明白，放手未必不是一种珍惜。

五月的江北省临江市，刚从睡梦中醒来。这座依水而建，以水为天，码头工人用辛劳的汗水堆砌起来的城市，这个纤夫用双肩托起来的城市，空气里似乎流淌着蜜，小草尖上的露珠也在恣意抛洒。

第五章　秘书生涯

轨道两旁长长辫子的垂柳姑娘,将一缕缕青丝,尽可能地伸向缓慢而过的列车里的过客。树枝上的鸟儿叽叽喳喳地哼唱着,喷薄而出的朝阳亲吻着早起人们的笑脸。从列车上走出的南来北往的客人深情款款,给这座城市增添了些许浪漫。

汪佳伦走下火车,在有股钢铁味儿、暴烈硬朗的汉口话招呼下,来到站前广场旁的地摊早点上,端起香喷喷的热干面,外加两根油条,一碗蛋酒,美滋滋地填饱了肚皮。

他坐上公共汽车,来到位于东湖旁边的省委大院。草木繁茂幽静的大院,鹅黄嫩绿,嫣红百娇。从东湖沐浴而出的朝阳,从小鸟欢叫的树丫缝里照射下来。温暖的春天,从南方跑步而来,用生动的绿色,装扮着庄重威严的江北省委首脑机关。

汪佳伦在门口值班室登记后,来到位于一楼西侧的秘书长办公室。见到和蔼可亲的省委秘书长江乃文并自报家门后,江秘书长说:"没想到小汪同志这么年轻!最近,你连续在《江北日报》上发表了那么多好文章,看后让我欣喜不已。你是不是觉得,一个省委秘书长点名要见一个县委办公室的科级干部,好像有点儿不可思议?"

汪佳伦说:"是有点儿吃惊。"

"我还没有进省委常委,目前还只是个厅级干部,你也不要拘束。我就是感到好奇,县委办公室工作那么忙,你怎么还写出了那么多作品,时间是怎么腾出来的呢?"江秘书长问。

汪佳伦说:"秘书长,很简单,我就是结合自己的工作实际,顺便把调研报告改写成文学作品发表了。"

江秘书长说："我也让秘书通过向阳市委办公室的同志对你的基本情况作了了解，各方面反映都很不错。你发表在《江北日报》上的长篇通讯《向阳粮王》，就是你在《江北农村状元谱》的典型事迹基础上改写的，对吧？"

汪佳伦说："是的。谢谢秘书长关心！"

"实话告诉你吧，我让你来，主要就是代表省委领导同志看看你这个人，替他把好第一道关，将来你要给他当秘书。我们打算把你调到省委办公厅来，你要有个思想准备，暂时先保密。回去后可以和家人通通气，让他们也有个思想准备。"江秘书长说。

汪佳伦紧握了一下江乃文秘书长温暖的大手，致谢返程。

回到向阳后，汪佳伦向刘贵生书记汇报了省委江秘书长关于国家清理整治县级小烟厂的政策指示，也简单介绍了自己在北京领取报告文学奖的情况。接着，他把江秘书长所说，准备调自己到省委办公厅工作的事作了汇报，请刘贵生书记帮忙定夺。

汪佳伦感到左右为难。大弟弟吃上了商品粮，当上了民警，弟媳妇也安排在镇粮管所当合同工。大妹妹上大学二年级，小妹妹马上也要高中毕业，但他连女朋友都还没谈好。向阳县委的领导和办公室的同志对自己这么好，他真是舍不得离开。

最终，他决定继续留在向阳县工作。随即而来的省委办公厅调令，他以家庭原因婉拒了。

不久，省委组织部青干处处长尚瑞平，受省委组织部领导委托，专程到向阳市与汪佳伦面谈，省委组织部工作的调令很快也到了。

刘贵生书记说："小汪，看来县委办公室是留不住你了，你这匹千里马迟早要到更广阔的天地驰骋。撤区并乡后，全县二十八个乡镇领导干部急需配备到位，现在好苗子还不多。我想派你到一个大镇去当镇委书记，好好锻炼一下。有个基层工作经历，明年就可以回来进班子。"

汪佳伦说："还是暂缓一下，这次到北京认识了一个在部队工作的女同志，目前还处于信函联络阶段，但很谈得来。若到了乡镇怕受影响，一旦两人关系稳定后，我们就早点结婚，今后无论到什么地方就不怕了。"

刘书记莞尔一笑，算是答应了。

汪佳伦想起刚刚收到的同学牛择武的来信，说安莉让择武告诉佳伦，她由部领导介绍，认识了一位首长的儿子胡又多。胡又多比安莉大四岁，从部队转业到石油公司任业务部门经理。此人疑心病较重，不允许安莉随便接触男同志。安莉通过牛择武转告汪佳伦，希望佳伦也早点解决自己的个人婚姻问题。有什么需要帮忙办的事，可通过牛择武告诉她，但千万不要直接和她联系。

金秋的向阳县，披着金黄的大衣，飘着诱人的果香，漫山遍野，层林尽染，醉了心扉。汪佳伦在书卷的海洋里，畅游着墨客的情怀，找寻着精神的共鸣，书写着快意的人生，咏唱着内心的感动，享受着妙手的诗章，激荡着醉人的欢乐。

十月四日是星期天，上午十一点，值班室喊汪佳伦接电话。打来电话的是向阳县电力局局长孟儒学，他和汪佳伦是村挨村、地连地的老乡。孟局长要汪佳伦中午和他一起到市邮电局局长孟礼学家里吃饭。原来，汪佳伦的文友——向阳广播电视大学招生办主任赵红记中午在孟礼学家做客，要汪佳伦作陪。

席间，得知孟礼学的女儿高考分数没过大学录取分数线，通过赵红记以委托培养的方式录取到了向阳广播电视大学电力工程系读书。

酒过三巡，汪佳伦说："红记，我妹妹今年高考差两分没过线，能否也帮忙录取到你们电大？"

赵红记说："佳伦，你看那两大捆学生档案。今天下午我坐火车到省城，明天送到省招生办，这是最后一批。今年指标还有七个，计划没招满，主要是很多人不了解我们电大招生情况。至于你妹妹，分数不够不要紧，只是这三关不好过：一是必须是商品粮户口；二是要有委托培养单位；三是委托培养的费用将近三千元，一般家庭承受不起。这三关你有办法吗？"

孟儒学局长说："我们县电力局可以作为委托培养单位，至于钱，大家可以凑凑。"

赵红记说："第一个问题，佳伦妹妹是农村户口，但只要省里有领导写条子，再找省招生办的领导通融一下，问题也不大。"

汪佳伦听罢大家的好意后说："感谢两位老乡孟局长，感谢红记。找省领导写条子和找省招生办领导通融的事，只要不违规违法，我有办法。分管科教文卫的副省长韩鹏，原是我们市的副市长，他作为党外人士去年被提拔为副省长。省招生办的副主任潘晓，也是我们向阳县胡集乡人。韩副省长和潘副主任我都熟，打交道比较多。我先敬大家一大杯再说！"说完，汪佳伦一饮而尽。

这时，孟礼学局长说："佳伦，你一会儿就回单位请假，下午赵主任不坐火车了，我用单位的车送。走之前，按照赵主任的要求，把你妹妹的学生档案提出来带上，车跟着你和赵主任，把事情办完后司机再和你们一起回来。"

孟局长还补充说："佳伦老乡，我听说你谈的女朋友是北京部队的，今后打长途电话直接到我们市邮电局来打，一切免费！"

汪佳伦再三言谢。

当天夜里，汪佳伦和赵红记及司机住进了省教育厅招待所。第二天，汪佳伦先找到副省长韩鹏，请韩副省长写了一封在政策允许的范围内予以办理的信给省招生办。汪佳伦把信连同委托培养证明交给了省招生办副主任潘晓后，就办理了招生录取手续。

汪佳伦马不停蹄，又赶到省商业专科学校，找后勤处唐成处长借了三千元钱，当天夜里赶回了向阳县。

当汪佳伦把小妹的电视大学录取通知书和委托培养所需要的三千元现金交到父母手中时，全家人都惊喜不已。爷爷奶奶、父母、弟弟妹妹都直起了腰，昂起了头。一时间，汉江奔腾，岘山欢笑，汪家小院比大妹考上重点大学时还兴奋欢畅。

一九八七年底，县委书记刘贵生对全县干部人事制度进行了大胆改革。通过县人大代表民主评议的领导干部，经公开投票后重新任命。结果，第一批十三名政府部门的一把手局长，有七名因投票不过半而未能获得任命。这七名局长都是重要职能部门的负责人，比如人事局长、卫生局长、交通局长等。以此为契机，全县又对领导干部进行重新考察调整，该重用的重用，该降级的降级，该挪位的挪位。干部作风和精神风貌一时大大改观，但也触动了不少既得利益者，写告状信的满天飞。刘贵生书记身正不怕影子歪，顶着巨大压力继续推进工作。

一九八八年春，榆钱儿油水锃亮挂满枝头，形如硬币，结伴重叠，在充满爱的多情季节，勾起人们无尽的馋意。

汪佳伦一想起春节和女朋友相见的点点滴滴，心中就荡漾着无限的甜蜜。是啊，二十五岁的汪佳伦，目前是县委办公室唯一的未婚青年，他应该早日结束单身汉生活了。

好在春节期间，女朋友放探亲假，从北京部队回到了南京老家。她同时邀请汪佳伦正月初一和自己家人亲朋好友见了面。

女朋友也在探亲假结束之前，从南京返回北京的途中，在向阳下车，停留了两天，专程到汪佳伦老家拜望了爷爷奶奶、父母及亲朋好友。特别是奶奶，面对一身军装的未来漂亮孙媳妇，差一点惊掉了下巴，一双眼睛就像看进去拔不出来了一样，目不转睛地盯着，看个不够，一天到晚高兴得合不拢嘴。

汪佳伦已经和女朋友商定"八一"建军节到北京旅行结婚。

汪佳伦收到了已结婚的安莉到北京工作后唯一的一封信，信中只有几句话，"佳伦，'百思想，千系念。万语千言说不完，重九登高看孤雁'。我对不起你，以后你会知道的。永远爱你的安莉"。安莉信中费解、火热的文字，直接就烫化了他的心。汪佳伦思前想后，最终没忍住，还是给初嫁了的安莉回了信：

亲爱的，见字如面，甚念！

有人说，婚姻就是一个美丽的童话故事结束了，一个恐怖的故事开始了。也有人说，女人结婚是第二次投胎，投对了，上天堂；投错了，下地狱。我邀明月，照亮你今后的人生之路。遥祝你婚姻美满，家庭幸福，事业有成！

相思不语，爱你入骨。不可自拔的，除了别人地里的萝卜，还有我对你的爱。我爱你，就像揣在心口偷来的宝贝一样，不敢在光天化日里爱，只能深深地埋在心中，这种爱也只能是一种甘愿和成全及超越一切的人间纯洁之爱。

纸短情长，顺颂夏祺！

佳伦

人想人，想死人。幽深的思念，似诗词柔绵的丝线，无论双方安放何处，亦甩不开入骨入髓的情绊，那是一种有血有肉的温度。只不解，寻词觅句，清风无语。

汪佳伦做好一切婚前准备，于一九八八年七月三十一日晚八点，踏上了开往北京的列车，开始一生中最难忘的蜜月旅行。

八月一日中午，列车准时到达北京站，坐上一位同乡领导的专车，住进了一家部队招待所。当晚，王政委当证婚人，邀请汪佳伦妻子的战友们一起，举行了简单而又热烈喜庆的婚礼。

北京蜜月之旅，他们参观游览了故宫、军事博物馆、颐和园、八达岭长城等名胜古迹。特别是在天安门广场，他们多次拍照，留下见证。

离京之前，牛择武将汪佳伦夫妇接到他和岳父母所住的部委家属院吃了一顿丰盛的晚餐。晚饭后，牛择武借故将汪佳伦拉到书房说："佳伦，安莉和她的丈夫婚后关系一直不好，经常吵闹。前几天，安莉交给我一个密码箱要我保管，说里面有一封给你写的信，但暂时不能交给你，要等安莉通知我时，才能交给你。我也不知道还装着什么东西，但这次你来了，我如果不把这个事告诉你，又怕对不起你。你知道有这个事儿就行了，也不要太在意，总有解密的那一天。"

"谢谢择武，你在北京离安莉比较近，你多关心她，代我向她问好，有什么事情一定要告诉我。谢谢老同学！"汪佳伦说。

汪佳伦夫妇再三致谢后，返回了招待所。

随后，他们又从天津、济南到达汪佳伦妻子的老家南京，停留三天后乘长途汽车到达临江市，住进了省教育厅招待所——发小同学张开帆所住的地方。第二天，他们就乘火车回到了向阳县。

时间，总是在悄无声息间就改变了一切。

上班第一天，汪佳伦就感觉发生了天大的变化。向阳县委刘贵生书记调任全市最大的县级市、有一百六十万人口的神农市担任市委书记。向阳县新任县委书记，是和董光明一起共过事的神农市委副书记兼人大常委会主任贾大有。贾大有小学文化程度，原是一乡粮管所营业员。

贾大有书记上任后，就有一股霸气。比如，多年来向阳县城被市区包围，没有发展空间，但又没人愿意搬出去。他上任后，第一件事就是啃这块硬骨头，搬县城。规定任何单位不听指挥搬离旧县城，一把手就地免职。结果，一夜之间，所有单位行动了起来，纷纷争先恐后搬迁。

分管农业的副书记贾近途，处处为难重视发展工业和乡镇企业的乡镇党委书记，见到就说风凉话，不给别人好脸嘴子。尽管两人都姓贾，还时常号称是一家子。贾大有知道后，悄悄做工作将他调到了市乡镇企业管理局当副局长去了。

县委副书记沈迎亮，私自将儿子安排到团县委工作。贾大有知道后，立即予以清退，并通过市委领导将沈迎亮调到市委党校当了一名副校长。

一九五四年出生的县计委副书记、副主任易开珍，从市委党校拿到大专文凭后，癞肚蛤蟆跳悬崖——自不量力，一心想进县"四大家"领导班子，就找到过去的老领导"谈心"，被中途回家的丈夫吕冰撞见。吕冰找到新任县委书记贾大有，要求处理易开珍，同时要求离婚。贾大有当天就召开县委常委会，免去了易开珍的职务。

从此以后，阎王爷都说他牛。全县人民都知道贾大有是个真正的狠人，谁也不敢在他面前再做一丁点儿小动作了。

贾大有书记本来也想让汪佳伦给他当秘书，但他到任时，汪佳伦旅行结婚迟迟未归，他就另选了一名同志。这时，县委收到了一封举报信，实名举报汪佳伦在大学期间强迫女同学与其发生不正当男女关系。此事无异于将水泼进滚烫的油锅之中，很快便引起了轩然大波。

县委副书记董光明将此事悄悄告诉汪佳伦，并说县委将要调查时，他大吃一惊，怎么也不敢相信。汪佳伦跟跟跄跄跑回家，找出安莉写给自己的信，仿佛凭此就可以洗清残存的清白一样。

县委派人找到了安莉的丈夫胡又多调查取证，又到安莉所在的某部组织人事司核实，只是始终找不到安莉本人。县委常委会责成县纪委直接找汪佳伦谈话，他最后只是承认，一是他和安莉在大学谈恋爱期间你情我愿，不存在任何强迫行为；二是双方分配工作后友好分手；三是安莉今年专门写信表示对不起自己；四是安莉的实名举报信有被胁迫的嫌疑。汪佳伦始终相信，安莉是纯洁干净的。最后，县委常委会研究决定，先免去汪佳伦的县委办公室副主任职务，待查清问题后再视情况重新安排。

命运在一朝一夕之间，就向他张开了血盆大口。二十五岁的汪佳伦陷入了人生的最低谷。他望着初冬阴沉沉的天，看着没有了曾经枝繁叶茂的碧绿，枯黄纷乱地飘落一地，干枯的树干心疼了。汪佳伦清楚，自己的伤口无需揭开给别人看，世界上多的不是医生，多的是撒盐的人。他把一切痛都埋在心里，独自舔舐着伤口。

第六章 触底反弹

第六章　触底反弹

作别龙年的云彩，卸却隆冬的行囊。一九八九年蛇年的钟声敲响，这是一个与往日挥手的休止符，让一笔勾销的光阴在枯荣有序的辞章里安歇。

汪佳伦必须抓住"释然一切"这服痛苦的解药，才能抵御浇透人生的风雨，用热情去拥抱这个世界的美好。他深知，人有了退路，谁都平庸；面临绝境，才能卓越。没光的时候，连影子都会离开你。

春节后上班第一天，汪佳伦蜷缩在床头看书，忽然被推门声轻唤。门扉开启处，看到围巾包头的爷爷出现在门口。佳伦赶忙把爷爷让进屋内，并问爷爷吃饭了没有，爷爷说已在过去的秘书魏先生家吃过了。佳伦给爷爷端上茶，敬上烟。

得知孙媳妇已回北京部队上班，只有佳伦一个人在家，爷爷开门见山地说："我这是第一次到你们县委大院里来。之所以大年初七就跑到你这里来，是因为今年过年你没有回老家，很多亲戚朋友都在问你。昨天夜里，我又做了一个你穿着裙子原地转圈儿的梦。我就在心里盘算，你估计遇到什么麻烦了，一圈儿人把你围住了，迫切需要解围。我和你奶奶商量，决定来看看你。我想告诉你的是，不管遇到多大的事，都不要太当回事。你永远记住，这个世界，今天你认为天大的事，到了明天就是小事，到了明年就是故事。有时候你以为天要塌下来了，其实是自己站歪了。所以，无论遇到什么麻烦事，都要头脑清醒，要拿得起，放得下。你很小的时候，就喜欢看《巴顿将军传》，你最喜欢巴顿将军的一句名言，你还记得吗？你再说说，我听听！"

佳伦说:"衡量一个人成功的标志,不是看这个人登到顶峰时的高度,而是看这个人从顶峰跌到谷底后的反弹力。"

"很好!天上下雨地下滑,自己滑倒自己爬。人生就像水饺,不蹚几次浑水,面皮不弄出几道褶皱出来,就不可能成熟。大雨淋着自己没关系,阳光就藏在我们自己的袖口里。人生百转千回,路走不通时,一定要学会拐弯儿。要善于离开不利于自己的环境,跳出来,甩掉围着你的裙子。俗话说,'树挪死,人挪活'。不行就挪个窝,一切都活了。人生旅途中,本就是一道道门槛,迈过去就是门,迈不过去就是槛。这个社会,人们在意的不是你声嘶力竭的哭声,而是你跌倒后如何爬起来。人只有站起来,才会有自己的高度。胜利者有一百,甚至一千对父母,失败者永远是个孤儿。生活从来不会因为我们的脆弱而网开一面,只有勇敢地跳出固有的小圈子,追求新的天地,才能走过千山万水,迎来生命的春暖花开。"爷爷喝了口茶水说。

"你奶奶的叔伯侄儿刘浩然你也认识,原来在向阳市建材局工作,德才兼备,又有文凭,反而遭遇嫉贤妒能。混到四十岁,连一官半职都没捞到。他就像在珠穆朗玛峰,再怎么努力,也烧不开一壶水,因为环境不行。地市合并以后,他想办法调到市人大,领导非常赏识。当年'七一'前让他填表,准备推荐他为市委表彰的优秀共产党员,他说自己还没入党,人大所有的人都不敢相信。最后,立即入党、提干,两年之内就成为县级干部。你说换个环境多么重要?今天见到你,我把话全都说了出来,心里也就舒服了。"爷爷说完长舒了一口气。

爷爷的这些话,让汪佳伦心头立刻云雾顿散,也成为他一生最坚实的底气和亮色。

佳伦说:"谢谢爷爷!您说的每句话我都记住了。我没有做任何对不起组织和自己良心的事。不管遇到任何事,我都会处理好的。请爷爷放心!代我向奶奶问好,我正月十五回去看望您们!"

在成人的世界里,笑是哭的替代,强是弱的伪装。送走爷爷后,汪佳伦泪雨滂沱,感觉自己这么大了,还让爷爷奶奶和家人操心,太对不起他们了。他心想,尝尽了人间疾苦的爷爷,打破正月十五之前不出门的惯例来看自己。爷爷这是生怕要向孙儿讲述的话语堵在了路上,等不及请人捎信给自己,这才冒着凛冽的寒风,心急火燎踏雪来看自己啊!

没吃午饭的汪佳伦,想着爷爷承受着生活重负的羸弱身体,一向寡言少语,今天却把心窝子话语全掏了出来给自己,当即打开一瓶向阳县酒厂生产的陈年地封烈酒,猛喝了几大口。

汪佳伦擦干眼泪,下午出门时,呼吸着冰冷的空气,踩踏着冻硬的残雪,他已经走在"改天换命"的路途中了。因为他深知,世界再张牙舞爪,只要自己不认输,就能逆风翻盘。他要重拾自我。

随后几天,神农市委书记刘贵生、向阳市农委主任卫尚可、向阳市财委主任高见、向东区区长金玉良等领导,通过打电话或专程找汪佳伦表达关心,邀请他到自己所在的新单位工作。他又一次站在了人生的十字路口。

再三权衡，汪佳伦选择到向阳市向东区工作。他的主要考虑，一是向东区答应可以立即给汪佳伦分一套三室一厅的住房，二是区委书记周国臣与向阳县委副书记董光明过去都是神农市一个领导班子的同事，关系非常好，和汪佳伦也很熟悉。

更主要的一点是，三十五岁的向东区区长金玉良和汪佳伦关系不一般。汪佳伦调入向阳县委办公室时，时任向阳县委副书记的金玉良因学历问题，刚刚受到了一些挫折，被免去了县委副书记职务。他与汪佳伦见过几次面后，就到省城进修读大学去了。

金玉良自从到省城读书以后，县委大院的人对他和家属都敬而远之，只有汪佳伦一直还把他当县委副书记对待，早晚问长问短，家里有什么事，他都主动帮忙办。金玉良放寒暑假回来后，用个车、招待个什么客人，都是汪佳伦帮忙安排。

特别是一九八六年春节，金玉良从省城临江市坐向阳市光荣县水泥厂的货车，和司机一起回向阳。他们从前一天中午，一直坐到第二天凌晨四点钟，才冒雪赶回了向阳市区。他给货车司机交代的是到向阳县中医院下车，但司机听成了向阳县人民医院。结果，金玉良在睡梦中被叫醒，就直接从县人民医院下车了，只好冒着大雪步行三公里才走到向阳县委大院，到家后敲门没人，进不了屋。他就只好下楼敲汪佳伦的门，汪佳伦打开门，看到一个雪人站在门口，吓了一跳。定睛一看，才知是金玉良，赶忙把他让进屋内，打掉身上的积雪，让他躺进自己的被窝。汪佳伦迅速跑到离向阳县委大院两公里外的县粮食局，去找金玉良的夫人熊大姐。熊大姐的父母在县粮食局住,平时她就和父母住在一起。到了粮食局后,一人多高的铁栅门紧锁着,看门的师傅怕冷,回家睡觉去了。汪佳伦就翻过铁门进去,还摔了一跤,终于把熊大姐叫了出来。金玉良全家都非常感动。

金玉良读大学期间,条件比较艰苦,汪佳伦就专门让担任省商业专科学校后勤处处长的唐成,每个星期天接他到家里吃一顿饭,并给他一辆自行车使用。

金玉良毕业后,市委安排他到向阳市郊区任区委副书记,一年后调任向东区区长。回到向阳后,他就经常接汪佳伦到区委区政府做客,关系一直很密切。

汪佳伦拿定主意,几天的时间就把调动手续办好了。

向东区委书记和区长都想让汪佳伦到区委办和政府办工作,但汪佳伦婉拒了。他主动要求到区财政局搞一点实际工作,坚决不到首脑机关工作。尽管他不喜欢在数字里东摇西晃,最钟情在文字里徜徉恣肆。

当时,区财政局只有一个书记,一个局长,一个预算科长,十个办事员,一个司机,共十四个人,一栋办公楼,一栋家属楼。

汪佳伦被任命为正科级的区政府财经领导小组"三查"办主任兼财政局办公室主任。基本情况搞清楚后,他首先到市财政局拜访了过去就比较熟悉的局长熊清风。熊局长表态,会从各个方面关心和支持汪佳伦的工作。

汪佳伦给向东区财政局书记和局长建议,局里有三个车库,却只有一辆波兰产的"波罗乃兹"牌微型小轿车，能否再买一台小轿车和一辆面包车，以方便工作。局长和书记都说，我们早就想买，也应该买，但一直不敢跟书记和区长说。汪佳伦说："这样，我去汇报一下，看怎么样？"

局长和书记都表示支持。

于是，汪佳伦就找金玉良区长汇报买车的事，并说只要同意买，钱由他找市财政局要。金区长说："只要不找我要钱，我肯定同意你们买。我现在坐的这辆旧桑塔纳还是找第二招待所借的，周书记坐的也是苏联产的'吉姆'轿车，经常坏，也不好修，都想买车，但区里确实没有钱。你跟市财政局局长比较熟悉，若能多要点儿钱，我和书记也各买一辆车，那就最好不过了。"

汪佳伦说："那我试试看吧，争取争取。"

时值国庆四十周年，中央有关部门准备举办全国财税系统书法绘画摄影大赛，由江北省财政厅和向阳市财政局承办，并成立了大赛组织委员会和评委会。向阳市财政局承接任务后，立即根据有关领导同志的指示精神，抽调了一部分财政干部和市直相关单位干部组成了筹备专班，熊清风局长点名让汪佳伦参加。

在大赛筹备期间，汪佳伦顺便向熊清风局长汇报了向东区委书记和区长及区财政局想买四辆小车的想法，希望市财政帮忙解决一部分经费。熊局长说："这样，我也不从市财政给你们区拨款，你们写个报告，我们市局把你们报告附到我们向省财政厅申请解决相关经费的后面，争取给你们区四辆小车的经费解决了。"

汪佳伦一再表示感谢。当天晚上，汪佳伦就先后给局领导和区委书记、区长作了汇报，他们一致赞赏。

省财政厅的专款拨到位，并办好小车控购证和省、市计委的计划指标后，汪佳伦抢时间购买了两辆桑塔纳轿车，一辆二代伏尔加，一辆七座面包车。

车辆购买回来后的当晚，区委书记周国臣和区长金玉良专门请汪佳伦和区财政局书记、局长一起吃了顿饭。席间，金玉良区长说："小汪，我们都知道，你在给刘贵生书记当秘书时，省财政厅厅长贾文水出车祸，是刘书记和你及司机三个人路过车祸地点时及时停车施救，车上包括厅长在内的三个昏迷的人全部获救，《江北日报》还专门作了报道。由于刘贵生书记的关系，你和市财政局长熊清风的关系处得也比较好。请你抽时间去找一下熊局长，就说周书记和我想请他到向东吃顿饭，请他在财政上支持一下向东。现在我们区的干部住房问题比较突出，特别是一些老干部，我头都是大的。"

汪佳伦说："有金区长你的这把尚方宝剑，我就试一试，找一下熊局长。"

汪佳伦找熊局长汇报后，熊局长说："我来联系一下，看省厅贾文水厅长什么时候有时间，我们一起去专门向他汇报。你等我电话。"

一个星期后，熊局长要汪佳伦带上报告和他一起前往省财政厅。见到贾文水厅长后，贾厅长非常高兴，开口就说："佳伦大才子，你到我们财政系统来了，我真是太高兴了。现在我终于有了个捂膀子的人了！听说你文学功底深，见到数字都头疼。但到财政系统来了，天天要和数字打交道。我跟你恰好相反，我对数字比较感兴趣，对文字反应迟钝。我们两个是互补的典型！"

贾厅长一席话，说得满屋哄堂大笑。

汪佳伦赶紧说："厅长说话这么有水平，完全是文学语言，您的文字功夫堪称上乘。敬佩！"

"言归正传，熊局长今天冒雨把我的救命恩人带来，有何贵干？"贾文水厅长问道。

熊清风局长将向阳市财政工作汇报完后说："佳伦同志所在的向东区财政比较困难，急需给干部职工盖几栋房子，他们书记、区长急得要命。我手头没钱，想找贾厅长您帮忙想想办法，解决一部分。"

贾厅长说："现在针对全省县、区一级财政相对比较困难的现实，省委、省政府正要求我们财政厅拿出切实可行的解决方案，我先从预算外资金中给向东区解决两百万，不足部分你老熊想办法解决，行吧？"

"感谢才高八斗的贾厅长！"汪佳伦抢过话头连声道谢。

在欢乐的气氛中，汪佳伦解决了一个大问题。

临别，贾厅长叮嘱熊清风局长和汪佳伦："一定要高度重视，把全国财税系统书法绘画摄影大赛的事情办好！"

从省城返回的路上，汪佳伦再次感到，希望的田野芬芳四溢，连绵的山丘蜿蜒秀丽，岁月的小河一路欢歌，飘飞的雨水将世间清洗得纤尘不染，多情的暖风伴着轻抚树叶滑落的雨丝，吻醉在爱的序曲里。

回到家中，看到大学刚毕业的大妹墨墨来了。大妹说，按照有关规定，今年毕业的大学生原则上一律先下工厂锻炼。身为江城工学院学生会副主席兼班团支部书记的大妹，根据学校和用人单位签订的协议，准备分配到离向阳市区四十公里外的三线厂矿——金河机械厂。

汪佳伦仔细看着大妹的毕业生派遣证，第二天就带着大妹坐车来到了金河机械厂。周围山清水秀的金河机械厂，成片的厂房沉寂无声，所有车间门窗玻璃没有一块是好的，车间横七竖八的设备躺在地上睡大觉，没有一个车间在生产，厂区里空无一人。到家属区一打听，才知道工厂已停产几年了，技术工人都到南方打工去了。工厂准备搬到向阳市区，但还在等上级正式批复。

汪佳伦安慰大妹说，国家都处在转型期，不要着急，他来想办法。正巧，向阳大学校长石有福联系汪佳伦，要他中午到向阳大学去陪市委政研室副主任柯成功吃饭。石有福校长原是地市合并前的向阳市委书记的秘书，和汪佳伦是老乡。因为都是秘书，联系比较密切。

席间，汪佳伦跟石校长说起大妹大学毕业分配的问题。石校长说："我们向阳大学非常缺人，学校今年向市编办和人事局打了报告，急需二十个大学生，但到现在也没有回音。我叫人事处长天天找他们要人，至今没有着落。你妹妹只要能分来，我接收，一点儿问题都没有。"

汪佳伦说，"怎样才能分到向阳大学呢？"

石校长说，"今年形势紧张，只有找市里有关领导，由市人事局分配。"

第二天，汪佳伦就直接到向阳市委，找到市委常委、组织部长欧阳真。说明来意后，欧阳部长说："小汪，你现在到财政部门工作了，但写作的事儿不能丢啊！现在报纸上看不到你写的文章了，我还一直在说这个事儿。"

汪佳伦说："谢谢部长关心，有机会，我一定会继续写的。"

欧阳部长随即给市编办和向阳大学各写了一封请予接收安排的信函。汪佳伦含泪辞别欧阳部长，很快就落实了大妹工作。大妹到了向阳大学上班。

八月底的一天下午，汪佳伦正在组织财政局干部集中整理档案，准备迎接市财政局的检查验收。区委常委、组织部长杨厚长专程来到财政局，找汪佳伦面谈有关事宜。

汪佳伦走进局长办公室后，杨部长说："佳伦主任，我这是三年多来第一次到区财政局，也是不得已而为之。是这样的，我们区前进中路居委会党总支书记李明星是省人大代表、劳动模范，今年'七一'刚刚表彰的全省优秀共产党员。省委组织部准备将表彰的优秀共产党员的先进事迹，改写成通讯或报告文学结集出版。我们区委组织部写的材料好不容易市委组织部通过了，但到省委组织部又给打回来了。市委组织部欧阳部长发了很大的火，说我们拖了全市的后腿。今天下午，欧阳部长把我狠批了一顿，要我亲自登门请佳伦主任帮忙写。欧阳部长说，小汪一出手，绝对一次通过。所以，我从欧阳部长办公室一出来，就直接到区财政局来了。希望你一定抽时间帮个忙！"

汪佳伦说："我们局书记、局长都在，杨部长您说了，我一定照办，争取尽早完成任务。"

第二天，汪佳伦就到向东区前进中路居委会，分别找党总支书记李明星本人及党总支其他成员、居民、商户、企业、街道办事处、区委区政府相关部门座谈。第三天，他连夜加班，写出了一万七千多字的报告文学《在前进中书写历史》。通过市委组织部上报给省委组织部后，一字未改顺利通过了。

此事一经传开，一些单位和个人都纷纷找汪佳伦帮忙写材料，且全部是上级领导出面打招呼找汪佳伦帮忙。这样一来，汪佳伦除了要搞好本职工作，其余大多数时间都在帮忙给外单位或个人写材料，整天像个撅着屁股拉板车的农夫一样汗流满面，忙得不可开交。好在妻子已转业到了向阳市公安局工作。

这期间，汪佳伦先后撰写了多篇讲述向阳地区优秀干部事迹的报告文学，比如介绍向阳市磷肥厂厂长陈大平事迹的报告文学《希望的田野》，介绍向阳电视机厂厂长张远见事迹的报告文学《他持彩练当空舞》，介绍向阳烟机配件集团总裁龙江颂的报告文学《创业骄子》，介绍向东区财政局长王华银事迹的报告文学《到银河里去寻找》，介绍向阳地封特曲酒厂厂长刘一平的报告文学《封不住的酒香》，介绍向阳县商业局长贾风吹事迹的报告文学《商海踏浪人》，介绍向阳酱品厂厂长姜大连事迹的报告文学《老姜的辣味儿》，介绍向阳有线电视台台长游水深事迹的报告文学《斯人如诗情如歌》等作品。这些作品与在向阳县工作时所写的报告文学作品汇集成册，在北京一家中央级出版社出版了报告文学集《楚国的一朵牡丹花》。

汪佳伦成为向阳市有史以来年龄最小的出版报告文学集的作家，各大报刊争相报道。汪佳伦没有"春风得意马蹄疾，一日看尽长安花"的快意，而是"躲进小楼成一统，不管冬夏与春秋"，保持着自己的清醒和低调。

财政局参与承办的全国财税书法绘画摄影大赛征稿活动，共收到来自全国的八千余件作品，经过审慎评审，评出获奖作品三百六十余件。汪佳伦和向阳市财政局的领导和同志们一起，多次到北京找有关领导汇报大赛准备情况，邀请他们亲临向阳市参加颁奖典礼。

在向阳市召开的全国财税系统书法绘画摄影大赛颁奖典礼上，国家领导人和有关部委领导出席，为大赛优秀作品颁奖。获奖作品结集出版，有关部委领导担任主编、副主编，汪佳伦担任编委。汪佳伦感到，自己能见证、参与组织这次大赛，是非常光荣的一件事。亲眼见到党和国家领导人及艺术家们的亲笔题字，更是三生有幸。随后，他又与市财政局领导、《向阳日报》摄影部领导一起，飞抵深圳，商定出版印刷事宜。相关单位也纷纷订购，大有洛阳纸贵的趋势。

在深圳，汪佳伦还联系到了发小同学、已在深圳市政法系统任职的凡京生和刚从临江市调到深圳电视台的叶哲。凡京生邀请汪佳伦到家里把酒言欢，叶哲作陪。

回到向阳家中，五个月大的女儿的嫣然一笑，让汪佳伦激动得喜泪涟涟。他抱起小脸粉嫩的女儿亲了又亲，舍不得放手。

这时，汪佳伦接到了大学同学孙奇从中原省南光市打来的电话，邀请汪佳伦抽空到他们南光法制报社去一趟。江北省的向阳市与中原省的南光市，村挨村、地连地，"一脚踏两省，鸡鸣两市闻"。两个地域相连、山水相依的城市，距离仅七十公里。

八月二十八日星期天，汪佳伦来到南光法制报社。大学毕业后一直未见面的同学孙奇，在报社大门外等候。到了孙奇的办公室，几句寒暄后，孙奇指着楼下院子里一大片摩托车说："这些三轮、两轮摩托都是报社分给记者们的，还有七辆小轿车和两辆面包车、两台双排座货车。我们脚下的办公楼和东面的两栋宿舍楼也是报社新盖的，报社人手一套房。年轻人都挤破脑袋往法制报社钻，香得要命！"

"这么厉害？"汪佳伦很惊奇。

"我们法制报社是从《南光日报》的一个法制版面改版，慢慢演化成一个小报的，三年前才正式明确为南光日报社下属的副县级单位。刚开始只有四个版面，现在，每周六刊，每刊十六个版面，发行量达七十余万份。当然，我们南光的户籍人口超千万，是全国仅有的五个过千万人口的特大地级市。我们的广告收入远远超过南光日报社，经济效益和社会效益都相当可观。我找你来，就是想和你商量，我们一起在向阳创办一份《向阳法制报》，挂靠市司法局或市人大常委会，实行自主经营，自负盈亏，每年给主管单位上交一定的费用。我敢打包票，这比干什么都强，你敢不敢干？"孙奇追问道。

"只要符合政策要求，我有什么不敢干？"汪佳伦也是性情中人。

"这样，你负责办妥江北省和向阳市的批文，我辞职到你们向阳负责业务，包括发行等一切我全包了，绝对会搞得风生水起。"孙奇说。

汪佳伦说："这样，你先拿个详细方案出来。回到向阳后，我先咨询一下。如果可行，我立即辞职，如何？"

"好，一言为定！"孙奇说。

"一言为定！"汪佳伦目光坚毅。

汪佳伦和孙奇两双年轻有力的大手紧紧握在一起。

回到向阳后，汪佳伦首先找到奶奶的侄儿——向阳市人大常委会副秘书长刘浩然。刘副秘书长告诉佳伦："事儿是个好事儿，市人大常委会主持工作的常务副主任对人大法制宣传很有研究，一直想搞个刊物。我找机会给他汇报汇报，看他是什么意见。你先回去，等我电话。"

汪佳伦说："拜托了！"

第二天下午，刘浩然副秘书长电话联系汪佳伦，要他到市人大去一趟。刘浩然副秘书长先把汪佳伦引到市人大秘书长刘明亮办公室。他们三个人一起，又来到市人大常委会常务副主任谢高远办公室。

谢主任说："这个事可以搞，小汪，你先拿个具体方案，我们市人大常委会研究。如果大家没有意见，我们就报市委审批。市委若审批同意，具体怎么搞，那就好办得很！你先回去，抓紧时间把方案报给刘秘书长，我们再研究。"

汪佳伦言谢话别。回到财政局，他电话告知同学孙奇，要他务必连夜拿出创办《向阳法制报》的方案，明天送到向阳。

第二天，汪佳伦和孙奇结合向阳的社会发展状况，在孙奇起草的方案基础上，进一步修改完善，起草了一份创办《向阳法制报》的报告，打印后上报给了市人大常委会办公室。

市人大常委会研究后，即以向阳市地方人大研究会的名义，给向阳市委提交了《关于创办向阳法制报的报告》。经市委常委会研究，市委办公室下发了同意创办的正式批复。

市人大常委会秘书长刘明亮和副秘书长刘浩然专门找汪佳伦谈话，一是通报市委的批复；二是要求汪佳伦调入市人大，以筹备组负责人的名义，向市新闻出版局和省新闻出版局提交申报材料。刘秘书长还告诉汪佳伦说："市委常委、市委秘书长苏国栋，专门向市人大常委会有关领导推荐了汪佳伦，说你人才难得，要我们把你纳入考察对象。你马上把个人及其他人选的基本情况报给我们，以便我们考核后一并报给市委组织部。就这样，你回去抓紧准备吧！"汪佳伦握手致谢。

每走一步，都是一个崭新的起点。生活给予汪佳伦太多负荷，他要用一种佝偻的姿势顽强前行。

这时，汪佳伦接到了有关部委组团赴俄罗斯学习考察的通知。刚刚从向阳广播电视大学毕业的小妹纸纸，分配到了向西区财政局工作。而初中毕业的二弟选砚，被招录到了向阳县财政局津门财政所，当上了一名农业税专管员。

十月十五日，汪佳伦和向阳市财政局巡视员宋功臣、党委副书记王慧英、办公室主任曾诚一起飞到北京，和代表团会合后，一起飞到哈尔滨，准备从牡丹江市东宁县出关。由于临时签证未拿到，考察团只好停留在牡丹江市，顺便游览了著名的镜泊湖。

汪佳伦在伟人邓小平所题"镜泊胜景"四个大字的碑文旁拍照留念后，也写下了一首七言诗《泛舟镜泊湖》："黛山翠手捧玉湖，镜中嫦娥梳妆舞。淘尽红尘名利事，唤醒倦鸟远污俗。"

参访考察结束返回向阳后，汪佳伦正式调任向阳市人大常委会研究室副主任，专门负责《向阳法制报》筹办和申报工作。

经过几个月艰苦卓绝的努力，终于拿到了江北省新闻出版局关于同意创办的批复。汪佳伦立即电话通知孙奇，要他立即辞职到向阳来。孙奇告诉汪佳伦，由汪佳伦出任向阳法制报社社长、他出任总编辑的设想搞不成了。原来，孙奇的辞职报告几个月前报给上级主管部门后，上级主管部门为了留住这个人才，已经任命他担任南光法制报社社长兼总编辑。

经向阳市委研究同意，汪佳伦被任命为向阳法制报社社长兼总编辑。考虑到报社今后的发展，汪佳伦放弃了市人大常委会提供一层楼办公的方案，而选择由中铁十一局免费提供的一层楼办公。《向阳法制报》于一九九一年五月四日正式出版发行，各级人大机关和省市有关单位都发来了贺电题词。当月，报纸发行量就突破了三万份，年底突破十万份，第二年订阅量高达二十余万份。刊登广告的客户太多，只有增加版面才能满足要求。

市委常委兼宣传部长专门找汪佳伦谈话，说法制报发行量太大，冲击到了党报党刊发行，要求他们不再扩大发行，最好能压减发行量。但是，由于报纸内容贴近大众生活，老百姓喜欢看，每天随向阳火车站上车发行的报纸就达好几万份。发行数量有增无减，根本挡不住，且大部分是老百姓自费购买。每天夜里报纸一印刷出来，前来领取报纸的报贩站满了办公大楼外的大院，人欢马叫，一派繁忙景象。

伴随小平同志南方谈话，全国各地的改革之声一浪高过一浪，企业改革的潮水更是风起云涌，波澜壮阔。

向阳市的地产老大——中房集团向阳公司，由于党委书记和总经理不团结，天天扯皮拉筋，班子成员年龄老化，甚至出现了少数领导干部违规违法现象，企业举步维艰，告状信像雪片一样。

市委提出改组中房集团向阳公司领导班子，有关领导同志亲自点将，二十九岁的汪佳伦调任中房集团向阳公司常务副总经理，待熟悉情况后，再出任总经理。

在法制报社干部职工的依依不舍中，汪佳伦到中房集团向阳公司上任，分管财务处、计划经营处、综合管理处等工作。当时，公司共有干部职工五十四人，财务处竟然有十二人之多，账上却只有两万七千元。给公司干活的工程队，排成队要工程款，干部职工手里拖欠报销的医药费、餐费、汽车修理费等也有几十万元。

汪佳伦提出了精简科室人员、充实一线员工的建议。他首先从自己分管的财务处开刀，只保留会计、出纳、处长、财务总监四个人，其余人员全部分解到一线或二级单位。然后，清理往来账目，重新建立严格财务管理制度，坚决实行一支笔审批。公司的一切开支，没有汪佳伦的签字，一律不准支出。

汪佳伦对外干的第一件事，就是到全市财务实力最强的单位向阳卷烟厂"化缘"。汪佳伦曾经采访过陈大平，写出了反映他改革创新的报告文学《希望的田野》。陈大平由此被市委书记发现，直接从一个小型磷肥厂厂长破格提拔到正县级的烟厂当厂长。

见面后，两人异常高兴。陈大平直截了当地说："祝贺汪总走马上任中房公司，有何贵干，请您吩咐！"

汪佳伦也不含糊，直接说："我没到中房公司之前，你们烟厂领导看到我们准备开发的董台小区设计图纸后，准备订购七十四号楼让烟厂老干部住。虽然没签协议，但已达成口头意向。现在中房公司非常困难,你们能不能先预付一部分购房款,我们马上开工建设,也算是你帮我一把!我在管财务,巧妇难为无米之炊啊!"

陈大平用吴侬软语说:"我的小老乡,汪大作家,烟厂确实曾经准备买你们公司要盖的七十四号楼。你现在需要多少钱?"

"先预付我五百万元,怎么样?"汪佳伦说。

"这样,我先预付给你们公司八百万元,随后签订购房合同。这也算是我个人的一点心意!今天中午我也不留你,晚上你过来,我喊几个你熟悉的好朋友,咱们好好聚聚!"陈大平说。

汪佳伦和陈大平拥抱话别。

回到公司后,汪佳伦把这一喜讯告诉了早就认识的公司党委书记兼总经理吕仁义。吕总说:"还是市委眼光准,给我弄了个得力干将来了。今后,公司业务上的事,全部你说了算,我一概不管。我只管党务。出了任何事,由我兜着,你放手干!"

汪佳伦说:"我今后多请示,多汇报,一切事情集体讨论,你拍板,我负责把车拉好。"

第二天,汪佳伦又跑到市财政局,把申请使用财政周转金的报告呈报给了市财政局局长熊清风。熊局长说:"我马上让办公室向省财政厅起草一个使用财政周转金的报告,争取给你们公司搞一千万财政周转金。"

一个月后,省财政厅的一千万财政周转金和市财政局配套的三百万财政周转金共计一千三百万元划拨到了中房集团向阳公司的账上。账上有钱,汪佳伦首先把施工队的工程款全部结清。再把干部职工手上未报销的条子全部结清。同时，清理往来账款，把公司所有欠款全部结清，并由专人清收公司外欠款，所有账目清清楚楚，干干净净。

为迎接诸葛亮文化节和全国历史文化名城会议即"一节一会"举行，市委市政府决定将向阳北街改建成一条与古城墙、昭明台等古建筑相匹配，仿明清建筑风格的文化商业步行街，同时还要求重建昭明台、文渊楼、钟鼓楼、三国蜡像馆和一座大型商场及一个室内农贸市场。市委市政府邀请了著名设计大师参与设计，还邀请国内著名文物保护专家和精通古建筑设计的专家，确定向阳北街改造的"三不变"原则，即历史上原有的建筑格局不变、建筑的体量和高度不变、沿用向阳传统民居的建筑法式和建筑材料不变，修旧如旧。

向阳北街坐落在向阳城中心，十字街之北。它北连向阳古城墙，南接昭明台，长八百六十米，宽十二米，是向阳作为国家历史文化名城的一张名片。凭借着位于古城南北中轴线、靠近汉江的优势，北街曾是向阳城内最繁华的街区。市委市政府成立了北街改造工程建设指挥部，市委书记、市长担任指挥长，分管副市长、市建委、规划局、土地局、公安局主要负责人、向城区区长等为副指挥长和成员。汪佳伦任指挥部副指挥长兼北街项目实施总指挥。

工程具体实施全部落到了中房集团向阳公司头上。为此，汪佳伦集中公司所有力量，成立了若干个小组，细化分工，从拆迁实施方案、货币实物补偿方案、总体设计方案、招投标方案、施工统筹安排分工、需要市委市政府出面解决的重大事项及相关具体事项等全部分门别类，按时间进度细化到具体单位、具体领导、具体人，然后举行了盛大的开工典礼。

经过近两年的日夜奋战，一条古色古香的全国最长的仿古步行街，与马头墙、飞檐错落有致，门窗花格古朴典雅的仿明清建筑综合体，赶在向阳市"一节一会"前顺利完工，交上了一份完美答卷。中房集团向阳公司实现了经济效益和社会效益双丰收。

由于中房集团向阳公司是一家正县级事业单位，一切还是按照党政机关的管理模式在运转，已经远远不能适应市场经济发展的要求。汪佳伦建议，对公司进行股份制改造，改为企业性质。经过市委市政府批准，并报省体改办审批，对中房集团向阳公司进行了股份制改造。公司股东大会选举产生了以吕仁义为董事长，汪佳伦为总经理，另外三人为副总经理，监事会选举怀信佛为监事长的公司领导班子。

新的领导班子成立后，根据需要迅速调入了一大批德才兼备的优秀专业人才。在此基础上，公司又进行了人事和经营体制改革，分别成立了六个二级非法人公司，单独核算，自主经营，自负盈亏。公司的房地产项目遍地开花，占据了全市房地产市场份额的百分之八十以上。同时，汪佳伦又积极申报了房地产开发一级资质，成为江北省第一家。

中房集团向阳房地产开发股份有限公司又先后与新加坡、澳大利亚、泰国、加拿大、中国香港、中国台湾等国家和地区成立了合资企业，这六家公司的董事长全部都由汪佳伦兼任。

中房集团向阳公司迅速成为全市的第二纳税大户，在全省房地产开发企业中坐上了头把交椅，并成为省级文明单位。

向阳市委书记和市长工作上有分歧，但两人都十分欣赏汪佳伦，出国考察和参加活动都喜欢带着他。汪佳伦一天到晚忙得不可开交，三餐从来未在家吃过，晚上十二点以前未回过家，一年三百六十五天从没和家人一起过过节假日，手头总有忙不完的工作。即便夜晚十二点以后回去，家里还有客人等他，成了"时间的穷人"。他像一团燃烧的火焰，在烧个痛快的同时也耗尽了自己的能量。

领导们之间不好处理的事情，有时还需他出面周旋，更让他心力交瘁。他就像头驴，只知道卖力推磨转圈，还要戴上笼头，蒙上眼睛，工作却像一根硬邦邦的荆条鞭子，时时抽着他。水一样的汪佳伦，早已被永无休止的工作高烧煮沸。

市建委主任为了解决干部职工住房紧张的问题，自筹资金想在建委大院的空地里盖一栋家属楼。报告打上去近一年了，一直没有回音，老干部们意见很大。市建委主任多次想见市长汇报，就是见不到。实在没办法，市建委主任就请汪佳伦到办公室说："你和市长关系好，你联系一下市长，我们一起去见市长。"汪佳伦只好当场给市长秘书打电话，问市长什么时候有空，想去汇报一下工作。结果，市长秘书回复说，现在就可以到市长办公室来。

汪佳伦就和市建委主任及另外两名副主任共四个人一起去了市

长办公室。市长一看,喊秘书给汪佳伦倒水泡茶,却只字不提几位建委主任。市长说:"小汪,你坐下,今天有什么事?"

汪佳伦只好让建委几个主任先坐,然后才坐下来说:"市长,我昨天见到了市体改办的乔主任,他说省体改办和省财政厅给我们市下拨了一笔房改资金,要我打报告找市长审批。如果方便,我们公司想用一部分房改资金。"

市长问:"你想要多少?"

"五百万,用一年。"汪佳伦强颜欢笑。

"去年,为完成省里税收计划,常务副市长代表我召集你们几十家大型企业单位开会。我听说,都叫苦,不愿再加码完成计划外税收任务,只有你带头发言,一开口就主动表态给五百万,并且下午钱就到位了,而纳税大户烟厂磨磨叽叽才搞了二百万。最后,还差几百万,找到你。你顾全大局,又干脆利落地贡献了三百万。我们都非常感动,这才是一个企业家的责任和担当!这样,房改资金用在国有房地产公司合规合法,你写个报告,我给你一千二百万先用。如果不够,你们写报告,我再批。"市长说。

"谢谢市长!谢谢市长!"汪佳伦连声道谢,继续说,"市长,我们建委的一大批老干部住房都非常紧张,现在单位自筹资金,想在自己院内盖一栋干部家属楼。建委李主任他们上楼时,刚好碰到我,就一起上来了,具体由李主任给您汇报。"汪佳伦就像官场上的泥瓦匠,和稀泥,搞调停。

市建委主任被噎住,干笑一声,嗓子眼里像卡了鱼骨头。

这时，市长站起来，右手把办公桌敲得咚咚响，有点儿激动地说："这里就是向阳的上海滩！你们建委几个人给我听好了，不要当面一套、背后一套，搞什么名堂？有什么事可以直接找我当面说，不要阳奉阴违，背后乱咬耳朵。小汪虽然年轻，为什么我和书记都欣赏他？都喜欢他？除了他能力超强，才情过人，踏实肯干，顾全大局外，最主要的就是他人品好，大公无私，公道正派，从来不传话。这一点比金子都贵重！

"我也不是非要当面批评你们，何苦呢？论年龄，你们都比我大，我干吗要得罪你们呢？大家都摸着第三颗扣子想想，我们是不是应该丢掉私心杂念，好好为党、为人民、为向阳市多干点实事？不要钩心斗角，你的鼻子我的眼睛。我们的一言一行，老百姓都瞪大眼睛，看得清清楚楚！这样，你们的报告，我让秘书找出来，我给你们批。政府给各部门下达的今年的十件实事，有好几件都是你们建委口的城建项目。你们要抓紧落实，到时我要找你们算账的！"市长吐口唾沫就能砸个坑的话语，可是要动真格的。

"谢谢市长！谢谢市长！我们回去后，马上开会重新安排，落实您的指示精神，坚决保质保量完成市政府下达的各项工作任务！"市建委主任战战兢兢地说着，屁股朝门外退了出去，既喜出望外又快快不乐地回去了。

一九九六年三月，时光悄悄伸了一条腿，迈进春天。花儿似乎早已嗅到了春天的味道，用生命擎着一朵朵鲜艳。仿佛是一份祈愿，

第六章　触底反弹

珍藏着花香入梦的温暖与渴望。

两会如期召开，盛世盛会好戏连台。党和国家领导人分别到代表团参会，听取人大代表、政协委员的心声。江北省人大代表分组讨论会场，代表们依次发言，气氛热烈。听到向阳市长贾朝阳发言，中央领导同志便向身边的江北省委书记了解，向阳市的人民来信不少，到底是怎么回事儿。省委书记解释，主要是书记和市长不团结。中央领导同志接着说，不团结多影响工作，一个地方的主官非常重要，不行就得调整。省委书记赶忙说，正准备调整。

分组讨论一结束，省委书记和省长就商量如何尽快落实。两会结束不久，汪佳伦就接到了省委领导身边工作人员的电话：向阳市委书记、市长双双调整，市委副书记钱进任书记、常务副市长严有福当市长。

汪佳伦一惊，反复考虑后，还是给市委副书记兼市政协主席钱进打了电话。钱进副书记分管他们，和汪佳伦关系密切。电话接通后，钱进副书记告诉他，正在从杭州到上海的高速公路上，中午在上海兴国饭店吃午饭，并问佳伦能不能到上海陪他玩几天。

汪佳伦说："钱书记，告诉您一个特大喜讯，您只听，别说话，因为您车上还有其他人。等您到上海住下后，再电话详谈。我只告诉您一句话，省委决定，您任向阳市委书记。"

钱进副书记惊讶地"啊"了一声，汪佳伦挂断了电话。

不到十分钟，钱进副书记打来电话问是怎么回事。汪佳伦简单说明情况后，钱进副书记说："佳伦，你这个电话太重要了，谢谢佳伦！谢谢佳伦！我到上海后，静候佳音。"

汪佳伦告诉他："估计今天下午，您就会接到省委组织部的通知。您要做好思想准备，千万别喝酒。"

钱进副书记下午又先后和汪佳伦通了三次电话，询问怎么还没接到通知。汪佳伦告诉他，千万别着急，沉住气，耐心等待。

下午五点半，钱进副书记终于接到了省委组织部的电话，要他第二天上午到省委组织部报到，省委领导同志找他谈话，并让他路上注意安全。钱进副书记立即打电话给汪佳伦，兴奋异常，并要汪佳伦赶到省城，明天中午一起吃饭。

三月二十二日上午，向阳市召开了全市干部大会，省委组织部长宣读了省委关于向阳市委书记、市长调整的决定，省委副书记作了重要讲话，新任市委书记和拟任市长作了表态发言。向阳市委市政府主要领导干部顺利交接后，一切按部就班地开展工作了。

按照原先的安排，汪佳伦随中国房地产开发集团代表团先后出访了新加坡、马来西亚、泰国等国和香港、澳门地区，历时半个月。回到向阳两个月后，又随向阳市政府经贸考察团到埃及、阿尔及利亚、阿联酋、阿曼四国访问考察。十月份，汪佳伦随钱进书记访问考察了新加坡和香港、澳门地区。回来经过深圳时，又召开了向阳市深圳商会成立大会，开展了大型招商活动。

转眼到了一九九七年新年。

二月十九日，伟人邓小平逝世，享年九十三岁，举国悲痛。历经百年沧桑和屈辱的香港，回归祖国怀抱的脚步越来越近。

整个上半年，汪佳伦连续召开了三个大型商住地产项目的开工典礼。

女儿小清马上也要上小学了。

七月十三日，汪佳伦随市政府经贸考察团考察完俄罗斯和韩国，飞机在北京落地，一打开手机就收到妻子因执行公务遭遇车祸去世的消息。他当时吓蒙了，全身僵硬，仿佛一个失去了自主能力的木偶，站在机场难以挪动身体。纵使心如刀绞，泪腺却仿佛失去了功能，始终流不出眼泪。

最难过的时候，往往不是撕心裂肺，而是面容平静，内心早已翻江倒海。汪佳伦没有出机场，他立即购买了从北京飞往临江市的机票。下午三点钟落地，他直接坐上接机的小车。这一次，回家的路程变得异常遥远，回家的时间也变得格外漫长，好不容易回到了向阳。直到离开了众人的视线，他才慢慢地蹲在墙角，掩面痛哭起来。

处理完妻子后事，汪佳伦进行了深刻反思。自己吃过的苦，流过的汗，付出的善，释放的爱，无常与无奈，希望与失望，委屈与忍耐，崩溃与自愈等一起涌上心头。这么多年，一路走来，难道只有自己在为事业拼命？谁不是一边流泪，一边奔跑？

人生从不全，瓜无滚滚圆。所有的辛酸和委屈都得自己扛，有苦自己咽，有泪自己流，再大的困难也要坚强。可是，来自心灵深处的声音也在追问：自己一天到晚不落屋，忙得像鸡婆，每天凌晨一两点才到家；到家后，茶水早已泡好，睡衣早已拿好，洗澡水早已放好，现在已成过去时。

女儿马上要上小学了，上幼儿园时自己从来没接送过一次，没和妻子女儿一起回过一次南京姥姥的家，没有逛过一次动物园，没有一家三口上过街，没有看过一场电影，甚至现在连一张三人的合影也没有，这对女儿的影响已经无法弥补。特别是女儿天天哭喊着要妈妈，每次都让他撕心裂肺，锥心蚀骨，肝肠寸断。自己拼命工作的初心是为了一家人生活得更好，而不是更糟。工作重要，但家人却是唯一呀！难道说为了工作，就非要伤害家人，让家人受伤流泪，甚至是把家人弄丢了？

就说工作吧，天天忙得不亦乐乎，到底为了啥？努力工作确确实实是应该的，苦点儿累点儿都无所谓，关键是整天还提心吊胆的，生怕一不小心踩了雷。经济繁荣了，一部分人却为了捞钱不择手段，请客送礼。过去送几条烟，几瓶酒，几斤茶叶，现在是成箱成箱地送，不收还不行。有人明目张胆地送钱，这让汪佳伦心惊胆战，他拒绝不了，只好都上交给公司，做好登记造册。

收了人家的东西手软，吃了人家的东西嘴软。别人肯定要让你给他帮忙办事，要么安排人，要么做工程，要么购买设备等，不一而足。长此以往，非出问题不可。各路人马，都要腾出一部分精力周旋对付。他一天到晚，全淹没在无休无止的工作之中。汪佳伦有了一个大胆的想法，辞职下海。

考虑成熟以后，他就给市委书记钱进递交了辞职报告，却遭到钱进书记当面训斥。钱进书记接着又温言相劝道："佳伦，市委市政府所有部门任你挑，但要辞职，只要我在，绝对不行！"

"你是当官的料，不是下海的货！"钱进书记说。

汪佳伦踢到了钢板，落得了个灰头土脸。

咬到舌头才知道，吃东西不能太急。遭到当头棒喝后，汪佳伦就反复旁敲侧击做工作，但钱进书记就是不松口。最后，他找到早已升任副省长的常爱民、李大江及省委组织部常务副部长纪晓琴，三个人一起专程到向阳市帮汪佳伦做工作。

钱进书记见三个老领导出面，迫于无奈，非常伤心地同意了汪佳伦辞职下海的要求。市审计局对他进行离任审计，一个多月后拿出了审计报告，交给市委、市政府和市委组织部审核后，汪佳伦才对外宣布正式辞职下海。

汪佳伦辞职下海，在整个向阳市上下引起了极大震动。汪佳伦将走向何方？人们都在拭目以待。

第七章 扑向大海

第七章　扑向大海

一九九八年，地处中部地区的江北省向阳市，也是"八千里路云和月"，商海横流、英雄竞渡，热浪翻滚、潮涌四方，千帆齐发、百舸争流，但皆为停薪留职，试水族尔。

作为大型国企老总的汪佳伦果敢决断，辞去显位高职，砸碎"金碗"，了无牵挂，不留后路，纵身入海，在向阳市尚属首例，放眼全国也不多见，如穿墙裂石，响遏行云。

人人无不侧目，大惑难解。冥思苦想，终究难以找出准确答案。只有汪佳伦自己最清楚，为什么要义无反顾投身到改革开放的洪流之中，投身到经济建设的最前沿。

汪佳伦早已腹案在胸，就是要为自己的人生着染色彩，担负起对社会的责任。他要用自己的聪明才智，填补物质的贫乏和肌体的劳苦，达到精神富足与物质满足的统一。要在社会责任感的基础上，站在历史与未来的高度，使自己的人生进入一个更高层次。

当然，也有一个现实原因，那就是他不能让唯一的宝贝女儿既无妈，也无爸照顾，像弃儿一样自生自灭。他要让女儿物质精神水乳交融。

汪佳伦正式辞职下海的第七天，是春节大年初一，公历一九九八年元月二十八日。

除夕那天，汪佳伦骑着自行车，和女儿一起回到了老家蔡营，与爷爷奶奶、父母、弟妹一起过节。一大家子人在炊烟装点的院落，围坐一团。喜气的老屋，甜美的笑脸，可口的饭菜，精彩的春晚，噼里啪啦的响鞭，抚慰了别离，融化了冰雪，沸腾了深冬，笑出了归春，芬芳了时光，浪漫了风花雪月。

希望在发芽。

初一早上，满眼都是宠溺的汪佳伦，手牵女儿，带着礼品，向师傅杨凤安老师的蔡营老屋走去。

汪佳伦感觉自己从长大了"笑着笑着就哭了"，终于又回到了儿时"哭着哭着又笑了"的童真。这是他历经千帆才换来的一丝喘息之机。

杨凤安老师一九八三年底落实政策平反，回到楚天师范学院教书。直到一九九三年冬，因爱人坐木船过汉江到向阳城里卖豆芽翻船淹死，他才回到老家蔡营处理妻子的后事。

杨凤安老师这次回蔡营，是因为二十五岁的儿子杨诺死活不愿在省城生活。杨凤安老师现在已和张赛琴老师复婚了，刘阳也改名杨阳，一家人过得很幸福。

挠头的问题，就是儿子杨诺不听话，老埋怨杨凤安老师当时不让自己读书，说书读多了是坏事儿。现在，杨诺把怨气全撒在他身上。

听说佳伦辞职下海自己单干，下个月就不领国家工资了，杨凤安老师就说："佳伦，你若真下海自己干，就让杨诺跟着你。他一无文凭，二无特长，三没结婚，一个人胡混，我也不放心。在省城这几年，他一直在给私人老板开车。你若觉得合适，今后就给你开车，或者当个门卫，干什么都可以，只要不跟社会上不三不四的坏鬼儿们学坏了就行！"

第七章　扑向大海

佳伦满口答应。

谈话中,杨凤安老师提供了一条非常重要的信息。他说:"我的老同学、原楚天大学校长刘宝玉,现在被省城临江市一所私立新世纪寄宿学校聘请去当校长,干得很好,很红火,不知道你对办教育是否感兴趣?"

汪佳伦怦然心动:"真有其事?"

"千真万确,别人说得有鼻子有眼,我可以给你问问。"杨凤安老师说。

杨凤安老师当即拿出手机,拨通了刘宝玉的电话:"老同学,你好!你现在在哪里啊?回向阳了,我也回来了。那我们能不能见个面?你有车,你下午到蔡营来,晚上我们一起吃顿饭,把你老伴儿也带上,不见不散!"

放下电话,杨凤安老师说:"今天下午,刘宝玉过来,你可以和他面对面谈谈。晚上跟他一起吃饭,我到蔡营集上餐馆办一桌。"

汪佳伦说:"这样,刘宝玉校长若同意,晚上一起到我爷爷奶奶家吃饭。"

杨凤安老师同意,佳伦回到了自己的老屋。

下午四点半,汪佳伦在杨凤安老师家里见到了刘宝玉校长。刘校长介绍了临江市新世纪寄宿学校的办学情况,同时还推荐了广东顺德兰桂园学校,建议汪佳伦亲自去考察一下。

成功的路途上充满了泥泞,而且还形单影只、孤苦伶仃,渗透着创业者的艰辛,书写着拽犁者的诗行。

大年初三，汪佳伦让女儿在蔡营爷爷奶奶、父母家玩，自己飞到了广州，到顺德兰桂园学校考察。该校创办于一九九四年，是一所从幼儿园到高中一贯制的高端寄宿学校，面向全国招生。学校实行董事会领导下的校长负责制，党、团、工会组织齐全，学校各级干部和教师均经全国选聘。收费每人每年从两万至七万不等，但每人需缴纳二十万储备金，高中毕业时全额退还不给利息。学校占用每个学生缴纳的储备金，用于学校的前期建设。

短短五年时间，学校由最开始的招收五个班，扩大到了一万余人的招生规模，全国各地学生蜂拥而至，要靠找关系才能挤进来上学。春节期间，学校不放假，都在接待各地咨询的学生家长，一派欣欣向荣的景象。

在顺德考察期间，汪佳伦还接到了江北省神农市建安集团总裁雷风行的电话。雷风行总裁听说汪佳伦下海了，想到向阳来看望他，邀请他到神农市去开发一地产项目。汪佳伦告诉他，正在广州出差，再联系。

回到向阳后，正月初七机关干部上班的第一天，汪佳伦找到在市教委工作的大学同学，详细了解创办私立学校的政策。得到肯定的答复并拿到创办私立学校的政策要求后，他结合向阳实际，计划办一所高中寄宿学校。

考虑成熟后，汪佳伦就按要求着手撰写办学调研报告，筹划学校选址等一系列工作。基本条件具备后，汪佳伦带上报告找到了向阳市教委。市教委柴主任看了报告后说："佳伦，办私立高中，在向阳还没有先例，你最好找市领导写个条子，我好办些。"

汪佳伦就找到市委书记钱进，请他给市教委柴主任写了个请予关照办理的便函。第二天，向阳市教委就下发了同意在向阳市清河口与向阳县交界处设立向阳新一代寄宿学校的批复。

拿到批复以后，汪佳伦立即与市汽贸公司签订了租赁房屋及土地的合同。这里原来是一所废旧物资学校，占地三十亩，当时用作停放报废汽车的场地。

正月十一，神农市建安集团总裁雷风行来到向阳，给汪佳伦拜年。雷风行总裁说："正月初一，我到省外贸厅给老书记刘贵生厅长拜年，得知你辞职下海了，所以正月初三给你打电话联系。我今天来，一是拜个年，二是想和你联手到我们神农市搞房地产开发，你看怎么样？"

汪佳伦说："我在给向阳市委市政府写辞职报告时就说了，五到八年内绝不从事房地产开发行业，以免落人口舌，说我占用原有资源经商。我现在准备改造和装修房屋，办一所学校，马上准备招标施工队。"

雷风行连忙说："我给你搞。"

汪佳伦深知，人无钱不如鬼，汤无盐不如水。他实话实说："我目前手头没有钱，我想找一家能帮忙垫资，等招生收费后才付工程款的建筑公司。估计要到九月份学生全部到校上课后，才能付款。"

雷风行说："没事，你明年再付款都行。"

"那我们现在就去现场看看如何？"汪佳伦提议。

"走。"雷风行说。

看罢现场，汪佳伦要雷风行从设计、水电安装、房屋改造、新建学生食堂、公共厕所、操场、进出学校道路建设、水塔等，三五天拿出预算，立即行动。

午饭后，当得知汪佳伦现在连辆车都没有，雷风行当即说："佳伦老总，我这台凌志轿车是春节前才买的，车牌号也好。今天我就不开走了，你先用。你什么时候买车了，什么时候再还我。"

汪佳伦说："这绝对不行，我怎么也不能要你的车。"

雷风行说："我家里还有好几台车，你只管用。否则，你的工程我也不干了，你分明是看不起我。要不要我给老领导，也是你的老领导刘贵生厅长打电话？"

汪佳伦无奈地说："那这样，你的车借我用，我出租金，但今天你先开回去，等你预算搞好后，下次来的时候，我们再说。"

雷风行说："我和司机马上打的回去，车放你这儿。说话算话，我加班加点，三天之内把设计方案搞好报给你审查。"

汪佳伦就让杨凤安老师的儿子杨诺，开着雷风行的车把他们送回神农市。

汪佳伦骑着自行车到向阳市第四中学，找自己的大学同学东方语。向阳四中和向阳五中号称向阳市的北大清华，是全省示范高中，每年考入全国重点大学的人数在全省乃至全国都闻名。东方语是向阳四中的办公室主任。

见到东方语，汪佳伦开门见山地说："建议你辞职到我们新一代寄宿学校去当校长，我们一起干。"

东方语说："我胆子小，不敢搞。但我建议你去请我们学校刚刚退下来的老校长方文元到你那里去当校长。他可是一块金字招牌，等于你们学校成功了百分之八十。"

汪佳伦说："这样，小鱼儿（大学时同学们对东方语的昵称），你先锁定方校长，并按照你们四中的教学模式，帮我选好配齐所有教师，就从你们四中刚退下来的老教师中选聘。先悄悄进行，等我把学校搞得差不多的时候，我们再一起请方文元校长，并带他到学校去看看，如何？"

"好，我一定按你的意见办，负责把一切需要办的都给你想周全。"东方语说。

汪佳伦特别强调："此事暂时千万不可与外人道也！"

东方语送汪佳伦下楼，看到他推着自行车走，非常吃惊地说："咋回事？连车都没有了？"

汪佳伦轻轻一笑说："面包会有的，牛奶也会有的，一切都会有的。"他摇响自行车铃铛，挥手而去。

汪佳伦想，轿车和自行车有多大的区别呢？都是行走的工具而已，这才是最重要的，其他都是生命的装饰。

正月十六，雷风行一行四十余人开着大小车辆十二台，带着各种施工机械设备，浩浩荡荡开进向阳新一代寄宿学校施工现场。

当天，汪佳伦对雷风行所做的工程设计改造方案、施工运行方案、工程预算，需要订购的厨房设备、课桌板凳、床铺、变压器，需要电力、水务部门架设和铺设的双回路线路、地上地下水网建设等一系列问题，进行了商议审核。随后，大家各司其职，立即行动。汪佳伦要求六月十五日前必须完工。中间由汪佳伦指定监理人员现场监理，最后请市质检站的专业人员验收。

一切安排妥当后，汪佳伦就想找个办公地点。

经过考虑，汪佳伦准备租向阳海关大厦的第九层作为办公场所。向阳海关主持工作的副关长李街石和汪佳伦是多年的老朋友。李街石在向阳市口岸办当副主任时，就经常以单位名义找汪佳伦，要求帮忙给他免费提供向东区特种眼镜厂生产的变色眼镜，一拿就是十几副。向阳市自筹自建海关大厦时，李街石作为临时负责人，找汪佳伦所在的中房集团向阳公司赞助，汪佳伦二话没说，赞助了三十万元。李街石找向阳县县长拉赞助，县长不同意，他又请汪佳伦出面，县长最终赞助了十五万元。向阳海关大厦共有十三层，海关自己只用了一、二、三层，其余全是毛坯房，电梯也没安装。汪佳伦就想租第九层，自己装修，并自费安装一部电梯。

考虑好后，汪佳伦赶到向阳海关，走进李街石的办公室。

汪佳伦不知道的是，人只要看似落魄一次，身边的人和鬼就都会现身。社会上锦上添花的人数不胜数，雪中送炭者却寥寥无几。求人如吞三尺剑，求人如上九重天。有空求别人，不如扇自己两巴掌，叫自己清醒清醒。

李街石坐靠在真皮软椅上，嘴里叼着烟，吐了一口烟圈儿，很蔑视地说："有事吗？"

见此情景，汪佳伦准备扭头就走，但又心有不甘地说明了自己的来意。

李街石傲慢、得意地跷着二郎腿说："整个大厦确实还有十层空着没用，但这是国家的房子。海关钱多得很，也不缺这几个租金，一律不对外出租。"

"这海关大厦的附楼不是出租给别人开餐馆吗？难道不收租金？"汪佳伦反问道。

李街石噌地一下站起来，显出顶天立地的神气样，眼睛像长在脑门上，烟圈儿吐得丈把高，生气地说："那是附楼，不一样。你好好的领导干部不当，非要下海，现在连个办公室都没有，知道狠气了吧？我看你怎么办。反正海关主楼不对外出租！"每个字都像兔子屎，一粒一粒从李街石的嘴里滚出来。

汪佳伦感觉脚后跟像被疯狗咬了一口一样，又脏又疼，咬牙怒目，起身扭头摔门就走。如果眼神能杀人，想必李街石当场就归西了。

李街石赶紧跑出门外，大声说："坐一会儿再走。"

汪佳伦根本不理，坐进轿车，直奔中国银行向阳分行办公大楼而去。

美好设想被人心丑恶粉碎，尊严却在心中拔地而起。见识过垃圾后，才能知道什么是美好，审美才能提高，才会使自己活得更体面。当善良遇见善良，并被温柔以待，才是人世间最美好的邂逅。

汪佳伦见到温婉干练的女行长古月华，说明来意后，古行长说："老弟，你想租我下面向东支行的第五层办公楼，是看得起我们。你在中房集团的时候，六家合资企业全部在我这儿开户，钱全部存在我这里，我还没感谢你呢！房子免费给你用，咋样？"

汪佳伦百毒不侵的内心，被古行长富有人情味儿的一番话打败。汪佳伦说："谢谢古行长，租金、水电费等一切按规矩收，否则我心里不踏实。"

"你给公家干的时候硬得要命，现在自己干，还硬得像钢筋棍一样。我这个老大姐，算是服了你了！"古行长说。

汪佳伦说："大姐，你不知道，我刚刚先找了海关的李街石，人家一口回绝了我。"

古行长说："你怎么去找那个'日白扯'（指撒谎、说假话的人）？他就不是个人，用得着你的时候，给你磕头作揖舔屁股都行，用不着的时候，翻脸就不认人。他能无耻到在别人的唾沫里洗澡，好在老天爷已经在惩罚他了。"

"什么意思？"汪佳伦问。

"你不知道？儿子都被他逼疯了，拿刀子砍他。李街石变态得很，一个大男人，又是国家干部，天天画眉毛，全省都找不到第二个人，恶心死了！"

古行长继续说："我们跟他们家还是街坊，他这个侥幸从十几亿小蝌蚪里胜出的'定搀'（指犯贱、不成器），早产在向阳北街的一块大石头旁，所以起名叫街石。要不是我妈帮着把他送到医院，说不定早死了，小时候都喊他'该死'。他长大后跟不知道一样，根本没有感恩之心。老弟，你今天也应该看清楚了他得意忘形之后的样子了吧？他也算在你面前脱掉了身上的貂裘，露出了皮氅里满身的虱子。他今后要是去掉副字转正当上关长，更不得了，尾巴就要翘上天。"

汪佳伦说："算了，不提他了，没意思。"

古行长说："走，我现在就带你到我们分行下面的向东支行看房子，今天就给你搞定。"

汪佳伦和古行长一起，当天就把租房合同签了，只需购买办公用品即可入住办公。

临走时，汪佳伦说："大姐，我还想找你们银行贷点儿款，用于我准备办一所学校的改造和装修、购买学校所需的设备等。"

"你准备办一所学校？"古行长问。

汪佳伦像一个打破了花瓶怕挨打的孩子，反复对古行长说："是的，你千万要替我先保密，以后再公开。"

"办学校是好事，你需要多少贷款，只管说。"古行长说。

"一百万，只用半年，我用我的住房做抵押。"汪佳伦主动提出。

"老弟，不用抵押，我以信用贷款给你。我给你担保，我相信你。但你今后收费了，钱要存到我们中国银行。"古行长说。

"好，钱全部存到你们银行。我这笔贷款主要是要快。"汪佳伦说。

"你说什么时候要,我当天就贷给你,当天就可以使用。怎么样?"古行长说。

"谢谢行长,谢谢!"汪佳伦与古行长握手道别。

下午,汪佳伦就找到向阳大学的学生处处长赵天意,让他帮忙从即将毕业的大学生中推荐一个办公室主任、一个会计、一个出纳到公司上班。随后,汪佳伦到工商部门注册了"向阳微观实业有限公司"。

一切走上正轨后,汪佳伦和司机杨诺一起开着车,到广东顺德家具大市场订购了学校所需的课桌、双层床、不锈钢厨具、学生食堂桌椅、老师办公用品及公司所需的各种办公用品,还顺便沿途看望了一些同学朋友。

回到向阳后,汪佳伦的主要工作是检查学校工地进度,并与大学同学东方语商量学校人员布局及招生方案。

汪佳伦推掉了一切应酬,每天接送女儿上下学,晚上陪她做作业,给她讲故事。特别是每天早上,他亲自给女儿梳头。一边梳头,一边背诵明朝洪应明《菜根谭》节选:"贫家净扫地,贫女净梳头,景色虽不艳丽,气度自是风雅。士君子当穷愁寥落,奈何辄自废弛哉!"

女儿小清说听不懂,他就讲解说:"贫苦的人家,经常会把地打扫得干干净净,穷人家的女儿,会把头梳得整整齐齐,清清爽爽。就算容貌并不出众,也要流露出高雅脱俗的气质。因此,君子处于失意境遇时不可自暴自弃。"他进一步解释说:"一个精神富足、内心美好的人,虽然生活清苦,依然能散发出迷人的气质,会得到人们的尊重和敬佩。"

汪佳伦身上散发的父爱光芒,照拂着女儿成长。他要求女儿从小就要学会做人,不要和别人比富有,而是要比才华,比品质,比贡献。同时,他告诫女儿,不要羡慕别人的美好生活,其实每个家的锅底都有灰,只不过没看见而已。他要求女儿把《菜根谭》里的这些优美而富有哲理的语句背下来,慢慢体会。女儿小清高兴地答应爸爸,一定把它背下来,记在心里。

学校的工程建设和装修进入尾声,订购的教学用具等到位之后,汪佳伦与向阳四中办公室主任东方语一起,带着礼品,走进了向阳四中原校长方文元的家。

说明来意后,汪佳伦表态,如果方校长愿意出山,一是工资待遇会比四中高几倍;二是给方校长本人配备一辆专车,同时,再买一辆小车,一辆中巴车,一部小型货车供学校使用;三是学校的人员配备包括后勤人员,一律由方校长选聘,任何人不会插手。让方校长专心管理学校事务,不受外界干扰。其他对外的一切检查、应酬,包括工商、物价、食品卫生、公安、教育等,均由汪佳伦负责。

方校长说:"我们现在就去学校看看再说。"

方校长看了学校的规模和设备,以及还未竖到楼顶的"向阳新一代寄宿学校"的特大招牌和广告语后,当即拍板,愿意出任校长,并让东方语配合一下,帮他着手配备教师等各方面工作,让汪佳伦放心。

第三天，汪佳伦就将一辆崭新的上好了车牌的小轿车，开到了校长楼下，司机让他自己选聘。

中考一结束，向阳新一代寄宿学校的牌子就竖立在教学楼的楼顶，并挂出了从楼顶一直到一楼的"今日新一代莘莘学子，明天象牙塔天之骄子"的广告语条幅。同时，他们在向阳电视台、向阳有线电视台和《向阳日报》《向阳晚报》打出了招生广告。方校长向全市人民承诺：凡在向阳新一代寄宿学校就读的高中生，学制三年，实行全封闭式公寓化管理，保证让其考上大学，若考不上，免费复读一年，如果仍然没考上，退还三年的全部学费。

广告一经打出，立即引起了巨大轰动，参观的家长和学生络绎不绝，学校应接不暇。结果，只能容纳三百名学生就读的学校，根本满足不了社会需求。人们手中拿着两万元现金，找关系也上不了学。向阳铁路分局三个铁路大院的干部职工子女，就有一百五十多人就读。

学生收费标准按有关规定，每人三年费用两万元，未达到录取分数线的，每差一分加收一百元，首届学生共收了近八百万元捐资费。

九月一日，学校举行了隆重的开学典礼。学校给每个学生配备的校服、洗脸盆、牙缸、饭盒、水瓶、课桌、板凳等全部印上了"新一代学校"字样，并编排了序号，让人耳目一新。学生家长也参加了开学典礼。

汪佳伦还请来了市委副书记司马文烈、市委副秘书长上官文海，以及市教委、市物价局、市公安局、省武警向阳第四支队的领导到会，各新闻媒体也到场采访。

开学典礼上，市委副书记司马文烈代表市委市政府发表了热情洋溢的讲话，市教委等领导到会表示祝贺。开学典礼结束后，领导和家长们一起参观了学校的基础设施和文化建设图片展。

当各路新闻媒体纷纷要求采访汪佳伦时，他一言不发，只弯起被岁月温柔过的嘴角，耐心地用笑容包含着一切。汪佳伦心里清楚，低调是最高级的炫耀。他更深知，"雀儿无角长穿屋，鹦鹉能言却入笼"。

直到当晚的向阳电视台、向阳有线电视台的新闻播出，第二天《向阳日报》、《向阳晚报》、广播电台等新闻报道后，人们才知道向阳新一代寄宿学校是汪佳伦创办的。

汪佳伦扑向大海首战成名，迈进了教育大门。

随后，汪佳伦立即把神农市建安集团的工程款全部结清，包括购买车辆的款项，也还清了中国银行向阳分行的贷款，他一身轻地投入到女儿的教育培养和其他工作之中。

江北省外贸厅副厅长刘贵生给汪佳伦打电话，邀他和省经贸代表团一起到南非去学习考察，并说雷风行也在邀请之列。汪佳伦不好推辞，也就答应了。

十二月三日，汪佳伦随省经贸考察团从北京直飞南非著名城市约翰内斯堡。经过十多个小时的飞行，当地时间十二月三日下午四时，准时到达约翰内斯堡国际机场。两国有时差，南非要晚六个小时。代表团入住凯悦大酒店，由南非籍的向阳人陈小兵安排。

欢迎晚宴上，汪佳伦才知道陈小兵是楚天师范学院外语系毕业的，两人是老乡加校友。他还认识了多位领导，其中不乏高干子弟，比如南非凯撒集团总裁王今喜，美籍华人单有为，中国台湾驻南非商会会长侯乃深，某部首长的独子陈贵新等。王今喜看上去很是吓人，长着一副典型的"驴脸"。

第二天，根据大使馆和当地官方安排，代表团与南非政府外经贸部门进行了座谈。随后几天，参观了市容市貌和一些著名景点及购物广场。参观了约翰内斯堡北部黄金之城库里南镇，这里曾开采出了世界上最大的闪闪发光钻石——库里南钻石，重达3106克拉。钻石让南非这个国家熠熠生辉。

十二月八日，考察团一行乘坐十辆奔驰600轿车，行程一千三百余公里，于当晚七点钟到达开普敦，入住好望角大酒店。

第二天，参观了著名的景点好望角、桌山、豪特山和海豹岛。在海豹岛，近万只海豹在岛上晒太阳、捕食、卖萌，成群结队表演各种动作，时而轻声悲鸣，时而大声吼叫，让人拍手叫绝，流连忘返。

汪佳伦当晚在日记本上写下了《南非开普敦海豹岛感赋》："柔情娇韵爱晚亭，灵性风月撩人心。地球南端好望角，海豹唱戏世界惊！"

第七章 扑向大海

　　此后，王今喜带领代表团去参观著名的观鲸小镇——赫曼努斯，观看鲸鱼表演。整个海面上成群的鲸鱼蔚为壮观，大家迎着海风，瞪大眼睛，但始终没有看到王今喜所说的鲸鱼交配的场景。午餐后，王今喜又带领大家到维多利亚海湾体验男女混浴浴场——伞地贝海滩天体浴场。伞地贝海滩天体浴场远离尘嚣，要经过大片的石滩才能到达，沙滩后面是茂密的灌木丛。世界各地的游客慕名而来，各种肤色的人们混在一起，逍遥在与世隔绝的海滩，仿佛进入另一个世界，一个真正的"世外桃源"。汪佳伦忽然想起作家马克·吐温描述他进入腓特烈天体浴场的话语："十分钟后，你将忘记时间，二十分钟后，你将忘记整个世界。"

　　"椰风挑动银浪，夕阳躲云偷看。"晚上回到好望角大酒店，刘贵生副厅长和另外几个考察团成员继续打扑克牌玩。王今喜、雷风行和单有为三人邀请汪佳伦打麻将，他们要在地球的另一边打麻将过过瘾。汪佳伦说不会，他们三人都不相信。

　　雷风行说："简单得很，教一盘就会了。"

　　经过几盘试学后，汪佳伦跟王今喜兑换了一千美金的南非币兰特一万元。结果，汪佳伦手气特别好，打到半夜一点钟，汪佳伦赢了三万四千兰特。此后每天晚上，他们四个人就打麻将，到回国前汪佳伦共赢了十三万多兰特，即一万三千多美金。

　　从开普敦回到约翰内斯堡后，代表团首先到陈小兵的进出口贸易公司参观，签订了二千万美元的进口合同，仅此一项可以把江北省各地市州纺织厂积压的纺织品销售近三分之一。

在王今喜的凯撒集团总部，代表团签订了出口劳保鞋的一千万美元的合同。王今喜提议，参观南非"太阳城"。他饶有兴致地介绍说："太阳城是一座世界知名的超豪华度假胜地，也是一座类似美国拉斯维加斯的博彩不夜城。我过去在这里玩，带再多的人在这里吃、住、玩，一切免费，原因是我在这儿输钱达到了要求的额度。外面的车辆一般不准进去，但我的车辆可以随便进出。我手上有几十张金卡，每张金卡在赌场买码的金额必须达到五百万美金，才允许进一辆车。我们所有车都可以直接进去，但从今年开始，我在这里消费得自己出钱，他们不允许我在这里赌钱了。全世界的赌场都干不过我，我是逢赌必赢，上了黑名单。我的技术是冰岛的一个赌神，看我在赌场输得太多了，心疼我，教我的。我现在一走进赌场，老板就会过来见我，不让我下注，没办法。今天，我让助理陪大家玩，我也会假装看热闹，到时候我用中文，他们也听不懂，你们只要输了，我悄悄点拨一下，保证让你们把钱赢回来。好，现在我们就开车进去。"

走近一看，汪佳伦吓了一跳。这里有四个超五星级的豪华酒店，赌城是太阳城的核心娱乐场馆，全天二十四小时营业。这里有数量惊人的赌博机，还有纸牌、轮盘等赌博游戏项目。这是一座有钱人消遣娱乐的好去处，不仅有购物、十八洞标准高尔夫球场及各色娱乐场所，还有茂密的原始雨林、静谧的湖泊、世界各国特色餐厅。在南非，太阳城就是娱乐、赌博、美食、休闲、浪漫加惊奇的同义词。太阳城的投资人是南非首富柯斯纳，他有一句名言："梦想如果没有行动,永远都不会伟大。"

考察团的部分成员买了一些赌码,一试身手。汪佳伦也买了一万元兰特,一会儿就输光了。这时,王今喜走了过来,递给汪佳伦三万兰特赌码说:"你替我玩,我让你怎么下注,你就怎么下注。要快,玩几把,我们就走。把你和其他人输的美金搞回来,再赢一顿饭钱。"结果,汪佳伦下了几把不封顶赌注,全部赢了。不仅把所有人输的钱都赢回来,还倒赢了几万元。王今喜就带领大家到高尔夫球场的休息室喝茶休息。

午饭后,王今喜带领大家来到钻石和蜜蜡专卖店。汪佳伦自己买了两个钻戒和几十串蜜蜡,同时,要求大家都买一些,因为他还有很多打麻将赢的兰特没地方用。汪佳伦支付了所有人的购物费用,还剩五万多兰特币,全部给了王今喜。

雷风行瞪大眼睛说:"汪总,你的为人和做事风格,我这辈子跑掉鞋底也追不上。佩服!"

一九九九年元旦,趁着三天假期,汪佳伦带着女儿到省城临江市。

汪佳伦首先带着礼品赶到省商业专科学校,看望已是副校长的唐成一家。他拿出三万元钱,交给唐成副校长说:"感谢唐校长舅舅,在我最困难的时候,您借给我三千元钱,用作我妹妹上大学的委托培养费。我的弟弟妹妹太多,负担太重,手头上一直没有余钱。这都十多年了,现在我下海,才有能力还这个钱,对不起!"说着,汪佳伦当着女儿的面哽咽起来,泪水模糊了双眼,说不出话来。

唐成副校长赶紧上前，握着佳伦的手说："佳伦，别激动，钱这个事儿我早就忘了。现在你非要还，那我也只能要三千，多一分也不行。"

汪佳伦说："您十几年前借我的三千元钱，到现在何止值三万元？如果不收这三万元钱，我们永远就不再见面了。这钱算是给你的女儿唐诗，也是我的妹妹的读书零花钱。这总可以了吧？"

最后，唐成副校长只好收下。

汪佳伦又拿出在南非买的一串蜜蜡送给了唐成的夫人。

唐成留佳伦中午一起吃饭，佳伦说："能不能把杨阳和她父母喊到一起吃个饭？"

"好，我现在就电话通知他们。"唐成说。

于是，唐成就安排在学校附近一个叫"老地方"的酒楼吃饭。到后才知道，这个"老地方"酒楼就是由原来的"情未了"餐厅改建而成，只不过老板换了，物是人非。

看到杨阳牵着父亲杨凤安、母亲张赛琴走进餐厅时，佳伦高兴得泪洒现场，不能自已，心中的万千话语无以言表。

女儿见状，连忙抱着爸爸的胳膊叫他不要哭。佳伦一把拉起女儿，擦掉眼泪，让她喊杨阳的父母爷爷奶奶，叫杨阳阿姨。

杨阳从精致的手提包里，拿出一个厚厚的红包给佳伦女儿，女儿不要。佳伦接过红包说："阿姨喜欢你，你就收下，谢谢阿姨！"

汪佳伦拿出在南非买的一对钻戒和一串蜜蜡，分别送给了杨凤安、张赛琴老师和杨阳。

汪佳伦反复给杨阳一家和唐成一家敬酒，余兴未尽中结束了聚会，回到了宾馆。

第二天早餐后，汪佳伦带着女儿和司机一起，来到位于汉口的幸福家园小区。他让女儿和司机在车上等，自己拎着礼品走进小区二号楼一单元三楼，敲开了右边的房门。

见到苍老了许多的安莉母亲和挂在客厅旁边安莉父亲的遗像后，汪佳伦放下礼品，握着安莉妈妈的双手，声音沙哑地说："伯母，我早该来看望您，对不起！"

说着，佳伦就抽泣了起来，泪在心里倒流。

"佳伦，别哭，你受委屈了。孩子，不是你对不起我，是我们对不起你。好孩子，快坐。"安莉母亲也掉下了眼泪。

安莉母亲说："安莉一九八九年去了美国，获得了绿卡。她从此隐姓埋名打工，一直没和我们及亲朋好友联系。她的丈夫胡又多像疯了一样，挖地三尺找她，多次到我们家里闹，还跑到安莉爸爸的学校里闹，到处张贴污蔑安莉的字条。安莉的爸爸感到没脸见人，一时想不开，上吊自杀了。"

命运残忍起来，真是一点儿情面都不留。安莉妈妈犹如刀插心脏，哀痛难以诉尽，眼里闪烁着泪光。她手帕掩面，继续说："安莉到美国的基本情况，还是前年她通过小学同学告诉我的。这几年，她也偶尔打电话回来，每次打电话都会说对不起我们全家和佳伦你。下次她再打电话回来，我就把你的电话告诉她，让她和你联系。"

"阿姨,你有安莉电话吗?"汪佳伦问。

"没有,她每次都是用公用电话打的,问她手机,她说不方便。主要还是害怕胡又多,对方势力太大,我们惹不起。上次打电话回来,她说胡又多喝醉酒开车出车祸死了。"安莉妈妈说。

汪佳伦心里非常难受,也为胡又多之死感到一丝庆幸和悲哀。

临走时,汪佳伦拿出从南非购买的一串蜜蜡,让安莉妈妈转交给安莉。他把身上仅有的一万四千元现金全部给了安莉的妈妈,让她自己买点儿需要的东西,有事就打电话给自己。

汪佳伦多希望钱是熨斗,能熨平安莉妈妈生活里所有的褶皱。

正在这时,牛择武从北京打来电话,汪佳伦赶紧去接。

"佳伦,我告诉你一个好消息。刚刚接到安莉从美国打来的电话,让把她存放在我这里的密码箱转交给你。待你收到密码箱后,她再把密码告诉我,让我再转告你。你现在就把你的地址发给我,我给你邮寄过去。"牛择武说。

"好,我马上发给你。我现在临江市,晚一点再电话联系。"汪佳伦说。

汪佳伦握着安莉妈妈的手话别,股股热泪从老人眼中涌出,仿佛要将她心头的悲痛冲走。

汪佳伦眼泪汪汪地告别下楼。他带着女儿,借了司机的钱给女儿买了一些衣物和学习生活用品后,回到了向阳。

当天夜里,即一九九九年元月二号深夜,向阳新年的第一场雪,舞动着曼妙的身姿来到人间,它比往年来得早了一些。

第七章　扑向大海

浪漫私密、纷纷扬扬的雪花，像烟一样轻，像银一样白，像飞舞的白色蝴蝶，白了大地山川，白了房屋树木，白了行人心灵。它那独有的可与银玉媲美、纯白洁净的丽颜，遮盖住了世间所有的不堪与肮脏，还世界以圣洁。

元月七日上午，汪佳伦收到牛择武从北京寄过来的安莉的密码箱。下午，牛择武接到安莉的电话，得知汪佳伦已收到密码箱后，当即告诉了牛择武密码箱的密码。

汪佳伦迫不及待打开了安莉存放了十一年的密码箱，里面有安莉给汪佳伦留下的一套西装和四百元钱，更主要是留下了一封落满泪痕的书信。信中说，她和胡又多结婚后，胡又多对她经常使用家庭暴力，非要让她说出自己的第一次到底给了谁。安莉不说，胡又多就天天拳脚相加。安莉感觉自己就像一朵被踩进烂泥里的花。胡又多发毒誓，说只要安莉讲出实情，保证以后不再动她一根毫毛，安莉如实告诉了他第一次给了大学同学汪佳伦。安莉不知道的是，胡又多偷偷录了音。胡又多拿出复制好的录音带，要安莉必须说是汪佳伦强迫她才发生性关系。安莉不从，胡又多就把她捆绑起来狠狠殴打。除了头部，安莉被他打得体无完肤，青一块紫一块。安莉实在受不了了，就只好按照胡又多写好的控告信，抄写了一遍。落款安莉的"莉"字的竖钩，她故意画了一个小圈儿，里面写成了一个很小的"迫"字。

汪佳伦眼泪跟着书信的内容，滴答滴答，心疼得无法呼吸。

安莉和汪佳伦联系后，安莉在电话中痛哭了十几分钟，反复说对不起佳伦，请求佳伦原谅她。

汪佳伦告诉她，自始至终都相信她，就像相信太阳总会照常从东方升起一样。自己从来也没有因为这件事责怪过安莉，更没有记恨她。汪佳伦始终相信，他和安莉的爱情是纯洁的，他更相信，安莉一定是被逼无奈才写了所谓控告信。

得到安莉的同意后，汪佳伦把安莉一九八八年写给自己的信复印一份留存，原件交给了向阳市委组织部，请市委组织部转告相关领导知晓事实真相。原件存档后，汪佳伦也没有要求组织部门给自己一个说法。他想，也许"只有血才洗得掉名誉上的污点"。

对于安莉，汪佳伦只有默默地爱恋、牵挂和孤守，正如一首歌曲唱词："我的心中刻上你的名字，我的命里注定为你相思，忘掉你是一种昂贵奢侈，我情愿独守约定一生一世……"他要用生命的泉水，浇灌栽培着心中的玫瑰。

岁月不居，时光如梭。一九九九年的脚步"踏破冬的沉默"。无论"咫尺天涯"，春的绿色如约在枝头悄悄无语地滋生。

三月二十日，陈小兵、王今喜、单有为等一行七人，从南非来到江北省外贸厅回访。一系列合约签订仪式后，他们来到了向阳市考察，汪佳伦安排他们入住梦乐湖大酒店六号、七号两栋别墅。当天欢迎晚宴，汪佳伦邀请了市委书记钱进、副市长赵亮和市外经委主任、招商局长及向阳县委书记、县长等出席，大家在欢快热烈的气氛中交流、邀约。

经过三天考察，陈小兵等五人到其他地市出差，王今喜和单有为两人留在向阳继续考察游玩。汪佳伦白天陪他们二人考察，晚上，他们与刚认识的朋友们打麻将、唱歌、跳舞、洗桑拿等，汪佳伦一概不参加，吃罢晚饭就直接回家陪女儿。

最后，王今喜代表南非凯撒集团和向阳县鹿门旅游风景区签订了修建旅游公路的协议，汪佳伦也与向阳县政府签订了建设自来水厂的协议。

向阳新一代寄宿学校首届招生爆满，学校已远远满足不了招生的需要。汪佳伦就着手把学校租用的土地和房屋买了下来，新建教学楼和学生公寓，以扩大学校的招生规模，力争二〇〇〇年建成投入使用。向阳县自来水厂的建设也如期开工。

这时，向阳有线电视台台长游水深找到汪佳伦，说他的老家有一个土中医治疗白血病很厉害，开了间小诊所，慕名找他看病的人不计其数，但只能在几间破屋里治疗。他建议汪佳伦在向阳开一家血液病医院，满足患者所需。

汪佳伦就与游水深去实地考察。游水深老家在中原省南光市新城县，汪佳伦电话联系上了南光法制报社的老同学孙奇，请他一起去看看。孙奇对土中医治疗白血病的情况也比较了解，他就和汪佳伦一起去专门调查。这个土中医治好了不少白血病人，很多人流着泪向汪佳伦讲述自己的治疗效果。经过与土中医沟通，最后达成合作协议，汪佳伦负责医院的申报建设等，占百分之七十股份，祖传中医出技术，占百分之三十股份。

回到向阳后，汪佳伦先咨询了解创办民营医院的程序和手续。市卫生局长马军听说后，立即就说不可能，劝他趁早放弃。他说目前私立医院还没放开，地市卫生局也没有这个权力，要到省卫生厅办理相关手续。

汪佳伦有种母鸡找不到地方下蛋的感觉，心想难道说"公鸡不打鸣天就不会亮"吗？他专门去找省卫生厅医政处处长黄金了解情况。黄处长与向阳市卫生局的意见基本一致，建议他知难而退，但又说，如果能找到省长批条，也不是没有可能。

汪佳伦直接到省政府，找到分管科教文卫的副省长韩鹏。说明来意后，韩副省长说："小汪，你先回去写个可行性研究报告，同时以向阳市卫生局的名义，向省卫生厅打个报告。然后，带着可行性研究报告和市卫生局申请报告，再来找我。"

汪佳伦马上赶回向阳，首先找人帮忙撰写可行性研究报告，并动手起草申请创办向阳天丹血液病医院的报告，上报给了市卫生局。马军局长一看说："佳伦老总，我不敢向省厅打报告。你最好请市委书记给我写个条子，我拿到手里好交差。否则，我今后连省卫生厅的大门也不敢进了。"

汪佳伦又去找钱进书记，请他给马局长写了封信。马局长为此专门召开了局长办公会，集体研究同意办理，并形成了会议纪要，这才给省卫生厅打了报告。

汪佳伦拿着向阳市卫生局的申请报告和可行性研究报告，到省政府找到韩鹏副省长。韩副省长看后说："小汪，你坐一会儿，我到隔壁省长办公室去一下。"

一根烟的工夫，韩副省长回来说："小汪，我和省长都签字了，你直接到省卫生厅去找李建明副厅长办理就行了。中间若还遇到什么问题，你直接打我秘书的电话，让他告诉我。"

"谢谢韩省长，谢谢！"汪佳伦紧紧握住韩副省长的温暖大手，再三谢别。

省卫生厅先给了一个拟同意创办向阳天丹血液病医院的便函，等医院建成验收后，再发许可证等一系列正式文件。

这时，找个合适的地方办医院就成了头等大事。几年前，原省协和医院和向阳县人民医院准备合作建一个骨科医院，但还未建好开业，县人民医院院长受贿东窗事发，合作建骨科医院的事就搁置了。汪佳伦就将这个即将建好的医院承租下来，进行全方位改造。

二〇〇〇年五月八日，向阳天丹血液病医院正式开业。汪佳伦在北京找到著名医学科学家、院士题写了院名，向阳市委书记钱进题写了"发扬我国医学传统，造福人民大众"的贺匾。向阳市委副书记夏志军、市人大常委会副主任熊春天、市政府副市长曹兰兰、市政协主席苏国栋，市卫生局、市工商局、市公安局、市物价局、市财政局等相关部门领导，以及向阳县"四大家"领导和县直相关部门，还有汪佳伦的亲朋好友共一千余人参加了开业典礼。

市卫生局局长马军宣读了省卫生厅同意创建向阳天丹血液病医院的批复，中华医学会会长代表宣读了贺信，曹兰兰副市长代表市委、市人大、市政府、市政协讲话。

开业典礼上，鞭炮齐鸣，锣鼓喧天，武警军乐队举行了升旗仪式和军乐队表演，现场放飞了一千只和平鸽。

向阳天丹血液病医院开业后的第三天，汪佳伦接到老乡、文化名人叶云峰从北京打来的电话，说七月十六日要在向阳体育场举行"向阳之夏演唱会"，届时将要邀请两位著名歌星登台献唱。他希望汪佳伦帮忙拉一些赞助，推销一部分门票，并能协调安排接送两位歌星及助理。

汪佳伦告诉叶云峰，接送两位歌星的事请放心，一定办好；拉赞助和购买门票的事儿，他会尽力而为；自己公司可以赞助，购买一些特等票给公司员工，也可以送客户。

汪佳伦想到了老同学孙奇，因为即将演出的歌星毛敏敏是他们两人共同的偶像。汪佳伦就特邀孙奇及其家人到向阳看演唱会，孙奇非常高兴地接受了邀请。

七月十六日下午两点，汪佳伦急匆匆赶往向阳机场。雨后的机场路宛如一条素洁的白练，路上车来人往，如霞染的云帆，似跳跃的音符。

下午三点整，银鹰穿透云层，徐徐降落在停机坪。身材高挑的毛敏敏和敦厚壮实的刘欢歌款款走下飞机。明媚的阳光将毛敏敏长发挽起的头顶和柔滑双肩勾画出动人的轮廓，窄边墨镜依然遮挡不住她气质和神韵。

刘欢歌坐上了汪佳伦安排的林肯车。

第七章　扑向大海

毛敏敏手捧鲜花，与军报文化部新闻干事周汉飞一起，坐进了汪佳伦的凌志车，一路欢声笑语，入住向阳铁路大酒店。

毛敏敏和汪佳伦对坐在白色沙发上喝茶。含笑盈盈、娇媚动人的毛敏敏，抢眼却不妖艳，可亲却不平庸，庄重中透着轻柔，聪颖里裹着质朴，一点儿也看不到明星常有的世故与矫情。他们两人非常谈得来，毛敏敏把自己的过去一一向汪佳伦诉说。

周汉飞说："这是敏敏和刚接触的人谈话最多的一次。"

"过去太年轻，总是太看重名利，现在什么也不想了。"毛敏敏谈笑间似乎有一种超然脱俗之感。

汪佳伦知道，毛敏敏似也有一些难言之隐。人生旅途中，有些痛只宜作精包装珍藏，深埋在心底，永远也不要去碰它，更不必将痛苦碾碎了放在舌尖上去品尝。

汪佳伦提议和毛敏敏合影留念。毛敏敏说："不化妆照是不是太随便了？你给我十分钟时间，我准备一下。"不一会儿，略施粉黛的毛敏敏出来了。此时的她美丽、羞涩、文静，如一枝正待绽放的百合。她走到窗前，把窗帘一拉说："我们就站在这儿照，怎么样？"

汪佳伦说："好！"

汪佳伦和毛敏敏站在一起，挨着毛敏敏那揽过霓裳羽衣的玉臂，感觉心被温柔地触动了一下。他们肩并肩一连拍了三张照片。

随后，汪佳伦就陪毛敏敏、刘欢歌和市领导及老同学孙奇一家，在铁路大酒店吃晚餐。毛敏敏和刘欢歌到房间休息，准备八点钟开演。汪佳伦就回家带着女儿和孙奇一家先行到向阳体育场准备看演出。孙奇告诉汪佳伦一个消息，北京一所著名研究机构招收不脱产研究生。他问汪佳伦想不想上，若想上，他们两人就一起报名。若录取了，今后可以一起到北京上学，一个月一次、一次三天集中授课，学制三年。汪佳伦一口答应了。

八点三十分，演唱会正式开始。首先由向阳市歌舞团的歌手热场，紧接着刘欢歌开始献唱。

主持人介绍毛敏敏登台时，能够容纳二万多名观众的体育场爆发出疾风骤雨般的掌声。毛敏敏着一袭深蓝无袖长裙，披一身辉煌，载满眼绚丽，展现在人们渴望的视线里。

她是诗，是画，是情的袒露，是美的化身！毛敏敏简短致谢后，即以一首《同一首歌》带着大家重温当年"大姐大"的辉煌。而后，她仰首展臂，演唱《三国演义》片尾曲《历史的天空》。她唱得很投入，动情时如高山流水，低回处若江河呜咽。体育场内一片寂静，毛敏敏唱得越发传情，磁石般的声音在场内回荡，掌声此起彼伏。

复出的毛敏敏，似乎更注意与向阳歌迷近距离交流。两首歌唱罢，她走下舞台，登上一辆"城市猎人"敞篷吉普车，边走边唱，绕场一周。人们纷纷涌向前排，或站立起来，一睹"敏姐"芳容。也许是向阳观众的热情感染了毛敏敏，在绕场唱完《思念》《难忘今宵》之后，她返回舞台又为观众清唱了一首《掌声响起》。歌声凄婉而华美，情感真挚而殷切。

前几年，毛敏敏事业之舟偏离了航向，一时前途茫茫。而今，她的形象得到了重新塑造。歌毕，掌声如潮。毛敏敏含着激动的热泪，向观众致谢！

第二天一早，毛敏敏坐进车牌号为AO666的林肯牌轿车，与汪佳伦挥手告别。望着驶向远方的车影，汪佳伦心中默默祝福：愿她的人生像车牌号一样一帆风顺。他也为自己辞职下海后，能够为向阳人民观看"向阳之夏演唱会"出了一点力而备感欣慰。

刚送走毛敏敏，汪佳伦就接到了向阳日报社党委书记兼社长石有福的电话。石有福说："佳伦，这次两位歌星大腕自始至终不见任何记者，我听说都是你在接待他们。为了增加报纸的看点和卖点，希望你用生花妙笔，腾出手来写篇文章，在我们日报和晚报上发一下。特别是毛敏敏，她好几年没出来了，这次到我们向阳，大家都想知道她的一些情况。请你这个出了名的写作'快手'抓紧写个东西，拜托了啊！"

汪佳伦说："我已经很长时间不写东西了，但你说了，我尽量吧！"

汪佳伦思绪万千，激情满怀。他给办公室主任交代，今天不见任何人，不准任何人打扰。到中午，他就写出了长篇通讯《走近毛敏敏》。下午打印好后，让办公室主任送给了向阳日报社石有福社长。

石有福社长看了以后大加赞赏，打电话要汪佳伦务必提供一张与毛敏敏的合影，一并刊发。

第二天，《向阳日报》第二版整版刊发了汪佳伦写的《走近毛敏敏》一文，并配上了汪佳伦与毛敏敏的合影。一时间，汪佳伦又回到了向阳人的视线之中，成为谈论的热门话题。

二〇〇〇年八月十日，汪佳伦和孙奇一起去北京，参加了经济学专业硕士研究生招生考试。三十一日，他们同时收到了录取通知书。

这时，王今喜和单有为找到汪佳伦说："现在向阳鹿门风景区的旅游公路建设已经开工，但我们两个在国外业务太多，实在忙不过来，想把这个项目转让给你，也算是你给我们帮个忙。"

汪佳伦说："让我考虑考虑。"

当天下午，向阳县委书记、县长分别找到汪佳伦，要他务必接手这个十八点六公里的旅游公路建设工程。

碍于情面，汪佳伦只好硬着头皮接下来。至此，汪佳伦又像在中房集团向阳房地产开发股份有限公司那样，投入紧张和忙碌的工作中。学校建设、水厂建设、公路建设等齐头并进，一时忙得焦头烂额。

汪佳伦这才深刻体会到，曾极力阻止他辞职下海的刘贵生老书记说的话："下海创业是一个人的夜路，没病到一定程度，你千万别往里面跳。如果你执意要下海创业，今后全年无休将是常态。下海创业和坐机关的人将是两个物种。经过下海创业的洗礼，你的脸庞，你的眼神，你的灵魂，都将刻上委屈和苦难。"刘贵生老书记真是一本行走的活字典啊！

不知不觉到了二〇〇一年，七月三十日是阴历六月初十星期一。

下午刚到办公室，汪佳伦突然感到心里发慌，非常难受，坐卧不安，魂不守舍。

猛然间，他想到有一段时间没回老家蔡营了。汪佳伦立即喊司机买上东西，回老家去看望爷爷奶奶。车一到院子门口，只见爷爷正半躺在凉床椅上看书，狗狗"汪汪"摇着尾巴围着佳伦转。

"爷爷，看的什么书？"佳伦拎着水果和卤菜问。

"《知音》杂志，上面刊登的尽是些稀奇古怪的事，但很有教育意义。坐到门口这儿来，有风，凉快些。"爷爷边说边从躺椅上坐起来。大热天，爷爷也穿上宽口布鞋，衬衫袖口一丝不苟扣上，收拾得干干净净，露出儒雅温文的笑容，像从电影里走出来的老绅士。

"今天下午浑身不舒服，我就决定回来。一到家，心里舒服多了。"佳伦说。

爷爷说："中午吃饭的时候，奶奶还在说，你有一段时间没回来了。我就跟奶奶说，佳伦今天一定会回来，包括你小爹也可能要回来，你奶奶还说我又在掐指算命。今天太阳落山之前你要没回来，我还准备给你打电话要你回来。"

"爷爷，有什么事吗？"佳伦问。

"没什么事儿，就是想看看你，奶奶也想你了。你看，你奶奶从隔壁回来了。"爷爷说。

佳伦赶紧走上前说："奶奶，你到哪儿去了？"

"就在隔壁。你爷爷真是猜对了，中午跟我说，今天你肯定会回来，果然回来了。你爷爷说有很多话要跟你讲。"奶奶说。

"好，我听爷爷说。"佳伦笑嘻嘻的。

爷爷缓缓说道："佳伦啊，你还是今年五月初五，我过八十大寿的时候回来的，今天是六月初十。我这一辈子，磕磕碰碰，总算走过来了。你牺牲了自己，撑起了这个家。吃了很多苦，操了很多心，这楼房都是你帮着盖的。我给你算了笔账，仅凭我和你奶奶知道的，你给我们这个家族和亲戚朋友们，以及八竿子都打不着的'猪爹爹''狗奶奶'们就安排了三十多个人，而且全都是吃皇粮的，多不容易啊！你小爹的儿子汪剑，刚从荆沙警校毕业，你就把他安排到公安局上班了，那不也是你费尽心思才能办好的？今天我想说的是，你为我们这个家族已经做得非常好了，以后就不要再管这些家长里短的事儿了。你过去当干部，有平台，办事方便。现在，你下海了，也有了一定实力，但是，你看看，我们农村还有很多困难户，不少人日子过得还紧巴巴的。我说的意思是，你的眼光要放远一点，尽量地为社会多做贡献，多关心一些弱势群体，使自己实现'精神脱贫'。你每次回来，除了给我和你奶奶钱以外，隔壁邻居你也给，做得确实不错。但是，如果有多余的钱，就像电视上的一些大老板一样，可以做一些慈善事业，因为爱心比钻石的光芒更璀璨。你不要认为我过去抬不起头，社会对我不公，害得你父母你几个爹包括你这一辈都吃了不少苦。我今天告诉你，这些与社会和国家无关，主要是我们这个家族内部自身的问题造成的。"

"为什么？"佳伦问。

悠悠岁月，如画卷一般铺开，把封存已久布满灰尘的家族旧史展现出来。爷爷接着说:"我一直没和任何人讲过,就怕你们知道了记恨,家族里闹矛盾,别人笑话。我一直憋在心里,忍着不吭声。你小时候,我就给你讲家史,并且要你记住,你应该还记得,我的爷爷叫汪学华,他养育了汪光引、汪光领、汪光知、汪光会四个儿子。"

"爷爷,我知道,老太爷汪光会是您的父亲。"佳伦插话道。

爷爷说:"对。但老大汪光引,并不是我爷爷亲生的,是因为结婚几年没生育,这才抱的别人的孩子起名叫汪光引。希望通过抱个孩子引来儿女。自从抱来了汪光引后,很快连续生了三个儿子。这四个儿子长大后,当家的是我的父亲汪光会,整个家族都听他的。汪光引长大结婚生子,他唯一的儿子长大后也一直不生育,就从李湾大山旁边的王河李姓人家抱了一个小孩,给自己当孙子,取名叫汪根根。汪根根长到八岁,汪光引从淳河店穷苦人家抱了一个三岁女孩给汪根根当童养媳,起名叫汪苗苗。解放后的一九五六年,十九岁的汪根根到新疆部队当兵走之前,和十四岁的汪苗苗成亲结婚了。由于蔡营都知道他们两个是从小抱养的穷苦人家的孩子,汪苗苗又读过几年书,十五岁就当上了大队妇联主任。汪根根在新疆当兵,汪苗苗就和浩然乡的书记石算盘好上了。虽然她是捡来的,但她毕竟姓汪,做这种事儿,有辱门风。汪家老四门的人就在一起商量对策。由于我在整个家族威信最高,说话一言九鼎,最后责成我出面教育教育她,叫她好好做人,不要败坏了汪家的名声。汪苗苗当面痛哭流涕,表示一定要改过自新。她却一直记恨我,随着她的地位不断升高，时时处处就和我们这一门过不去。我也就只好忍气吞声。今天，我把这些陈谷子烂芝麻都说了出来，并不是要你报复她，而是要你明白，我和儿孙们过去所受的冤屈，与党和政府无关，主要是我们家族之间的矛盾造成的。你要心向阳光，好好做人，多为社会做一点有益的事情。莎士比亚说，三年可以造就一个富翁，三代造就不了一个贵族。我在这里所说的贵族，不是那些有权有钱有势、身着西装、头戴礼帽、举止文雅、人模狗样地装蒜，就是贵族。真正的贵族，更多体现在精神层面上，靠文化的教养、社会的担当、灵魂的自由、人格的独立来支撑。他们时刻都是人民的典范，国家的象征，荣誉的捍卫者。只有把国家和荣誉看得比任何东西都重的人，才是真正的贵族。你要深思并努力学习啊！"

爷爷接着说："佳伦，我还想说最后一点，就是你不能忘记我对你从小重点培养的初衷。当时，我为你起名汪佳伦的缘由，你后来也都知道了。包括给你弟弟妹妹起名，分别叫笔、墨、纸、砚，这文房四宝原来都是写作的工具。我是想让你兄弟姐妹今后都成为你事业上的帮手，能为你所用，但事与愿违，他们反而成了你的负担。你今后一定要卸下自己肩上的这些累赘，腾出时间多学习，争取到你三爹曾经考取的北京大学去深造，多做一些学问，重新拿起笔来，从事你最喜爱的写作工作。人类历史上，无论是帝王将相、达官贵人，还是商贾巨富，都是过眼云烟、稍纵即逝。历朝历代'粗缯大布裹生涯，腹有诗书气自华'的学富五车、妙笔生花的才子们，却可以'各领风骚数百年'。正所谓'纸寿千年'，人的生命是有限的，但有价值的著作却可以活着替他讲话，流传千年。'轻似蝉翼白如雪，抖似细绸不闻声。'这既是对文房瑰宝宣纸的赞美，更是对不朽文学作品的礼赞！就像苏轼《念奴娇·赤壁怀古》这一古今绝唱一样，其生命好似皎洁的明月，永远在星空中闪耀。他是永生的，他永远都会在中国文化的星河中熠熠生辉。对你来讲，别追求大富大贵，因为一般人承受不起。但你要有作家的思维，要有使命，有担当，用自己手中如椽的笔去讴歌我们的国家。而且，做学问和写作，还可以富养自己灵魂，让自己矮三分，使自己干净起来，能看到自己的不足，帮你擦去脸上的肤浅和无知，进一步拯救自己的心智，使自己的人生更厚重一些，并逐步归于平淡，安于平凡，过高道德、低欲望的生活。你一定要继续学习，做学问，搞创作，写出属于这个时代的伟大作品来，并不断为之努力奋斗！我啰啰唆唆说了这么多，仅供你参考。"

"爷爷，你说得太好了，比教科书还精彩！我不会记恨这个社会，也不会记恨任何人。今后，我会按照您说的，展开思路，尽量多做一些对社会、对国家有益的事情，特别是您说的对弱势群体的帮扶问题。其实，我现在每年已经免费收了二十几个贫困学生，在我们新一代寄宿学校读书，学费、生活费等全免，今后考上大学，所需费用也是由我个人承担，直至大学毕业。我都是悄悄进行，没让任何人知道。因为我在读高中时，曾经身无分文，知道肚子饿狠了是什么滋味儿，每每想起这些，心里就特别难过。今后我还要继续勤奋学习，在精心创作上下功夫，努力成为一个对社会有用的人。

谢谢爷爷,我今天的收获太大了。"汪佳伦深有感触地说。

"那是不是你小爹的车回来了,你看。"奶奶指着开过来的小车说。

小爹下车后说:"佳伦,你啥时候回来的?"

"小爹,我下午回来的,刚才爷爷还在说你今天要回来。"佳伦说。

"我今天下午心里发慌,总感觉有什么事情,所以就买了一些卤菜回来,晚上陪你爷爷奶奶吃顿饭。"小爹说。

"这估计是心灵感应,我今天也是心发慌才想着回来的。小爹,你回来了,那我就先回去了。今天晚上还有个应酬,要陪市里的一个领导吃饭。"佳伦说。

一听说佳伦要走,爷爷就回到自己卧室里,拿了一个用硬皮纸包着的东西,让佳伦回去再打开看。

临上车前,汪佳伦似乎感应到了某种无法诠释的神秘信息,冥冥之中有一种莫名的神奇意念推动着汪佳伦,他竟不由自主地转过身,有生以来第一次拥抱着亲爱的爷爷抽泣了起来。

身高一米七五的爷爷和一米七一的奶奶不约而同地轻轻拍打着孙子佳伦的后背,任双泪和时间一起流淌。最后,佳伦说:"爷爷奶奶,您们都要好好享受幸福生活!"

爷爷奶奶点点头,看着佳伦泪流满面上了车,直到小车开出很远,还在挥手。

佳伦回头望着爷爷奶奶的身影,他多想给时间一把椅子,让爷爷奶奶好好坐在椅子上慢慢变老，多多陪伴自己啊！路上，佳伦打开爷爷给的硬皮纸袋，里面原来是一张爷爷年轻时的照片。佳伦很激动。

第二天凌晨四点，汪佳伦的床头电话响了，是小爹打来的。

"爷爷半夜一点钟走了。"小爹把爷爷一切弄好放进棺材后，才打电话给佳伦。佳伦一听就蒙了，一句话也说不出来，眼泪夺眶而出。

做好准备后，汪佳伦上午十点回到了蔡营的老家。他走到爷爷的灵堂前，扑通一声长跪不起，号啕大哭，那是撕心裂肺的失亲之痛。

在众亲朋的搀扶下，佳伦来到奶奶的床前。拉着奶奶的手，感情的闸门再也关不住悲痛的"库容"，他泪流满面，再次放声痛哭。

小爹劝他说："爷爷走得很安详，很平静，没有痛苦，也算是好事！"

佳伦问小爹："爷爷走的时候，说了什么话没有？"

小爹说："你奶奶和全生产队的人都说太神奇了，简直不可思议。昨天一大早，你爷爷就在蔡营集上买了五百斤大米，五百斤西瓜，让人用板车拉回来。别人都说，二爷，你买那么多大米和西瓜做啥子？你爷爷说，娃子们马上要回来，免得又要买。人们说，那也不至于买那么多啊，天气又热，放坏了咋办？你爷爷说，没事儿。吃罢早饭后，你爷爷洗了个热水澡。然后，让你奶奶给他刮眼睫毛，又让你奶奶给他剪手指甲和脚指甲。休息了一会儿后，你爷爷就带上你给他买的中华烟，挨家挨户地走了一趟。大家都说，这真是稀奇啊，二爷从来不串门，这是太阳从西面出来了，家家户户都高兴得不得了。你爷爷和每家每户都说的是同样一句话，就是我来看看大家，希望你们都好好过好自己的小日子。大家听了都说，请二爷放心，您也照顾好自己的身体，好好享自己的清福。你爷爷每家每户只停留两三分钟，发一圈烟就告辞。"

小爹接着说："我昨天是心里非常难受，才想到要回来的，刚好碰到你也在。昨天你走后，我让几个同学过来陪你爷爷奶奶一起吃晚饭。你爷爷奶奶都还喝了二两白酒，酒是你过年给爷爷奶奶买的茅台酒，一直没舍得喝。晚上十点钟，我说时间也不早了，准备回去。你爷爷说不能走，有事要告诉我。你爷爷就给我讲家史，把整个家族的来龙去脉统统讲了一遍。你爷爷说，这些很早就给佳伦讲过，但没有给我和你父亲讲过。最后，他专门叮嘱，让我今后不准再给你找任何麻烦，尽量不要找你办任何事。爷爷为什么这样说呢？这是因为我们这个家，全是靠佳伦你撑起来的。现在整个蔡营谁都比不过我们这个家，全是托你的福。爷爷要我告诉亲朋好友们，今后尽量不要再找佳伦麻烦了。让你清静清静，干点儿自己想干的事。而且反复讲这个事。十二点的时候，我跟你爷爷说，你早点休息吧，我也该回去了，明天早上还有事。你爷爷说，今天你就不要走了，就在老屋里住，天亮了肯定还有很多事要办。我当时也没在意，就说那好吧，我就在这儿睡，天亮了再走。结果，你爷爷说，好难受呀！我就赶紧问咋回事儿，你爷爷说胸口闷疼闷疼的。我就立即给村医胡俩娃打电话，胡俩娃骑着自行车几分钟就到了。等检查后，刚把吊瓶给你爷爷挂上，你爷爷头一歪就躺到我怀里走了。我赶紧喊人处理眼前的事情。一直忙到凌晨四点，才第一个给你打的电话。"

奶奶对佳伦说："佳伦，你爷爷早就算到他这一天要走。他很早就跟我说过，但我怎么可能相信呢？你爷爷大概是七十五岁的时候就跟我说，你太爷是一九五八年阴历六月初十，七十三岁走的。他说自己八十岁时，会在阴历六月十一走。我还说他胡说八道，不要乱说。现在想想，真是奇怪，他跟神仙一样，早就算好了，你说稀奇不稀奇？不过，他也算没有什么遗憾的了，这一大家子几十口人，儿孙满堂，红红火火，个个都混得不错，他已经很满足了。你也不要太伤心，人生七十古来稀，他活了八十岁，也算高寿了，可以说福寿双全，满足了。佳伦，你千万要把自己的身体弄好，你身体好，奶奶我才高兴。"

"奶奶你休息，我去和客人们打个招呼。"佳伦说。

汪佳伦一直在蔡营帮着处理爷爷的后事。爷爷的送葬队伍一千多人排了几里，入土安葬时天公垂泪，江水呜咽。

按蔡营的习俗，要给爷爷"烧五七"。所谓"烧五七"，就是根据老人去世的时刻，加以天干地支算出来的时辰，再进行七天一周期的跪拜悼念，共计五个七天。头七那天，汪佳伦和家人及亲朋一起来到爷爷墓地，发现爷爷喂养了十二年的狗狗"汪汪"死在坟堆旁。

奶奶对佳伦说："你爷爷走后，狗狗'汪汪'难过地趴在棺木旁不停抽泣，浑身颤抖，发出呜咽声。有时还用两个爪子抱住棺木不撒手。它双眼通红，流着眼泪，不吃不喝，默默望着参加葬礼的人群。你爷爷入土了以后，它就趴在坟头一动不动。把它弄回来后，它悄悄又跑回坟头卧着。最后越来越没有精神，喂它东西也不吃，估计是昨天夜里随你爷爷走了。"

家人们给狗狗"汪汪"做了个小木盒放进去，把它葬在爷爷坟旁。

万物皆有灵。看到狗狗"汪汪"绝食而死，汪佳伦更加悲伤，也更加怀念爷爷。

八月二十三日上午十点，汪佳伦接到向阳市运动协会的电话通知，要他立即赶到市说唱团团长华歌的办公室开会。到后方知，原来是准备承接中国国际乒乓球擂台赛。

半个月前，汪佳伦就听说了。当时有人以向阳市老年运动协会的名义找汪佳伦赞助。汪佳伦答应了，但后来又没了消息。

汪佳伦赶到之前，市运动协会的领导们已经秘密召开会议，反复讨论赛事的筹备。但是，班子成员中没有人愿意牵头。实在没有办法了，才临时通知汪佳伦来参会，就是希望他能来救场。

市运动协会的领导班子成员，绝大多数都是有职有权的市直各部办委局的领导，还有市级国有大型企业的厂长、总经理等。可是，为什么没有人愿意牵头呢？汪佳伦心里非常清楚。因为打交道多了，汪佳伦知道，这一帮人的行事风格是"喊起口号猛如虎，一看操作原地杵"；说大话一个比一个牛气冲天，但干起事来就像巨婴，只会摇唇鼓舌，百干百不成，满嘴跑火车。

汪佳伦到会后，在场的领导都说自己本来愿意牵头承担这个事，就是太忙，抽不开身，自己可以出人、出钱、出物，就是亲自搞不行。汪佳伦不吭声，看着他们一个个表演。一圈人表演完后，让汪佳伦表态。汪佳伦说："既然大家都愿意搞，那就选一个人，牺牲一点单位上的事就行了呗，我负责赞助一部分钱。"

结果，没有一个人敢表态。尴尬冷场中，华歌说："我看大家都别装了，锅台上跑马，能兜多大的圈子？这个事儿，只有佳伦老总拿得下来，我们到时候都出把力，你们说好不好？"

大家都鼓掌表示赞同。

汪佳伦说："既然大家都要我来牵这个头，搞这个事，首先感谢大家的信任。但我要说明的是，这个事情绝不是一般的小事，它牵涉比赛的场馆、行政接待、安全保卫、外事联络、对外宣传等，事无巨细。一个小小的闪失，就将是难以承担的重大政治责任。至于一百多万元的费用，这都是小事。关键一点就是必须确保零失误。我建议，大家必须明确严格的分工。先前要支付的三十万元预付款，我先拿出来。希望大家齐心协力，有人出人，有力出力，有物出物，有钱出钱。我们今天在这儿就板上钉钉，把话说死，不要前头说好，后头挠手，说话不算话。到时候把我卖了是小事，耽误了比赛可是不得了的大事，谁都负不起这个责任。我可以流汗流泪流血，但绝不能留遗憾！"

鼓掌之后，大家纷纷表态，自己可以拉多少赞助，所有赞助到时都由市运动协会交给汪佳伦。会议就这样结束了。

八月二十六日下午，北京运动协会的领导抵达向阳考察，选定向阳铁路分局火车头体育馆作为比赛场地。接着，甲方北京运动协会、乙方向阳市运动协会、承办方向阳微观实业集团有限责任公司，三方代表在向阳长虹大酒店举行签约仪式。按照合同约定，承办方代表汪佳伦把三十万元首付款转账支票交给了甲方代表。

九月三日，市运动协会在南湖宾馆召开新闻发布会。汪佳伦接受了全国多家新闻媒体的采访。新华社、《人民日报》、中央电视台、《江北日报》《向阳日报》等多家媒体，向全世界发布了中国国际乒乓球擂台赛将于二〇〇一年九月十五日在江北省向阳市举行的消息。本次比赛是经国家有关方面批准，在向阳市举行的首届国际赛事。届时，世界乒乓球运动史上首位"大满贯"获得者瑞典选手瓦尔德内尔，以及李楠等数名国际、国内乒坛顶尖高手将上场献艺，央视将进行现场直播。

这场重大国际赛事留给汪佳伦的准备时间只有短短十二天，而需要完成的工作却头绪繁多。向阳铁路体育馆的许多硬件都不符合国际乒乓球比赛和央视现场直播要求，需要进行全面改造。场馆内墙壁破旧，需要重新修补粉刷；窗户玻璃破损严重，要全部重新补装；灯光亮度不够，要从沈阳购买全套灯具，空运到向阳，并请专业人员安装；原有电线线径过细，承受不了大负荷，需要重新架设双回路电线；体育馆只有二千五百个座位，需要增加座位一千五百个，才能满足容纳四千人的最低要求；木地板也要重新铺设，必须按比赛要求贴上胶皮，等等。

工作中还遇到很多问题需要解决，实在是没办法了，汪佳伦找市运动协会领导帮忙，但所有人都异口同声地说，正在全力帮汪佳伦拉赞助，其他事就顾不过来了，要汪佳伦自己想办法。他只好咬紧牙关，打落牙齿往肚里咽，出高价花钱找专业公司的人帮忙。从宣传册、各种条幅、座次安排、参赛人员海报、领导讲话、比赛头尾插播向阳宣传片等，列出详细清单，交由印刷厂和专业公司按规格尺寸印刷、定制。

汪佳伦调动一切力量，全力以赴，日夜抢时施工，环环紧扣，忙得连喘气的机会都没有。他二十四小时吃住都在体育馆，每天只在长条凳上休息三个小时左右。

新闻发布会后的第三天，向阳诸葛酒厂的厂长牛二虎找到汪佳伦，要求冠名擂台赛。

牛二虎原是一个山区县的乡党委书记，调到副县级的向阳诸葛酒厂任厂长、党委书记后，找汪佳伦帮忙解决过很多问题，比如，他姨妹的工作调动，亲侄女的工作安排等，与汪佳伦关系一直不错。

诸葛酒厂曾被税务部门查处，要求限期补缴八千余万元税款。牛二虎找市、区领导，无人帮忙解决，企业处于半停产状态。牛二虎又找到上级单位汉江实业公司汇报，想转嫁矛盾甩掉包袱，提议将诸葛酒厂转卖。他找到汪佳伦帮忙，汪佳伦分析后，就和汉江实业公司、诸葛酒厂签订协议，由汪佳伦的向阳微观实业集团承担所有债务，包括所欠税款八千余万元、银行贷款六千余万元及利息，并出资二百万元现金收购向阳诸葛酒厂。汪佳伦私下又与牛二虎约定，给牛二虎百分之三十股份，继续担任厂长。

汪佳伦就找市委书记和分管工业的副市长出面，首先解决了暂缓补缴税款的问题。正当汪佳伦派人清点实物，准备接手诸葛酒厂时，牛二虎又起了新心思。他看到厂里暂时没有了负担，就想自己单独干，最后与汉江实业公司单方面撕毁合同，理由是汉江实业公司属军工企业，部队不许转让资产。汪佳伦一时无语，只是心里明白自己被算计了，那就让他们背信弃义，瞎折腾去吧。

现在牛二虎又找上门来，要赞助冠名。汪佳伦本不想理他，但牛二虎直接把打印好的协议拿出来，让汪佳伦签字。原来市老年运动协会也找过牛二虎赞助，老年运动协会起草的协议，内容就是向阳诸葛酒厂提供价值一百万元的八号三国义酒作为冠名赞助费。擂台赛冠名"向阳义酒杯"，同时要求给诸葛酒厂一千张门票，场内挂十条酒厂的宣传条幅，四条主干道上挂一百条宣传三国义酒的横幅等。

汪佳伦实在没有时间拉赞助，他当场就与牛二虎签订了合同。合同要求诸葛酒厂在赛后一个月之内，将价值一百万元的八号三国义酒送到汪佳伦指定的地点。

向阳四中办公室主任东方语打电话找汪佳伦，说学校想要五十张擂台赛门票，让老师和爱好打乒乓球的同学们现场观赛。汪佳伦满口答应，免费提供。

向阳四中校长李贵仁得知汪佳伦正在找市外事局的翻译，为瓦尔德内尔和欧洲女子单打冠军玛丽·斯文森作现场翻译。同为楚天师范学院校友的李校长，电话找到汪佳伦说，最好让向阳四中的英语老师当现场翻译，以便提高向阳四中的知名度，增强全校师生的荣誉感。他还打算让全校师生在教室观看现场直播。汪佳伦毫不犹豫满口答应了。

李校长说："非常感谢，我们四中也准备赞助十五万元。因为这是向阳市第一次由央视向全世界现场直播，很不容易，我们出点力，也是应该的，何况你老弟给了我这么大的面子，我必须有所表示，心里才踏实。"

汪佳伦当即表示感谢。

国际比赛的日子越来越近，一件件意想不到的事接踵而至。

九月十二日凌晨四点半，汪佳伦好几天来第一次回家，刚洗完澡睡到床上，床头的电话就响了。汪佳伦一接电话，吓了一大跳。现场负责人说，沈阳安装灯具的师傅触电了，还挂在房梁上。汪佳伦异常冷静地叮嘱说："关掉电闸，立即叫120救护车，我马上就到。"

汪佳伦到达现场时，120救护车也到了。触电的师傅还吊在半空中。汪佳伦亲自爬上去，把触电的师傅卸了下来，迅速抬上救护车，送到最近的市中医医院抢救。汪佳伦安排好现场后，立即赶到市中医医院。经全力抢救，师傅脱离了生命危险，但是双手留下了残疾。

为了确保安全，也担心引发舆情，影响赛事顺利进行，汪佳伦当即与在现场施工的厂家负责人沟通，并与在沈阳的厂长电话商议，安排救护车把伤者送往天河机场，乘飞机返回沈阳治疗，所有费用由汪佳伦负责。

比赛直播调试阶段，央视派来的卫星直播车通信设备竟然出现技术问题，电视画面与现场不同步，有时电视有画面无声音，有时有声音无画面。汪佳伦急坏了，赶紧给市运动协会主席贾达标打电话，让他想办法。贾达标告诉汪佳伦，他和市电视台台长关系很好，马上请他们派人办好。结果等了两个小时，贾达标打电话给汪佳伦说，他还在向阳电视台台长办公室，台长同意派人和设备到现场，但必须先交六至十万元才行。汪佳伦立即挂断电话，直接打电话给向阳有线电视台台长游水深，请他火速派人带上设备来抢修。游水深台长亲自带队及时排除了故障，并安排专人住在现场，确保现场直播信号的畅通。

紧接着又出现了戏剧性的一幕，差点使大赛化为泡影。

按照合同约定，二〇〇一年九月十三日，"乒坛常青树"瓦尔德内尔从瑞典斯德哥尔摩飞到德国法兰克福，再转机飞往北京。十四日中午，老瓦抵达北京后，发现两袋行李只随机托运来了一袋，而未被运到的那一袋里，恰巧有他的运动服、球拍和特制胶皮。

老瓦焦急万分，一个乒乓球运动员没有球拍，就跟战士没有枪一样，是不能上战场的。即使换上一副新的球拍也会差之毫厘，失之千里。新球拍的胶皮海绵与运动员长期使用的球拍在感觉上有差别，这种差别很可能导致比赛的失败。这样的例子不胜枚举。到底参不参加这场国际擂台赛，老瓦犹豫了。

汪佳伦得知这一消息，差点气晕了。他立即打电话，请人转告瓦尔德内尔，五百八十万向阳人民都在热切期盼着他的到来。向阳方面愿意在北京为老瓦购买最好的球拍及器材，所需费用统统由承办方出资，向阳人说到做到。

汪佳伦委托北京运动协会为老瓦购买了一套与他专用球拍一模一样的球拍和胶皮、海绵、胶水，以及他喜欢穿的比赛服、鞋子。老瓦被向阳人的诚意感动了，尽管知道肯定影响比赛成绩，但他仍然答应用新购买的球拍到向阳参赛。老瓦在机场简单用餐后，当天下午就乘机直飞临江天河机场。

二〇〇一年九月十四日，向阳市运动协会副主席汪佳伦，通过市委书记钱进亲自指派一名市公安局副局长，负责十五日擂台赛的安保工作，并安排了三百名公安交警、巡警负责十五日比赛道路的畅通和场地的安全；安排卫生部门负责出动救护车和医务人员现场待命，消防部门派出两辆消防车停在铁路体育馆附近，随时准备执行任务。

准备工作全部安排好后，汪佳伦等人赶到天河机场，迎接瓦尔德内尔、玛丽·斯文森、单明杰、李楠和同机到达的北京运动协会的领导及工作人员等。按原计划，选手们下午五点到达天河机场后，再乘坐六点二十分的临江至向阳的火车，九点五十分到达向阳。

由于飞机晚点，计划被打乱，火车没赶上，汪佳伦立即找到省财政厅，借了一辆豪华空调面包车，载着比赛选手和北京运动协会的工作人员，晚上八点出发，经过六个多小时抵达向阳梦乐湖大酒店。

车子到达向阳，已是十五日半夜两点半，瓦尔德内尔一下汽车，就被一群乒乓球迷包围了。他们有的拿出乒乓球拍、笔记本，有的脱掉文化衫，纷纷要求老瓦签名。还有的与老瓦拍照留影，老瓦不顾疲劳，微笑着一一满足了球迷的要求。

汪佳伦却悄悄赶到了铁路体育馆。此时的铁路体育馆已焕然一新，墙壁粉刷得整洁干净，按照直播要求，配齐了灯光，馆内显得亮亮堂堂；地上铺着枣红色的塑胶地板，中央摆放着一张崭新的"双鱼牌"乒乓球台。体育馆南面设置了一个领奖台，台子后面墙壁上挂着一幅巨大的喷绘背景图，上面写着"向阳义酒杯"中国国际乒乓球擂台赛一行大字。瓦尔德内尔等四人的照片悬挂在南面墙壁上，光芒四射。

"向阳义酒杯"中国国际乒乓球擂台赛于二〇〇一年九月十五日下午三点正式开赛。

首先由瓦尔德内尔对战中国十八岁的小将单明杰。首局一开始，瓦尔德内尔以七比二领先，而单明杰靠发球将比分追平，并打出高潮，以二十一比十六先下一局。第二局，单明杰又以正反弧圈球的高质量球技一路领先，以二十一比十三再胜一局。连负两局的瓦尔德内尔第三局加强反攻，最终告负。单明杰连下三局，击败了瓦尔德内尔。

女子比赛中，天津小将李楠以三比二击败瑞典头号选手玛丽·斯文森。

赛后，老瓦、玛丽·斯文森等与向阳市的四位乒乓球爱好者进行了友谊比赛。

精彩的表演赛，将此次擂台赛推向了一个新高潮，场内热烈掌声、喝彩声此起彼伏，观众体会到了一场真正的快乐乒乓球赛。

向全球现场直播的这场国际乒乓球擂台赛，为向阳这座古老悠久的历史文化名城增添了新的光彩。比赛结束后，与央视体育解说主持人一起坐在直播台观看直播效果的汪佳伦，站在体育馆门口，与领导、观众一一握手，欢送大家高兴离场。

人走完以后，汪佳伦一屁股坐在地上，放声大哭。这场赛事他付出了太多，所有的辛酸一起涌上心头，像大海的波涛一样汹涌翻滚。这时，梦乐湖大酒店正在举行庆祝晚宴，副市长打电话给汪佳伦，让他上台讲几句话，马上开席。汪佳伦说："我就不讲话了，你们先开席。我还在体育馆，一会儿到。"

汪佳伦瘫坐在地上，喊司机拉自己起来，他自己站不起来了。他拖着疲惫的身体，回家吃了一口饭，带着女儿赶到了梦乐湖大酒店。这时，欢庆宴会已接近尾声。他和女儿直接到十三号别墅，见了瓦尔德内尔和玛丽·斯文森，以及其他运动员、工作人员。女儿小清用英语和他们对话，充当了汪佳伦的临时翻译。汪佳伦提议一起照张相，特别是和女儿小清合个影，老瓦、玛丽·斯文森非常愉快地和他们父女一一合影留念。汪佳伦把第二天欢送各位运动员及其他人员的事情安排好后，才和女儿一起回家休息。

赛事工作结束后的第四天，汪佳伦打电话给市运动协会主席贾达标，报告这场赛事所有费用共花掉了二百二十三万元。这还不包括被电击伤尚在住院治疗的沈阳安装工人后续的费用。目前，自己拉到的赞助主要有两笔，一是诸葛酒厂擂台赛冠名的价值一百万元的八号三国义酒，二是向阳四中十五万元友情赞助。希望其他领导将各自的赞助费统计一下，及时兑现先前的承诺。贾达标在电话中说，没问题，马上落实。

最后的结果是，贾达标找到汪佳伦，拿出了近十万元账单，包括新闻发布会后，市运动协会领导和工作人员在梦乐湖大酒店吃喝住的费用，比赛期间运动员、工作人员的住宿、招待、电话费用等，要汪佳伦报销。

汪佳伦说："梦乐湖大酒店是你拉的赞助，比赛场馆也给他打了广告，还给了他们那么多门票。当时你不是说在梦乐湖的一切活动都免费吗？现在怎么又要收费了呢？"

贾达标说："算了，惹不起他们，他们现在耍不要脸，跑到我办公室要钱，影响很不好。你给他们报了算了，我今后从其他方面给你弥补。"

汪佳伦说："我吃点亏不要紧，我也不要你今后从其他方面给我补，账我给你结了。你和其他几个副主席还有秘书长收的赞助费，尽快给我个明白账，大家在一起开个会，把这个事了了就行了。"

"放心，放心，马上我来办。"贾达标说。

汪佳伦当即让公司财务给他把近十万元的费用结了。

十一月十二日，向阳诸葛酒厂把价值一百万元的八号三国义酒送到了汪佳伦指定的仓库。当天下午五点半，向阳诸葛酒厂副厂长陈实找到汪佳伦，悄悄告诉了他一个秘密。

陈实说："鬼娃子，牛二虎简直就不是个人，你对他那么好，帮他办了那么多事，可他这次算是把你害苦了。"

汪佳伦说："陈厂长，这话是啥意思？"

"你不要跟任何人说是我对你说的，心里明白就行了。他这次给你的八号三国义酒，根本不是三十六元一瓶的正宗八号三国义酒，而是用八号三国义酒的包装，灌装的是六元钱一斤的散装酒。外行的人根本看不出来，只有喝了以后才能品得出来。"

"他怎么能搞这样的缺德事？"汪佳伦反问道。

陈实说："这个王八蛋什么亏良心的事都做得出来。他把原配一脚蹬了，搞了个小媳妇还不满足，身边还有好几个情人。这都还无所谓，关键是他还把我们厂比他还大几岁，已经五十多了的会计师搞了，真是要遭天谴的货！"

"那怎么可能？"汪佳伦说。

"老弟，我要说了一句假话，雷打火烧。"陈实发毒誓。

汪佳伦说："谢谢老兄的信任，我会保密，也会把事情处理好的，谢谢！"

第二天，汪佳伦找到自己的文友，《向阳日报》名记者董有生,让他以采访的名义,顺便把诸葛酒厂赞助乒乓球擂台赛的价值一百万元的三国义酒调查清楚。董有生通过内线,当天下午就把证据拿到手,交给汪佳伦,事实与陈实副厂长说的一模一样。

人的眼睛是黑的,心是红的,但眼睛一红,心就黑了。汪佳伦权衡再三,决定把苦水咽进肚里,并作出了一个让许多人都意想不到的决定。他让公司办公室主任和报社记者董有生一起,联系下面县里信誉比较好的酒店,把诸葛酒厂赞助的所谓一百万元的三国义酒免费分发给选中的酒店,由酒店再免费供应给在其酒店包席的基层客户,并要求做好详细记录,以待查验。

毕竟只是六元钱一瓶的酒,而不是真正的三十六元一瓶的义酒,是能喝的真酒,不是致人伤残的假酒,无非品质差些、价格低些,下面县里酒店包席用也过得去。

在成年人的世界里,绝交都是安静的。市运动协会主席贾达标,副主席、市财政局副局长刘双木,市运动协会秘书长、向阳海关副关长范见,副主席、国有大型工厂厂长马小溪等所有人,没有给汪佳伦一分钱赞助款。汪佳伦知道他们都收了不少赞助,因为很多给了赞助的单位和个人,都给汪佳伦打过电话说了。从此以后,汪佳伦再也没有过问过这个事,也不再和这些人往来。他想,有的人啊真像甘蔗,一开始好像巨甜,后来真渣。世界上有两种东西不能直视,一个是太阳,一个是人心。太阳看久了,你承受不起;人心看透了,能吓死你。

时光匆匆，桌上的日历本转眼就翻到了二〇〇二年。

对过去慢煮光阴所经历的寒冰薄凉，得失哭笑，沧桑浓情，汪佳伦统统让它随风而去，不再伤春悲秋，一切安之若素。凝眸雪花送走了冬天，风儿摇曳着花枝，聆听春天的呢喃，汪佳伦在安稳中感受着人间的冷暖。

"人间最美四月天。"汪佳伦想到林徽因的诗句，读着女儿小清获得全市小学生作文大赛一等奖，刊发在《向阳晚报》上的小文，会心地笑了。

我的心愿

向阳市孔明学校五（一）班 汪小清

"小清，乖乖，起床了！"每天我总是在闹钟响了无数遍后，再由爸爸喊醒的。为什么？因为我睡眠不足呗！

下面为你介绍一下我的一天：早上六点十分起床，刷牙、洗脸、梳头、吃饭后，飞奔去学校，迷迷糊糊地上完第一节早自习，又慌慌张张地交作业、收作业……就这样过了三节课，最后一节课，肚子闹起了"空城计"，咕噜咕噜地抱怨着。唉，没办法，"老兄"，你就将就将就吧！

下午的四节课更难熬，一会儿 ABCD，一会儿之乎者也，一会儿又是 $\pi \approx 3.14$。哎哟，我要上厕所，肚子憋得受不了啦，可即使这样，课间十分钟也常常被老师占用。

放学回家,马马虎虎吃一点儿立即投入战斗——做作业。各科老师都是自私的"家伙",只顾自个儿布置多多的作业,根本不管学生累不累。唉,这就是学生的命,老师布置了,你就拼命三郎般地做呗!我也想抗争一次,不做作业,可一想到将面临严厉的处罚,就退却了。到了晚上十点多钟,还要复习、预习,十一点才能睡觉,你说,我受得了吗?

我要睡觉!我要上美术课、电脑课,我要自由!

各位亲爱的老师,请您高抬贵手,放我们一马吧!少布置一点儿作业不会损失什么!相反换来的却是学生们灿烂的微笑,换来的是对您更多的崇敬和热爱;换来的是一份轻松、愉悦的心情啊!如果您再一意孤行,我也没有办法,但我要告诉您的是:当您来上课的时候,您看到的不是一个个朝气蓬勃、充满活力的学生,而是一个个萎靡不振,好像一株株被折磨得快要枯萎的花朵。您就少布置点作业吧!哪怕就少那么一丁点儿!

这就是我的心愿!

汪佳伦忽然想到,四月十九日是女儿十二岁的生日。十二岁是小孩结束童年,进入少年的转折点。十二岁也是所谓本命年,表示一个新的开始。汪佳伦计划安排四桌饭,女儿的同学一桌,自己的家人三桌。

最后考虑，女儿失去了妈妈，必须让女儿体会到如山般厚重的父爱，增强她的自信心，树立正确的人生观。于是，汪佳伦又专门请了文化艺术界的朋友们，一共准备了五十桌。没有想到的是，很多没有请，但听说了的老朋友、老领导、老同学、老部下都来到生日宴的举办地——向阳铁路大酒店。最后，酒店二楼大宴会厅的过道甚至音乐播放室都腾出来，也只能容纳六十余桌。实在没有办法，只好安排没坐上桌的客人到隔壁酒店吃饭。

生日宴会由汪佳伦大学同学东方语主持。他作为向阳市演讲协会的会长，现场讲了"木字人生"。向阳市书法家协会主席现场献上了墨宝，市作家协会主席上台朗诵了诗歌，原市委书记、省政协副主席兼省书协主席杨文风派秘书专程送来书法作品："时光容易把人抛，红了樱桃，绿了芭蕉。"

女儿小清用中英文双语背诵了自己写的生日感言，汪佳伦听着，心都被融化了。生日宴会掌声雷动，经久不息，大家纷纷合影留念。

宴会上，省政协副主席杨文风的秘书交给汪佳伦一封杨副主席的信，信中说："佳伦，你是向阳市的政协常委兼经济委员会副主任，特邀请你参加由我带队的江北省政协赴南北美洲为期十三天的学习考察代表团。"信中还介绍，主要是到加拿大、墨西哥，回程顺便考察韩国，请汪佳伦先准备，随后会把相关要求发过来。

看完信，汪佳伦有些为难。五月初，他要随向阳市政协主席苏国栋为团长的向阳市政协代表团，访问澳大利亚、新西兰、新加坡三国和中国香港、澳门地区。最终，汪佳伦还是答应了杨文风副主席，随代表团出访北美和南美洲。

四月二十三日，汪佳伦接到向阳海关办公室副主任的电话："我们向阳海关原关长调到省城临江海关当中层干部去了，新来的关长听说你原来想租我们海关大厦办公，非常重视，要我立即邀请你们公司商谈租房事宜。电梯由我们海关马上安装，你们只需装修办公场地。"

流水不争先，争的是滔滔不绝。汪佳伦爽快地说："谢谢！我让办公室主任直接找你商谈，他全权代表我。"

汪佳伦在五月初出国之前，与向阳海关签订了租房合同。同时，安排神农建安集团装修，要求十月份完工入住。

二〇〇二年五月七日，汪佳伦随向阳市政协代表团抵达澳大利亚。沐浴着阳光和新鲜的空气，他们一行人就感觉缓解了长途跋涉的疲劳。汽车行驶在宽阔的路面上，路旁无垠的草地上牛羊成群，国宝考拉憨态可掬，莹莹蓝天飘荡着悠悠白云。代表团先后访问了堪培拉、墨尔本、黄金海岸和悉尼。

对于坐落于海边的悉尼歌剧院，大家更是流连忘返，赞不绝口。远远望去，悉尼歌剧院就像三五片雕嵌精致的巨大贝壳，犹如即将乘风出海的白色风帆，满载所有人的音乐梦想，面朝日月星辰，正要驶向碧绿的海洋。人们知道它是悉尼艺术文化的殿堂，却不知道它更是悉尼永恒不朽的灵魂。无数个日日夜夜里，它都仿佛是一尊伟岸的守护神般屹立着，静默地守望着这座梦幻的城市。晚上回到宾馆，汪佳伦写下了《咏悉尼歌剧院》："碧海蓝天起风帆，贝壳巧组呈大观。海水揉弦沙鸥舞，世人心底乐翻天。"

随后，汪佳伦随代表团又飞到只有四百五十万人口的畜牧业国家新西兰，先后访问了惠灵顿和奥克兰、哈密尔顿。回程中，代表团又访问了新加坡和中国香港、澳门地区，五月底才回到了向阳。

二〇〇二年十月十五日，经过增资扩股的向阳微观实业集团有限公司，喜迁向阳海关大厦第九、十两层办公。汪佳伦在办公室对面的墙壁上，拟出了一副联语，邀请向阳市书法家协会主席书写和装裱，表达自己对人生真谛的领悟，也作为对自己的提醒。横联是：顺逆一视，欣戚两忘。上下联是：行止无愧天地，是非有仰春秋。

汪佳伦随江北省政协副主席杨文风考察访问加拿大、墨西哥、韩国一事，政审、体检和办理签证后，原计划十月份出行，因故推迟。十二月一日，汪佳伦接到通知，代表团计划于十二月五日从北京出境访问。

第八章 『地震』余波

第八章 "地震"余波

北京的初冬，草木枯黄，庄严静谧。道路两旁满树的霜花，似凝结南归的雁泪，晶莹剔透。寒风打疼了枝头那几片倔强的枯叶，瘦削的树干伸向广阔的苍穹，清癯而更见风骨。大自然褪去了光怪陆离的色彩，以圣洁的姿态向人们展示着本色，坦坦荡荡。

汪佳伦随江北省政协代表团于二○○二年十二月五日晚，从北京飞行十二个小时，次日早上八点半抵达加拿大多伦多，入住希尔顿大酒店。汪佳伦刚洗漱完毕，躺在床上打开电视，忽然接到国内的电话。打来电话的是向阳市地市合并后的第一任市委书记，后担任江北省副省长、省政协常务副主席，现已离休回到向阳颐养天年的常爱民。

"佳伦，你在干啥？"常副省长问。

"常省长好，我刚到加拿大多伦多。"汪佳伦回答说。

"终于成行了！加拿大现在是什么时间？"

"是的，一波三折终于成行了，现在是加拿大时间晚上快十点了，省长有什么指示吗？"

"是这样的，钱进同志被双规了。"

"啥时候的事？"

"原计划刚到向阳任代市长的郑明明同志今天上午九点半来看我，结果刚刚他打来电话说暂时来不了了。九点钟的时候，省纪委的同志宣布对市委书记钱进同志双规，并带走了。郑明明同志现正在召开市委常委会，传达省委领导同志的指示精神，他改天再来看我。"

"谢谢常省长,我回国后专门去看您!"

"你在国外要注意安全!"

"谢谢省长,谢谢!"

放下电话,汪佳伦思绪万千。后来,他敲开了省政协副主席杨文风的房门。

"佳伦,快进来坐,我现在一点儿睡意也没有,你感觉怎么样?"杨副主席问。

"杨主席,主要是时差还没倒过来,我也是没有睡意。我告诉您一个爆炸性消息。"

"什么爆炸性消息?快说我听。"

"您的接班人,钱进书记被双规了。"

"真的假的?你听谁说的?"

"百分之百。"

这时,杨文风副主席拿出放在黑色提包里的电话本说:"来,你打这个电话,打通后,我来讲话。"

汪佳伦拨通电话后,把手机递给杨副主席。

"高升,你在干啥?"杨副主席问。

"你是谁?"江北省委副秘书长兼政研室主任高升反问。

"我杨文风。"

"哦,老领导,我正在办公室修改个材料。杨主席,您指示!"

"问你个事儿,向阳的钱进双规了?"

"没听说啊!"

"哦，我现在加拿大访问，回国后我们再联系。"

"好，杨主席，您多保重！"

"佳伦，你再拨个电话。"杨副主席说。

汪佳伦按要求又拨通了一个电话，对方依然说不知道。

这时，杨文风说："佳伦，省委副秘书长可是天天和省委书记在一起，他都不知道。另一个副省长也不知道，你这个消息到底是从哪儿蹦出来的？"

"反正是真事儿，消息来源我目前不能告诉您。"

"你今天必须告诉我，否则我跟你翻脸，简直是坏我的心情。"

"哎呀，真是没办法。常爱民省长刚刚打电话告诉我的。"汪佳伦说。

"那你把电话拨通，我和常省长通个电话。"

汪佳伦打通常爱民副省长的座机："常省长，我现在和文风书记在一起，他想和您讲个话。"

"好，你让他接电话。"

"常书记，我文风，您身体还好啊，祝您在向阳玩得开心愉快。刚才听佳伦说钱进被双规了？"

"是的，今天上午九点钟宣布的，已经带走了。"

"鞋子终于落地了。"

"情况复杂，静观其变，不便多讲，回来再叙。"

"谢谢老领导教诲，回去后我专门到向阳去看望您。好，再见。"

杨文风副主席放下手机，一把拉起汪佳伦的手，在宽大的套间会客厅里连转了几圈儿，嘴里哼着苏联歌曲……

杨文风副主席说："一般来说，纪检监察机关只有在掌握了确切证据后，经党组织研究决定，才会对所涉案件的当事人实行双规。一双规，基本就完蛋了。像钱进，没有省委书记点头，谁动得了他？他这一双规，肯定要坐牢，谁也救不了他。"

汪佳伦不吭声。回到自己的房间，心情久久不能平静。

第二天早餐后，导游首先让代表团观赏多伦多的美景。

枫树是加拿大的国树。长期以来，加拿大人民对枫叶有着深厚的感情，国旗正中绘有一片红色的枫叶，枫叶成了加拿大的象征。严冬下的多伦多，大部分枫叶已经静静地铺满大地，仍有不断飘落的枫叶在翩翩起舞，一碰就变得细碎，仿佛听得见轻微骨折的声音，孤苦伶仃的残花在微微叹息。唐朝诗人杜牧"停车坐爱枫林晚，霜叶红于二月花"的诗句，让汪佳伦思绪飞扬。他无心留恋加拿大的美景，心中总想着钱进书记双规的事。

多伦多是加拿大最大的城市，也是经济龙头，全国五家大银行有四家总部设在这里。其中，中央皇家银行总部大楼外层用七十公斤黄金镀过，显得金碧辉煌。但整个城市给人感觉像郊区一样陈旧，低矮松散，人气寥落，生意萧条。

随后几天，代表团先后访问了蒙特利尔和温哥华，最后又参观了尼亚加拉大瀑布。在蒙特利尔，代表团专门参观了曾经创造了三个"世界之最"的奥运会主会场。这三个"世界之最"，一是亏损最多；二是东道主唯一没有拿到金牌；三是贪腐严重，工程款被腐败分子贪掉了，主会场在奥运会举办后十年才竣工。

从温哥华去尼亚加拉大瀑布的路上，乌云密布，阴风阵阵，漫天飞雪与代表团相伴。一下车，汪佳伦就听到了瀑布跌落在峡谷的轰鸣之声。"轰鸣之声"正是三百年前印第安人为这个瀑布所起的名称，音译就是"尼亚加拉"。尼亚加拉由三段瀑布组成，最宽的一段叫"马蹄形"，有七百六十米宽，五十七米高；其次叫"美国"，有三百三十米宽，二十一至三十五米高；最短的一段叫"新娘婚纱"，只有十五米宽，二十九米高。尼亚加拉瀑布最大的特点是水的流量大，其壮观景象为世界之最。汪佳伦出访美国时，曾经站在美国的国土上近距离感受过尼亚加拉大瀑布，现在在加拿大的国土上走近尼亚加拉大瀑布，感觉又有不同。它上游有美国和加拿大边界的四个大湖泊，磅礴的水流倾泻而下，轰鸣咆哮激起腾空水雾，遮天盖地。

突然，太阳又出来了，阳光照射在瀑布激起的水雾上，美丽的彩虹随之浮现，水鸥扑棱着弯曲的翅膀，在惊涛骇浪上欢快地飞舞。

一路上大家接听的电话，大都是关于向阳市委书记钱进被双规的话题。代表团团长、江北省政协副主席杨文风面对美景，咏成了一首《观瀑有感》，让汪佳伦欣赏。诗中有几句是："你在悲切，本来在天堂，多么显赫，瞬间跌落到地狱，身败名裂。"汪佳伦认为立意很好，但太直白，建议改为："瀑布从高空跌落，显得神采飞扬；人从高位跌落，顿感黯然神伤。"杨文风副主席连声称赞："好！

好！好！"

回到宾馆，汪佳伦也写了一首《尼亚加拉大瀑布写意》："天人执手倾沧海，珠堆玉砌扑面来。满眼虹霓诗词赋，骚客丽人齐咏拜。"

墨西哥城是世界著名的壁画之都，却显得破旧脏乱。乞丐在街头表演着各种杂耍技艺，山上的一座座贫民居就像中国南方的坟茔。社会治安也糟糕，听说西班牙大使到机场迎接国王出访，半路上被匪徒洗劫一空。

中国大使意味深长地向代表团介绍："在国内，有些人看到一些消极现象就发牢骚，有意见。其实，从宏观上看中国，从世界角度看中国，中国的发展让世人瞩目，令人鼓舞。十多年保持平均九点三的发展速度，非常了不起。到市场买商品带回国，若仔细看，可能就是中国制造。"

回国途中，代表团又访问了韩国，最后顺利回到北京。北京漫天飞雪，万顷同缟，千峰俱白，浮华褪尽，坦荡无垠，清纯如婴，至察至圣，把自己最真实的一面呈现在世人面前。

回到向阳，亲朋好友们一场又一场为汪佳伦接风洗尘，再加上元旦放假，酒桌上谈论最多的话题都是关于市委书记钱进被双规的事儿。

向阳的冬天别有韵味，闻得到树根和泥土的味道，那么熟悉，那么馨香。窗外万物飘零，一派肃杀，西风飕飕，雪花飘飘。几枝落地的枯叶，支撑着最后的婉约，嵌入大地宽厚的胸膛，吟唱着生命的悲怆挽歌。

市委书记钱进被双规以后，向阳市的大批官员陆续都有了出事的先兆。很多党政机关人员发觉，单位的"一把手"先后被传唤，随后宛如人间蒸发般难见踪影。可能出事了！即使不是很敏感的人，也能隐隐约约感觉到。

江北省纪委派驻向阳市的专案组专门召开会议，要求党员干部积极检举揭发以钱进为首的原向阳市委主要领导及其有牵连的干部的腐败事实，不断找各级官员协助调查，也不断有不同级别的领导干部被双规。短短几个月时间，向阳市直党政机关、县市区"一把手"已有三十多人，厅级干部十几个人被双规。

这是向阳市历史上最严重的一次官场"地震"。

岁末年初，从华南地区发端的"非典"，后来被称为SARS的病毒，开始在全国蔓延。付出巨大代价后，终于在夏天销声匿迹。江北省向阳市的官场"地震"却远未结束。

二〇〇三年七月十六日，向阳市纪委披露，随着市委原书记钱进落马，向阳市的反腐工作势如破竹，各级纪检监察机关已核查案件线索四百七十六件，立案三百九十九件，涉案人员四百〇一人，结案二百四十一件，处分二百三十三人，挽回经济损失两千多万元。

八月二十四日下午，雷声大作，山雨欲来风满楼，闪电穿过乌云劈在地上，天空中发出轰隆隆的声响。天色暗了下来，窗外一片漆黑，只能听见暴雨落下的声音。天空像裂开了一个口子，肆意地往外倒水。狂风暴雨之后，雨停了，云散了，天空像被洗了一遍一样。太阳公公眨了眨眼，露出了刺眼的亮光。

汪佳伦开车出门，准备到新一代寄宿学校去看看招生情况。这时，他接到一个电话，打电话的自称是他大学同学的朋友，有件东西要交给汪佳伦。

汪佳伦问："你贵姓，在什么地方？"

对方回答："我姓方，在向阳金都大酒店。"

"那我马上过来。"汪佳伦说。

到达向阳金都大酒店门前，汪佳伦打电话给对方："我到了，你在什么位置？"

"你开的什么车？"对方问。

"墨绿色凌志，车牌号 B0888。"汪佳伦说。

这时，三个人从金都大酒店的台阶上走了下来，直接来到汪佳伦的车子旁。

汪佳伦下车后，一位四十岁左右的高个子男同志说："汪佳伦，我们是江北省纪委的，我姓方，这是我们省纪委的郑义主任，那是我们的小张。这是我的证件。"

戴着眼镜的郑主任，指着高个子男同志说："他是我们省纪委的方圆处长。"

"我的哪个同学找我？"汪佳伦问。

方圆处长说："没有什么同学找你，是我们找你问个情况。你把车钥匙给我，我们到另外一个地方去，方便说话。"

太突然了，汪佳伦有些慌乱，赶紧点头交出车钥匙。

方处长开车，让汪佳伦坐到车后座的中间位置，郑主任和小张坐在汪佳伦的两边。

汪佳伦问："这是要到哪里去？"

方处长说："前面，几分钟就到了。"

车子开进了向阳广电大厦正对面的向阳市纪委培训中心，停好后，汪佳伦和他们一起走进了培训中心一楼七号房间。郑义主任说："佳伦同志，我们今天找你，主要是让你就向阳市委原书记钱进的一些问题，特别是和你经济交往的事情讲清楚，希望你实事求是地向组织讲明白。这里有信纸和笔，你先自己写，争取晚饭前写好。"说完，他们三个人一起走了。

这时，门外进来了三个年轻的武警战士。门口站一个，屋里三张单人床南北各坐一个。很明显，中间的床铺是留给汪佳伦的。

汪佳伦仔细查看着房间，一张小办公桌，一个小方凳，桌上摆着一支笔和一沓材料纸。卫生间的门没有插销和锁，一个茶瓶，一个水杯，一双拖鞋，房间的顶角上和卫生间都装有摄像头。

汪佳伦体重二百一十多斤，怕热。他把空调调到最低温度，把面对广电大厦方向的窗帘拉开。窗子虽可打开，但已安装了铁丝网，防止人跳楼逃跑。

"不许动。"坐在南边的武警战士迅速制止，一边把窗帘拉上。

坐在北面床上的武警战士说："这儿有纪律，任何时候窗帘都是不能拉开的。要求严得很，你莫见怪。"

"谢谢提醒！"汪佳伦边说边把衣服全部脱光，只剩一个短裤头，然后直挺挺躺到床上，眼望天花板。

"老板，那辆 B0888 凌志车是你的吧？"坐在北边床上的武警战士问。

"是的。"汪佳伦回答。

"我爸爸的车也是黑色凌志，车牌号也是三个八。"

"是吗？"汪佳伦很好奇。

"你们两个站到门外，把门关上。"北边床上的武警战士说。

两个武警战士出去后，他说："老板，我叫李小龙，中原省商都市的，你长得很像我爸爸。"

"你爸爸是谁？"汪佳伦问。

"我爸爸是商都环城集团的董事长，我爸爸的办公大楼比商都市政府的办公楼还高些，气派得很。"

"环城集团是国有还是民营的？"

"环城集团是私人的，是我们家自己的公司。"

"你家条件这么好，怎么不读书，却跑到我们江北省来当兵？"

"我是个溜光蛋，家里看得稀奇，别人都不敢惹我。我给家里惹了很多麻烦，没有办法，他们把我送到部队，主要是把我管住，不出事。"

"你这么年轻，要好好学习，考大学啊！"

"书读不进去，今后复员了，直接到我爸爸的公司里混就行了。"

"到部队锻炼一下也好,但一定要听爸爸妈妈的话,千万不能干一些不上进的事。要走正道,让你爸爸妈妈放心。"

"是的,刚开始到部队不习惯,吃了不少亏,现在我稍微懂得一些了。"

"小李,父母培养我们一场不容易,一定要少让他们操心,多干一些给他们争光的事。"

"我爸爸可能比你个头还大些,拳头厉害得很,打在我身上疼得很,他对我就是恨铁不成钢。"

"你现在懂得这些了,说明你开窍了,今后好好干。"

"你叫啥名字?"

"我姓汪,叫汪佳伦。"

"汪总,这里的武警战士都听我的。"

"为啥?"

"因为我对他们好得很,他们对我也好,都是战友嘛。两年后,我们都转业,各奔东西。"

"战友情很珍贵,你要好好珍惜啊!"汪佳伦说。

"是的。"李小龙说。

这时,一名武警战士推门进来,悄悄地说:"来人了。"

李小龙和另一名武警战士立即挺胸站立。

这时,省纪委的小张说:"汪佳伦,你写得咋样了?"

"我没什么可写的。"

"那你今天就不能回去了,一会儿吃晚饭,郑义主任来给你讲。"

小张说罢，扭头就走了。

汪佳伦对李小龙说："小李，你找一下办案的人，就说我要到二楼上去住，坚决不住一楼。"

李小龙说："好，但办案人员要问为什么换到二楼上去，我怎么回答？"

"若问，你就说不知道。"

汪佳伦心里犯忌讳。他刚开始拉开窗帘时，看到紧挨这个房间的窗户旁的两根水泥柱中间，装有一个变压器。按照风水学上讲，是犯了风水火形煞和电磁煞，易招血光、破财之灾，对人的运势和健康都有很大影响。

晚上十二点，省纪委的郑义主任一行三人来到汪佳伦的房间。

郑义主任说："佳伦同志，怎么样了？"

汪佳伦说："郑主任，我真不知道从何说起。"

"我告诉你，你就把与钱进的经济往来的事讲清楚就行了。"

"我和钱进书记只是工作上的关系，他当市委副书记时分管我们中房集团向阳公司。后来，他当市委书记了，我和他也只限于工作上的关系，再后来我就下海了，联系也就少了。"

郑主任说："佳伦同志，我是法学博士，你的档案我也看了。你是学中文的，我本科也是中文。我说的意思是，我们不必拐弯抹角，你痛痛快快把问题讲清楚，事情就了了，否则的话，你很难脱身。你到这里已经快十个小时了，一个字没写，你在想什么呢？"

"郑主任，实话告诉你，我在构思写作。"汪佳伦说。

"写作，准备写什么？"

"写双规日记。"

"是吗？新鲜，到这里写双规日记。"郑主任说。

"我是作家，我要养家糊口。从进来，我自己的每一个想法和在这里接触的每一个人的一言一行，我都会原原本本记录下来，但绝对没有恶意。"

"你是作家，那你说说你认识哪些作家？"

"我们本省的女作家吴莉，中国作协的冷云、张光、王珺等，主要是认识她们的作品。"

"你认识这么多名作家，全都是女作家。"

"是的，她们的作品很好，我喜欢看。"

"那你自己发表过什么文学作品没有？"

"我二十七岁就出版报告文学集《楚国的一朵白牡丹》，中央级出版社出版。"

"这么厉害？二十七岁，到时给我一本看看。"

"没问题。我还准备出版一本诗词集，书名叫《心韵》。"

"那好啊，我年轻时也是诗歌爱好者，也写过不少小诗，只是自娱自乐。"

"你是谦虚。"

"说远了，佳伦同志，你还是把与钱进的问题早点写出来。你说，我们记录也行，好不好？"郑主任说。

"郑主任，我让武警战士给你们汇报，给我换个房间，希望您帮忙办一下。"

"为什么要换到二楼上去呢？"

"因为我太胖，有心脏病，一楼来往车辆太多，震得我心里发慌难受，我怕把心脏病搞犯了，麻烦您！"

"你有心脏病？那好，马上给你换。小张，你去安排一下，马上给佳伦同志换到二楼上去住。"

汪佳伦连夜从一楼换到了二楼二〇三房间。

这时，方圆处长将汪佳伦包里的现金两万两千四百元、手机两部、车辆钥匙一串等物品清单，拿来让汪佳伦签字，并送来一些日常生活用品。

"你今天就在这儿住下来。我们已经通知了你家里人，都安排好了，你也不要担心。"郑义主任说罢，各自休息去了。

随后一个星期，没有任何人过问汪佳伦，他感到一种从未有过的孤独、失落、无助和绝望。他就像搭乘泰坦尼克号撞上冰山、沉入波涛汹涌的大西洋的乘客一样，拼命呐喊、呼叫，却没有人回应。

记得钱进书记双规后不久，市冶金局局长知道自己可能也要出事，就通过汪佳伦找到临江市纪委一个中层干部，请他进行模拟双规训练。市冶金局局长非常顽强，甚至被狠狠扇了两耳光，也没有说一个字。市冶金局局长说，双规不过如此，自己扛得住，不怕了。结果，他真正被双规后，立即就交代了。

汪佳伦电话询问临江市纪委的朋友，这到底是什么原因。这位朋友说："我们从事纪检监察的人都知道，凡是被双规的人，都逃

第八章 "地震"余波

脱不了三大定律：一是马桶定律，但凡官员被带离权位，相当于屁股离开了马桶，臭味就会立刻散发出来，犯罪线索随之呈现；二是树倒猢狲散定律，被双规的官员，与其他涉案人员相互孤立后，猢狲们就会惊慌失措，很容易各个击破；三是信息不对称定律，被双规后，官员与外界失去了联系，贪腐的攻守同盟就会自动瓦解。双规的威慑力足以让贪腐官员闻风丧胆，听之色变。"

汪佳伦反复回味着纪委朋友的话语，大脑却一片空白。他每天平躺在单人床上，两眼望着天花板，没有电话，没有报纸，没有手机，甚至连天空也看不见，厚厚的灰色窗帘把所有窗户都遮盖得严严实实，只听得见南面窗户外马路上来往车辆的嘈杂声和刺耳鸣笛声。

武警战士李小龙也不见了踪影，问另外几个武警战士，口径一致——不知道。

第八天午餐时，终于等来了李小龙。汪佳伦问："小李，你这几天到哪儿去了？"

"我到省城临江市的办案点去了，省城关押的人还认识你。"

"认识我？谁？"

"不方便说，以后告诉你。我没有说你的名字，在看管他的医院治病上厕所时，我只说了句888凌志车的老板你认识吗？对方马上就说出了你的名字。"

"哦，他是什么职务？"汪佳伦问。

"好像是个县级市的市委书记，他已经完蛋了，马上要移交给检察院了。那个书记人还不错,已经垮了,绝望了,很可怜。"李小龙说。

汪佳伦说:"小李,我在这里,他们也不管不问。这样下去,真是要发疯啊!"

"汪总,你千万别着急,一定要沉住气。我告诉你,你是我见到的,办案人员对涉案对象最好的,郑主任专门交代了的,我们只负责你的安全,其他一概不管。"

"什么意思?"汪佳伦问。

李小龙说:"凡是被双规的人,无论是在这里还是在丹江口、荆门、省城,我所知道的,没有人像你这样可以躺在床上睡大觉,没人管,每个人都必须写坦白材料。有的人一把鼻涕一把泪,号啕大哭,还有的给办案人员下跪,丑态百出。"

"怎么可能?"汪佳伦说。

"我说的话如果有半点假,就不是人。反正你千万不要着急,一定一定要沉住气。汪总,我给你举个例子吧。你们向阳下面一个县级市的市委书记,嘴壳子硬得很,死活不说,那真是刀架到脖子上,眼睛都不眨一下,用'千斤顶'都难以撬开他的嘴。最后也确实没有查出什么问题,于是,经研究准备让他回去。他在等家属来接他回去时,由于相关手续要办,时间一拖,他自己鬼使神差,把先一天写好的交代材料全部撕了,扔进卫生间的马桶里,结果没冲进下水道,还把马桶堵住了。他慌了,自己趴到地上用手掏。这时,办案人员来了,本来是通知他走的,一问怎么把马桶堵住了,扔了什么东西?他自己吓得给办案人员下跪,说自己写好了的交代材料,以为自己没事了,准备回家的,就把材料撕了扔进了马桶,造成了堵塞。这时,办案人员立即把他拉到另一个房间,先让他说,办案人员记。然后,再让他自己写,连夜把整个给市委书记钱进送钱送物,包括别人给他送钱送物的事说得清清楚楚,第三天就送到看守所去了。

"还有一个你们市直单位的一把手女局长,办案人员把她带到办案地点,她死鸭子嘴硬,死活不说,甚至绝食。一个星期后的一天深更半夜里,她忽然号啕大哭起来,谁都劝不住。她又像疯了一样,把自己衣服脱光撕碎。办案人员苦口婆心做工作,她才慢慢平息下来。最后,就竹筒倒豆子,干净利落地把自己行贿钱进的事,说得一清二楚。第三天就按程序送到看守所里了。"

汪佳伦说:"可悲可叹。"

"你们下面一个山区县的县委书记,已经调到市里当一个部办委主任了,肯定没有原来当县委书记时的权力大。实际上是钱进书记对他不感冒,想把他干掉,但钱进不知为何,死活说他给自己送了二十万元钱。这个主任当县委书记时确实没有给钱进送过钱,但实在没有办法了,只好承认说有这个事。让他说出二十万元钱的来源,他又说不出来,最后只好瞎编说是自己的司机和秘书各给了他十万元。把他的司机和秘书抓到办案地点,两个人都说没有这件事,死活对不上口。没有办法,办案人员只好又到省城去问钱进,到底是怎么回事。钱进只好说是自己胡编乱造的。真相大白后,省纪委一名副书记专程赶到向阳,带着这个曾经的县委书记到丹江口水库游玩了半天,并住在一个房间。喝酒的时候,他不敢喝,这时才告诉冤枉了他。他当场痛哭起来,足足哭了有半个小时。不哭了以后,他一口气喝了一大碗白酒,然后又哭了起来。最后,省纪委的副书记一直给他道歉。这个山区县的原县委书记表示感谢,感谢专案组还了他清白。汪总,你就好比是我的长辈,你假如确实给钱进送钱了,就赶紧说了算了,免得受罪。"李小龙说。

汪佳伦说:"我真没有。"

"反正很多老板进来后,把事情交代清楚了,都放回去了。我只是给你提个醒。"李小龙说。

"谢谢,我是真的没有,绝对没有骗你,你往后看。"汪佳伦说。

"那好,只要没有,最终也会清清白白的。"李小龙说。

汪佳伦通过李小龙了解了专案组的一些基本情况后,也就开始调整自己的心态,不再胡思乱想了。面对恐惧和痛苦,失望和无奈,煎熬和挣扎,他必须学会承受,从容面对。心中始终坚守自己清白的事实,乐观面对人生至暗时刻,向阳而生。

九月三日晚,省纪委郑义主任和方处长、小张三个人终于来到了汪佳伦所住的二〇三房间。

郑主任问:"佳伦同志,材料写得怎么样了?"

汪佳伦说:"郑主任,我回忆了和钱进书记的所有往来,确实没有任何违纪违法行为,所以,也就没有什么材料可写。"

"没有什么材料可写,那你整天在干什么呢?"

"在想我女儿和八十多岁的奶奶,以及我公司里的事。天天想着早点出去。"

"既然想早点出去,那就痛痛快快把问题讲清楚,千万不要有任何幻想,不要有侥幸心理。你即使一分钱不交代,也减轻不了钱进的罪行,因为他自己已经交代很多了。再说,我们也不可能无缘无故地把你弄到这里来。你好好想想,是不是这个道理?"

"郑主任,你说得很有道理,但我总不能胡编乱造乱写一通吧?"

"向阳人都知道你和钱进的关系非常好。如果没有利益关系,怎么可能好到那个地步?他经常把你喊到他的办公室密谈,你下海后,遇到什么难事,都是找他出面帮忙解决的。一个堂堂的市委书记那么容易随随便便给一个没有任何利益关系的人办事?可能吗?佳伦同志,你千万不要太低估我们的智商。我可以明确地告诉你,凡是到我们这里的人,没有一个没有给他送钱送物,没有一个干净的人,少则几万元,多则几十万元不等,全部是金钱开道。你不给他送钱送物,关系怎么可能搞得那么好?你凭什么呢?"

"郑主任,我和钱进书记的关系,一是他在当市委副书记时,就分管经济分管我们中房集团向阳公司,我主要是在工作中给他做出了成绩,通过工作建立了良好的私人感情。其次,我也没有钱送给他,说心里话,在我还没下海前,我曾经因为小妹妹上大学找省商业专科学校的唐成处长借了三千元钱,十几年都没有钱还人家,以至于不敢和人家见面,直到我下海赚到钱后才把钱还上。不信,你们可以去调查。再说,我在中房时,上面还有党委书记掌舵。我主要是在工作上给他提的合理化建议比较多,出的点子多,包括他当市委书记后,我主要是给他送思想、送观点、送建设性意见、送五个指头弹钢琴的用人之道,但从未送过一分钱。下海以后,关系也就慢慢疏远了,但遇到难办的事,也还是时常找他帮忙,他也都给我办了,但都是一些合情合理、合法合规的事情,没有找他办过出格的事。"

郑主任说:"这样,我给你看一样东西。"

郑主任边说边从裤兜里拿出了几张信笺纸,往床铺上一放,然后,用右手捂着下面大部分文字内容说:"你看,这是不是钱进的字?"

汪佳伦凑近一看,只见信笺纸上的标题是"关于我和汪佳伦同志的关系"。第一行字是:"自我任向阳市委副书记后,分管经济工作,汪佳伦所在的中房集团向阳公司也是我在分管……"

汪佳伦说:"郑主任,这确确实实是钱进书记的亲笔字,至于他写的什么内容,你没有让我看,我也就不知道,但我可以肯定地说,我没有给他送过一分钱。"

"你没有送过钱给他,那别人给他送钱,你是否在现场看到过?"郑主任说。

"想不起来,再说别人给他送钱也不可能让我知道啊!"

"你不要装糊涂,我们只是让你证明,你好好回忆回忆。我只是给你提个醒，你给钱进送钱也好，别人给他送钱也好，只要是你知道的，希望你如实早点儿说出来，我们的忍耐也是有限的。否则的话，很有可能我们会给你换个地方居住，让你到一个陌生的地方去交代问题。今天，我就给你讲这么多，你想好了，就写出来，交给我们，时间越早越好，否则对你不利。"郑主任说罢，就和方处长、小张走了。

汪佳伦反复回味着郑义主任的每一句话，心中不免有一种恐惧。特别是有可能要把他带到一个陌生的地方居住，这让他毛骨悚然。这时，李小龙主动坐到汪佳伦的床边说："老总，看来钱进书记已经把你的问题都交代了，你也赶紧交代吧，否则，若真要采取了其他措施，人是要吃亏受罪的，犯不着。"

"小李，我真没给钱进书记送过钱，我不能瞎编。"

"时间也不早了，那就早点儿睡吧。"李小龙说。

"好，洗澡睡觉。"汪佳伦说。

又是度日如年的一个星期，没有任何人找谈话，汪佳伦再次陷入胡思乱想的深渊。整天待在密不透风的小房间里，汪佳伦从记忆里把过去的珍贵时光片段拎出，拍拍上面沉积的灰尘，感叹回不去的美好时光。

九月十五日晚上，郑义主任一行再次来到汪佳伦的房间，郑主任说："材料写好了吗？"

汪佳伦说："写好了。"

"拿来我看看。"

汪佳伦从抽屉里拿出来交给了郑义主任。

郑义主任看完后说:"就这些?"

"是,就这些。"汪佳伦说。

"看来我们太仁慈了。"郑义主任说。

汪佳伦说:"我所知道的就是材料上所写的。一是我和钱进书记出差在海口,别人送给钱进书记的一些礼品;二是在省城临江市第二人民医院钱进书记的儿子住院,别人送的一些礼品,当时我刚好也在现场;三是一些朋友送的衣服之类的东西,没有回避我,就这些。至于说有人送钱,人家也不可能当着我的面把钱拿出来,让我看见。如果说真有,请郑义主任直接跟我说明白,我可以和对方三头六面对质。"

"那你说说,你自己给下面的县委书记、县长送过钱没有?"郑主任说。

"郑主任,市委书记我都不送钱,怎么可能给县委书记、县长送钱?这是绝对不可能的。"

"人家已经交代了,包括这些书记、县长的司机都交代了,你就不要再替别人隐瞒了,没意思。"

"真的没有,郑主任。"

"你在体制内时没有给他们送过钱,你下海后送过没有?"

"没有。"

"你不送钱,这些县委书记、县长凭什么让你到他们地盘上干事赚钱？你骗得了谁？"郑主任说。

"说心里话，郑主任，我办学校、办医院、建水厂、修公路等都是规规矩矩地办理一切事项，没给任何人送过一分钱。"

"这么伟大，这么大的面子？那估计别人反过来还给你送过钱了吧！"郑义讥讽说。

汪佳伦说："说良心话，当今社会，我所知道的，确实有很多民营企业家，包括一些很大的老板，为了搞定某个项目，为了多赚钱，见到当官的比见到自己的亲爹亲妈还要亲，一副奴才太监嘴脸。因为他们惹不起当官的，尽管心里是一千个一万个不愿意这么干，但膝盖不听话啊！只好咬着牙，硬着头皮送钱送物甚至送女人，就像歌舞厅坐台小姐一样，靠把客人哄高兴了挣点儿钱。我要说的是，这些断了脊梁骨的人挣的钱，是跪着爬着挣的，我永远看不起。我可以说，我挣的每一分钱，都是站着挣的，我问心无愧，我没有给领导干部送过钱。"

汪佳伦越说越激动："在有些项目上，确实遇到过很多难题，一些很小的干部，手中有点儿小权，千方百计设置障碍，卡脖子，目的就是要点钱，我很清楚。但是我有一个原则，不管什么项目，宁可不干，我也不会违纪违法送钱给别人去赚那些烫手的钱。我给你郑主任说句心里话，我建的水厂就是因为别人要钱，我不干，至今还停在那里。修公路的工程款至今还差我一千多万元，就是因为我不送钱给他们。这些干部就是卡住说财政困难没有钱，尽管所有领导都签字了，他们就是卡着不拨款。如果我给他们几十万元，这些吃人的老虎，就会像猫一样听话，会连夜把钱拨给我。但我宁可折断也不弯腰，坚决不踩红线，这是我做人的底线。不仅过去、现在，今后我也不会突破这一底线。如果不信，你可以去彻底查我。如果我给别人送钱，就好比湿手插进了干粉里，想甩都甩不掉，一旦查出来，就会成为污点。杀了我，我也是永远不会干的。"

汪佳伦说得郑主任也无话可说了。"佳伦同志，我只能告诉你，我们不会冤枉一个好人，也不会放过一个坏人。这你放心，改天再谈，再见。"郑主任一行走了。

九月三十日上午十点，郑义主任单独一人再次来到汪佳伦的房间，问道："佳伦同志，最近在想些什么呢？"

"想回家。"汪佳伦回答。

"还想了啥？"

"想逃跑。"

"为什么要逃跑？往哪儿逃？"

"把我关在这里，实在是太难受了，要发疯。实话告诉你，我设想了很多逃跑的路线，但最蒙太奇的逃跑路线，估计郑主任您都想不到。"

"你说说我听听。"

"按正常思维，我从这二楼想办法跳下楼，肯定要拦个出租车，先跑到市区找熟人拿点钱，然后躲在市区或往省城方向逃跑。但我身无分文，我不会这么傻。我会扒一辆货车往山区方向跑，到达县城后，扒货运火车进入任何一个城市，然后凭记忆想办法联系上朋友,接我远走高飞,待向阳这个官场地震平息后再露面。"

"这个思维确实让人意想不到。今天我来告诉你,你也不要再想逃跑的事儿了。下午你就可以回去了,明天在家过国庆节。你现在就可以给家里人打电话,要他们下午三点钟过来接你,这是一点。第二,你在这里三十六天,委屈也罢,受罪也好,反正我们没对你怎么样,你也清楚。第三,我们一直对你网开一面,睁一只眼闭一只眼。你让那几个武警战士出去给你买麦当劳、啤酒,买书,讲电视报纸上的新闻,我们清楚得很。你千万不要认为你高明得很,我们不知道,那就大错特错了。上次你无意中说出了电影明星判刑坐牢的事,就已经露出了马脚。你已与外面失去了联系,怎么可能知道这个事?我们装着没听见。这个事情肯定是武警战士告诉你的,你说是不是?"郑主任说。

"是的。"汪佳伦说。

"所以说,我们对你还是很关照的。第四,你在这里吃住三十六天,不收你一分钱,也算是对你的补偿。你可以问,所有的人,不管来多长时间,临走时必须结账交住宿和伙食费。你是截至目前唯一不需要交纳任何费用的人。"

"我交,我一会儿交。"汪佳伦说。

"真的不需要。你一会儿把东西清点一下,下午回去。到时,我会亲自把你交给你的家人。就这样,下午见。"郑义主任说罢,与汪佳伦握手就下楼去了。

下午两点钟,方圆处长把汪佳伦的手提包连同两部手机、两万两千四百元钱、车钥匙等，一并归还给了汪佳伦，让他在房间等着，随时准备回家。

一直等到下午五点钟，郑义主任、方圆处长和小张，以及与汪佳伦朝夕相处的三名武警战士一起，把汪佳伦送到培训中心大门外，交给了汪佳伦的家人，握手告别。即将坐上车时，汪佳伦突然转身跑过去紧抱住郑义主任抽泣起来，郑义主任不停地安慰他。

回到家里，一个多月未见的女儿小清像见到了陌生人，愣站着一动不动，就像车灯照到小鹿一样。汪佳伦一把抱起宝贝女儿，喜极而泣。

第三天，汪佳伦接到一个陌生电话，一问方知是武警战士李小龙的父亲从中原商都专程赶到向阳看望，感谢汪佳伦把他的儿子教育得更懂事、听话了。汪佳伦带着李小龙的父亲在向阳游玩了两天，才依依惜别。

通过这次被双规，汪佳伦陷入了深深思索之中，一堂触动灵魂的生动教育课使他警醒。向阳官场的"地震"，社会影响很大，一时让向阳人蒙羞。深爱家乡的汪佳伦，该如何在心头修篱种菊，迎风而立呢？

第九章 铁肩担当

光阴悄悄从指缝间溜走,岁月偷偷在眼角眉梢漫溢。脸上写满了沟渠,静待泪水和汗水来灌溉。年届不惑的汪佳伦,回想那不明不白被双规的日日夜夜,面对向阳官场"地震"不堪一击的浮华俗丽、尘埃四起,如何能找寻到落英缤纷、杏雨梨云的世外桃源?他设想着,如果每天可以挑灯夜读,畅游书海,田园牧歌,江上渔樵,超然物外,供养自己安静而孤独的灵魂,那该多好啊!

回首来时路,坎坷也好,平坦也罢,面对自然、生命,面对一切的一切,自己该如何扮演好不留败笔的人生大戏?在家庭、单位、亲邻眼中,在社会层面,自己应该担当什么角色?

经过深深的思考,汪佳伦认为,在严格做到尘不沾身的前提下,自己必须是脊梁,是依靠,是主心骨,是顶梁柱,是明白人,是灵魂干净之人。不管生活如何不尽如人意,自己都得像一只不知疲倦的陀螺,接受人生路上的皮鞭抽打,要承担起更大的社会责任来,真正顶起自己该顶的那片天。

这时,已是南光市委宣传部副部长兼南光日报社党委书记、社长的孙奇,邀约汪佳伦于二〇〇三年十二月,一起前往北京参加硕士研究生的毕业典礼。

在北京期间,汪佳伦的经济学硕士研究生同学,刚刚出任江南省怀明市委书记的张人杰对汪佳伦说:"佳伦,我们怀明市正在搞国企改制,一时举步维艰。我想邀请你到我们那里看看,找个突破口,帮我把脉问诊,如何?"

汪佳伦说:"人杰,你开什么玩笑?你搞政策研究出身,站得高看得远，还需要我去胡言乱语指东道西吗？"

张人杰说："你就不要推三挡四了。我听说了，你刚刚才经历了组织考验，心里是不是有什么阴影？我跟你的想法恰恰相反，你进去后千锤百炼、干干净净、一尘不染，更能说明你这个人很纯粹，是个干事的人。你就不要客气，换个环境，腾出手来，到我那里去走走看看。我绝不会让你白跑一趟，会让你不虚此行。只要顺应了天时，抓住了时机，站在了风口上，猪都能飞起来，何况人呢？"

人生不是坐等改变，好运不会从天而降。汪佳伦略加思索，说："老同学，要不这样，现在离过年不到一个月了，我过完春节一上班，就到你那里去看看，如何？"

"好，一言为定。"

"一言为定。"

岁月磨砺，让汪佳伦没有了鲜衣怒马的年少轻狂，而是多了遇事善思的成熟稳重。回到向阳后，汪佳伦让办公室主任搜集怀明市的社会经济情况材料，做好出行准备。春节后的正月初十，汪佳伦带着一个副总和办公室主任一行四人，开车走了近四个小时的国道，又走了七八个小时弯弯曲曲的山路，当晚八点钟到达怀明市南山宾馆。市委书记张人杰等领导同志在门口迎接。

经过几天的参观考察，结合怀明市企业改革的实际，汪佳伦决定从怀明市溪水县火电厂入手。

溪水县火电厂地处大酉山下，辰水与沅水交汇处，占地一百七十余亩。电厂背依山峦，面临两江，地理位置优越，是一家装机 2×2.5 万千瓦时的国有发电企业。员工一百五十五人，年发电量八千三百万千瓦时。电厂连年亏损，县财政不堪重负，急需改制脱困。汪佳伦来之前，华泓能源集团和溪水县政府谈好了整体收购电厂，正在起草正式合同。华泓能源集团老板决定不再正式签约，原因之一是地头蛇介入，想要点儿干股，华泓能源集团老板没同意。结果，他们开去的三辆轿车车胎全部被尖刀扎破。二是他们在宾馆休闲打麻将，被当地公安抓去留置处理，经市领导出面才放人。

华泓能源集团老板走了以后，再也没人敢到溪水洽谈收购电厂的事了。直至汪佳伦来，又把收购电厂的事提到议事日程上。

商谈过程中，汪佳伦忽然接到多年未联系的殷红打来的电话。向阳县广播站记者殷红赴京进修，毕业后先在深圳市政府部门担任处长，后来又赴英国、美国留学，前年才回到深圳市工商管理部门工作。寒暄过后，殷红告诉佳伦，她在北外进修时同学的哥哥，是怀明市溪水县的民营企业家，听说佳伦要收购溪水电厂，他想认识一下。汪佳伦告诉殷红，没问题，可以见见。

当晚，汪佳伦就在所住的溪水大酒店接待了殷红北外同学的哥哥朱得宝。朱得宝开门见山地说："汪总，很荣幸认识你。你来我们怀明市收购溪水电厂，我非常高兴，坚决拥护。实话告诉你，现在溪水电厂发电所用的煤，全部由我供应，其他人针扎不进来、水泼不进去。我在溪水电厂供煤一年的毛利润有一百多万元，真正到手的纯利润也就大几十万元，方方面面的费用不少。你若收购了后让我退出供煤，我二话不说，坚决退出，但你让其他任何人给电厂供煤，绝对都搞不成。"

"为啥？"汪佳伦问。

"想给电厂供煤的人多得很，因为油水不少。若你自采，不让任何人供煤，我敢保证，没有任何煤矿或煤炭供销公司敢把煤卖给你们电厂，直至电厂停产。你要不信，我们打个赌，我若输了，我把自己眼珠子抠出来给你。"朱得宝边说边做了个抠眼睛的手势。

"别别别，不打赌。这么厉害？"汪佳伦摆摆手。

"是的，溪水各道关口的地头蛇都是一霸，谁都惹不起，连县委书记县长到场都没得门儿。"朱得宝说。

"那怎么才能破解呢？"汪佳伦问。

朱得宝说："很简单，自己收购一家煤矿，自产自销，多余的煤就地销售。但是，收购煤矿后，门门道道也多得很，你矿上的煤拉到电厂就有好几道关口卡着。沿途的当地老百姓，家家户户的田地都要让你交钱才准经过，还需赔偿车辆轧坏道路的钱，煤灰污染了庄稼的钱，拎着死狗烂猫拦着车说是你的车轧死的要赔钱等，反正不交钱就不让你走。一搞，司机们都不敢到你矿上拉煤了，你就完蛋了。阎王好见，小鬼难缠。等你找关系花了一大笔钱协调好后，县直各部门的手又伸过来了，你怎么也应付不下来。"

"这么恶劣的营商环境，那谁还敢来投资？"汪佳伦说。

"我有办法，一切我都拿得住。只要你让我来帮你搞，所有问题我都能给你摆平，让你轻轻松松赚钱。"朱得宝说。

"违法乱纪的事，坚决不能干。否则，我宁可不赚这个钱，也不会干。"汪佳伦说。

"放心，我五十多岁了，过去也吃过很多亏，现在我也没有必要再干那些违法犯罪的事了。我完全靠我的名气和关系，把一切事情给你搞得服服帖帖。"朱得宝说。

汪佳伦说："那我要怎么用你呢？或者说我们应该怎么合作呢？"

朱得宝说："合作，非常好！你只需要给我所买煤矿百分之三的干股，一切你就不用操心了。我要你这百分之三的干股也不是白要的，我会给你赚回来。比如，在我们溪水县，所有的煤矿每吨煤都要给县安全生产局交一至三元的工伤费。一般来说，都必须得交每吨三元钱，找到得力关系，每吨也得交两元钱，但我出面，绝对让你的煤矿每吨只交一元钱。仅此一项，你算算，一个煤矿一年要少交多少钱？而且还是政策允许的，决不违法也不违纪。"

汪佳伦问："你们这里的工伤费是什么费用？"

朱得宝说："煤矿企业国家都有一定的伤亡比例，但我们县的土政策是，不管你是否出事故，先按出煤的吨数收取工伤费。假如某个煤矿出现伤亡事故，钱由安全生产局支付伤亡费，煤矿不用管。"

"哦，是这么回事儿。"汪佳伦点了点头。

"汪总，你看怎么样？"朱得宝问。

人靠衣裳马靠鞍，狗戴铃铛跑得欢。汪佳伦说："好，就按你说的意见办。"

朱得宝说："汪总，你抓紧敲定收购电厂的协议，同时挑选优质煤矿，洽谈收购事宜，双管齐下。成功之后，煤矿也好，电厂也好，你派人来管理，我只负责外部环境，包括政府各部门的关系，各门路的妖魔鬼怪，我给你搞得顺顺当当，不让你操一分钱心。同时全面开源节流，比如电厂的煤渣，现在每吨还给别人几块钱，从电厂拉走。以后，煤渣可以卖给制造砌筑砂浆及墙体材料的工厂和制作水泥混合材料的水泥厂等，不仅不再给别人交钱，还能从中每吨卖十几元。仅此一项，里里外外一年就能盈利一百多万元。"

第二天，汪佳伦就让公司副总和办公室主任与电厂商谈优化收购电厂的细节，自己和朱得宝一起实地考察煤矿。

第三天，在和电厂签订收购协议后，也敲定了收购溪水双子湾煤矿的意向。

二〇〇四年正月二十五，在溪水县人民广场举行了盛大签字仪式，根据双方达成的协议，江北省向阳微观实业集团出资一千万元收购溪水电厂，并承担所欠银行贷款等债务五千万元，投资两千一百八十万元占股份百分之七十五，收购溪水双子湾煤矿。江南省怀明市市委书记张人杰等市"四大家"领导和溪水县"四大家"领导等出席签字仪式。

汪佳伦从向阳选派了十四名管理干部，分别进驻电厂和煤矿。在电厂的全体干部职工大会上，他发表了言简意赅的讲话："一是感谢电厂的全体干部职工对我们向阳微观实业集团以及我本人的信任；二是感谢怀明市市委书记张人杰等'四大家'领导和溪水县'四大家'领导及各部门对我们电厂的关心和支持；第三，我宣布，电厂的所有干部职工一个都不下岗，今后让想干事的人有机会，能干事的人有舞台，会干事的人有待遇，干成事的人有地位。从今天开始，每人每月增加工资一百元，年终再按规定给予一定奖励。"

汪佳伦在震耳欲聋的欢呼声和掌声中，结束了讲话。

待一切安排妥当，溪水电厂和双子湾煤矿走向正轨，汪佳伦就决定返回向阳。路上，汪佳伦参观了刘晓庆、姜文主演的电影《芙蓉镇》的拍摄地——湘西土家族苗族自治州永顺县王村。这个拥有两千多年历史的古镇，因美不胜收的大瀑布穿梭其中，被称为"挂在瀑布上"的千年古镇。汪佳伦还专门吃了一碗"刘晓庆豆腐"。在韶山冲，他参观拜谒了毛主席故居。汪佳伦专门在韶山冲的一家民宿住了一晚，写下了七言诗。

回到向阳后，汪佳伦想到自己顺利进军江南省怀明市的电力和煤矿两个板块，且未来效益可期。而在向阳，由于受官场"地震"的影响，经济元气大伤，一时不容易恢复。自己的学校和医院收入相当稳定，手中的余钱也在稳定增长。汪佳伦想到爷爷去世前的叮嘱，就决定腾出手来做点儿对社会有益的事，使自己真正成为"肩担道义，手著文章"的大写的人。他要燃烧自己，照亮别人。

汪佳伦思前想后，就召集了几位老相识。发小同学"五大才子"之一的"菜包子"蔡天问，现已回到向阳，以屠宰猪羊营生。老实疙瘩吴建设在蔡营种植蔬菜，也搞点电器维修。还有用镢头刨诗的赵运来，他有砌墙的手艺，老婆方仁爱嘴皮子利索，靠卖老鼠药和狗皮膏药赚点小钱，本来日子过得还行。后来，老婆被人所骗，又被逼着和骗子一起骗了瘫痪在床的退休干部汪苗苗的养老钱，而被判刑。一个好好的家从此败落，赵运来四处奔波，艰难度日。找到他们三人，汪佳伦就商量，看能否成立一个民间组织，义务为社会做应急事故帮扶。资金、场地等一切由汪佳伦想办法，不用其他人操心。

汪佳伦心想，上天已经给了自己很多，如果不知足，还想得到更多，而不去付出和奉献，就太贪心了。他要做到既能担负起社会责任，又能照顾好曾经帮助过自己的人和生活困难的乡亲。他还要照顾他们的自尊，让他们感觉到不是施舍，而是让他们发挥所长服务社会，同时获得了应有的劳动报酬和幸福感。

他们一起商量，决定把原来向阳县水厂的闲置厂房和二十亩土地利用起来，成立向阳市向阳花开义务救援队，实现自己给社会温暖、给自己阳光的凤愿。汪佳伦原来接手的向阳县建设水厂项目，由于群众反映水厂系公益性质的企业，不宜让民营企业经营，当时的县委书记、县长怕因此影响升迁，就劝说汪佳伦把建到中途的水厂停了下来，从此闲置多年。

大家的热情比夏天的气温还要高，纷纷拍手称快。经向阳市民政部门审批，注册成立了向阳花开义务救援队。蔡天问任队长，赵运来任仓库保管员兼出纳，吴建设任后勤采购员，野山冲林场原场长的大儿子、现已下岗在津门街上开麻将馆的韩雨当司机，汪佳伦当幕后总顾问。

汪佳伦首先拿出一百万元放到救援队的账上，人员工资由汪佳伦负责发放。设立了秘书组、搜救组、医疗组、培训组，确定了正式队员十人，预备队员十五人。同时招募志愿者，组织专业救援培训，逐步走上正轨。

在置办齐办公用品及生产生活用具后，汪佳伦把公司的一辆轿车和一辆货车划拨给救援队使用。在此基础上，汪佳伦给向阳花开救援队提出了"统一领导，协调有序，专兼并存，优势互补，统筹规划，突出重点，立足实际，按需发展，应众所需，急人所急，确保一方平安"的要求，建立了十二条规章和八条奖惩制度。汪佳伦还要求大家每周六或周日一起聚餐，他争取参加。

一切安排妥当，并将向阳和怀明两个地方的工作都理顺了以后，汪佳伦心无旁骛地参加了北京大学的在职博士生招生考试并被顺利录取，学制三年。二〇〇五年九月，他成为北京大学经济学专业的一名博士研究生，导师是资深经济学家萧国光教授。按照教学要求，他每月要到校听课，领取课题资料。

北京大学实行开放式教学，一些教授讲的大课，无论本科生，还是研究生，均可根据自己的爱好选择性旁听。于是，汪佳伦选择到自己三爹曾就读的北大中文系听课。其中陈教授的"中国古代诗词鉴赏"，让他如痴如醉。陈教授在讲台上妙语连珠，辞采华美，回肠荡气，韵味无穷。汪佳伦随后根据自己的听课感受填了一首《浪淘沙》词："缀字成诗词，闻者醉痴，千年风雅任骋驰。佳句梯云揽月日，高山仰止。讲坛真大师，博雅尖指，天下桃李共认知。春来燕园吐芳丝，蜂拥蝶使。"

　　本来，汪佳伦打算把写好的词当面呈送给陈教授并请他指教，但他忽然收到导师萧国光教授的短信，让他速来办公室。汪佳伦只好请同学将自己的词作转交陈教授。陈教授非常高兴，课间休息后继续上课时，询问哪位是汪佳伦同学，并当场朗读，夸赞写得好。当晚，陈教授还给汪佳伦发来短信鼓励："您才思敏捷，令人钦佩！今日幸会，来日方长。祝诗泉若山泉之奔涌，文意如春意之盎然。"

　　汪佳伦见到导师萧国光教授后，萧教授说："佳伦，我的学生孙思现在是上海联建资产管理公司总裁，他不知从哪里打听到你，想见一见你。主要是关于向阳市的一块资产处置问题，他说特别适合你操盘。"

　　汪佳伦说："我不认识孙思呀。"

　　萧教授说："这样，我把电话打通，你们先通个电话。至于如何商谈定夺，那是你们自己的事。"

　　萧教授当即拨通了孙思电话，汪佳伦与孙思电话初步沟通后，第二天就飞到了上海。上海联建资产管理有限公司是一家中外合资企业，总部设在上海兴国饭店。

　　汪佳伦到后，孙思总裁非常热情地接待了他。

　　孙思介绍说："我们公司打包购买了一部分不良资产，其中就包括你们江北省建行系统的不良资产。中间有一块是建行向阳分行的银都宾馆，占地二十余亩，目前处于半停业状态。我曾经亲自去过两次处置这块资产，结果都没能达成协议。这次我们在上海召开联席会议，又提到这块资产，有人提出来让我联系你，看你能不能接手。"

汪佳伦问："哪个人提出让我接手？"

孙思说："她和你很熟，但现在我不能告诉你。以后我们无论是否达成共识，我都会告诉你。"

汪佳伦说："那你先谈谈想法。"

孙思说："我们的底线是，不管地上的资产有多少，按土地来算，每亩地二百余万，总共我们要五千万，税金我们出。"

汪佳伦说："这可是天价呀！"

孙思说："在向阳是天价，但这块地处在黄金地段，搞房地产开发，那可是绝版！"

汪佳伦说："这样，我自己也测算测算。现在我先到宾馆登记住下来休息，晚上再谈如何？"

孙思说："你先休息，晚上六点钟，我请你一起吃晚饭。"

汪佳伦说："算了，明天上午我再来和你详谈。若谈成了，我们再一起吃饭。"

孙思说："好！我们争取谈成。"

入住后，汪佳伦迅速通知预算人员分析测算，然后洗了个澡，准备先睡一觉再说。

晚餐后，汪佳伦独自一人坐出租车来到黄浦江畔的上海滩，面对美轮美奂、五光十色的夜景，汪佳伦的思绪飞到了二十年前他第一次到上海，在上海滩留影的情景。当年他随向阳县委书记带队的党政领导干部赴江、浙、沪考察团,从上海返回省城临江市,一张飞机票才五十七元,还赠送一包牡丹牌和一包凤凰牌香烟。二十三岁的县委办公室秘书科科长汪佳伦第一次坐飞机,兴奋得几天几夜睡不着觉。现在想想依然心潮澎湃,久久不能平静。

这时,搞测算的工作人员打来电话说,每亩地二百万元,可以拿下,没有风险。

第二天,汪佳伦和孙思在上海兴国饭店签订了意向书,合同价款为四千四百万元。正式合同签订后,一个星期之内,他们先行支付对方二百万元定金,余款一年内付清后,办理土地等交割手续。

达成初步协议当天,汪佳伦就飞回了向阳。摸清了公司的家底后,汪佳伦找到向阳城市商业银行董事长金银诗。自己公司原在该行的一千四百万元存款,被金银诗出面借给了他临江市的朋友,汪佳伦问能否立即归还。得知目前不能还款,汪佳伦直截了当地说明来意,问他能否从商业银行贷款四千万元,可以用银都宾馆的土地作抵押。金银诗说没有问题。

得到肯定答复后,汪佳伦带上印章,于二〇〇六年四月三日飞到上海,与孙思签订了正式合同。

尘埃落定,汪佳伦才问孙思,是谁介绍他与自己联系的。

孙思说:"是外方代表美国摩根公司的吉利女士提议的,她是美籍华人。"

汪佳伦说:"可是我不认识她呀!"

孙思说:"她是怎么认识你的,我不知道。反正她说,找到你,一是尽量成全，二是相信她的判断，一定能够成功。"

"不可思议！不可思议！"汪佳伦感到莫名其妙。

汪佳伦拿着正式合同文本回到向阳后，就让公司财务给上海联建公司汇去了两百万元定金。接着，他找到向阳城市商业银行董事长金银诗，拿着合同文本的原件让他看，希望早日落实四千万元贷款。

金银诗说："我马上召开贷审会，尽快给你搞到位。"

汪佳伦走后，金银诗和行长两人商量后决定，悄悄派专人到上海核实合同真假，同时派人到江南省怀明市调查了解电厂及煤矿情况，以便作抵押物。五天后，金银诗打电话给汪佳伦，说贷款事已过会，同意贷款四千万元，时间一年；一年到期后，还可再延期两次，但利率会逐年增加。

贷款到账后，汪佳伦一次性将余款付给了上海联建公司，对方也按时完成了土地和资产等过户手续。

汪佳伦随即在《向阳日报》刊登广告，招聘房地产开发所需的各类人才。汪佳伦还找到向阳市建筑设计院院长汪江水，请他帮忙拿出初步设计方案，以便修改完善后上报给市规划部门进行初审初验，同步拆除土地上的建筑物。

一个星期后的工作推进会上，所有人都在诉苦，各部门工作都举步维艰，关卡重重。汪佳伦心想，向阳的官场"地震"过去三年多，抓了那么多人，难道还没有把他们震醒？

房地产开发的第一关，就是根据土地规划部门的规划条件进行初步设计后报批。如果规划这一关通不过，其他一切都无从谈起。可是，在向阳市规划局，各科室的拦路虎像要吃人，障碍关卡重重。

"世人多媚骨，唯有君如故。"汪佳伦要求承办人员即便再难，也不准送钱。每道关口只认钱不认人，饭可以天天吃，物品可以照收不误，就是不办事。他们认为手中的权力就是自己的私有财产，就像窗户认为蓝天是自己的一样。甚至出现一个借用人员，在办公室都能把汪佳伦手下的人吼得像孙子一样。公司的人又气又恨，恨得牙齿都咬弯了，但束手无策，徒叹奈何。

大家七嘴八舌，唉声叹气。最后，汪佳伦说："同志们都辛苦了，我非常理解大家的心情。猴子不钻圈，无非多敲几遍锣。只要大家动脑筋，办法总是有的。反正违法乱纪的事，坚决不能干。如果实在不行，就放一放，等一等。'筷子喝不了汤，勺子吃不了面。'凡事莫强求，最后我再出面。请同志们相信，我们走过的弯路和不平，其实都是换了包装的礼物。总有不期而遇的意外，会让我们原谅工作中所有的刁难。"大家听了齐声叫好。

时间不言不语，悄无声息地流淌，却最懂人心最有威力。时间是永远的生活大师，它终究教会人们，等待也有着神圣庄严的意义。

二〇〇七年六月，向阳市市长出任吴都市市委书记，江北省临江新技术开发区党工委书记、管委会主任唐非凡出任向阳市委副书记、市政府代市长。

唐非凡上任后，第一次出席向阳市政协委员座谈会。政协委员们踊跃发言，但大多照本宣科，缺乏新意。这时，市政协主席杨军威点名让市政协常委兼经济委员会副主任汪佳伦发言。

汪佳伦首先从营商环境对经济发展的重要性谈起，举例说由于向阳过去营商环境差，造成中铁某局将总部从向阳搬走的惨痛教训。他继而讲到，在改善营商环境上，应高度重视向阳本土企业的发展壮大，特别是要多关心和保护企业家。市委市政府千万不要"招了女婿忘了儿"，一定要平等对待，否则得不偿失。

唐非凡市长对汪佳伦的发言大加赞赏，当场表态："企业家老大，产业第一，女婿儿子一样亲。"他要求媒体记者对汪佳伦的发言深度报道，并对汪佳伦说："佳伦同志，你今后有什么事，可以直接找我，会后我让秘书给你联系方式。"唐非凡市长要求，迅速在向阳掀起改善营商环境、大力发展民营经济、重视和保护本土企业家的高潮。

适逢向阳市委市政府正在谋划加快推进经济发展，市委书记田忠诚和市长唐非凡提出，要把向阳市南湖宾馆到飞机场特别是长虹路段，打造成向阳市的景观大道。汪佳伦报批的景观旺府小区规划地块，就在长虹路的黄金地段。

市委书记和市长带领相关部门踏勘到景观旺府小区规划地块时，询问目前工程进度是个什么状态，向阳微观实业集团的总经理杨盼汇报说，设计规划上报后一直批不下来，目前处于停滞状态。

唐市长现场办公，他说："这么好的地块，可以不受容积率限制，根据你们自己的设计先开挖地基，也就是说可以边施工边报规划,不受影响。以后有什么问题可以直接找我,由我负责。"

人们习惯于画圈圈,但有人在画圈圈时故意不画圆,给自己留个缺口当出路。唐市长掷地有声的一席话,在场的市直各部门及微观集团的干部职工们齐声喝彩,热烈鼓掌。

市长发了话,汪佳伦公司的景观旺府小区就开始热火朝天开工干了起来。首先从规划的地下两层车库挖地基,打桩,按部就班推进。一天,负责现场施工的副总打电话给汪佳伦,通往施工现场的两棵大树挡住了进出货车通行,必须移走。报告打给市城管局十天了,至今没有回复。汪佳伦说:"送钱的事,坚决不能干。你亲自去一趟城管局,直接找到叶晓仁局长。如果他依然不审批,按照市长办公会提出的'基层单位打上去的报告,任何单位无正当理由一星期内不予答复的,视同默许'的规定,你可以直接把树移走,出了问题,由我负责。"

在找到叶晓仁局长,却依然得不到答复的情况下,公司把两棵树移走了。结果,市城管局执法支队当天就赶到施工现场,要求停止施工。叶晓仁局长找到分管的副市长,说微观集团不请示报告,不经审批擅自砍树,属于犯罪行为,必须重罚严惩。

汪佳伦知道后,立即找到唐非凡市长汇报。唐市长问:"真有其事?"

汪佳伦说:"唐市长,我绝不会说半句假话。向阳的官场'地震'抓了那么多人,教训多么深刻。各级党组织反复强调,要常修为政之德,常思贪欲之害,常怀律己之心。广大人民群众都期望弊绝风清，可是，依然苍蝇成群，其害如虎。有的官员看似在为老百姓办事，好像啄木鸟为树治病，其实是为自己觅食。说实话，若不是权力把握着资源，谁愿意扔掉尊严、死乞白赖去求人甚至行贿？我们有些领导干部，对待下级和正常办事的普通老百姓，态度像要吃人。见到上级领导跟孙子一样，人前点头哈腰，卑躬屈膝，谄媚奉承，人模狗样。这些人一上岸，皆道貌岸然，正人君子一个。潮水退却后，白花花一群都是没有穿裤头的人。"

唐非凡说："佳伦说得形象深刻，不愧是大才子。"

正说着，叶晓仁局长也来唐市长办公室告状。

唐市长不留情面，生气地说："叶晓仁，你们城管局天天乱作为，还让企业活不活？为几棵树，人家打了报告，你不理睬，竟然还停人家的工，谁给你的权力？你们就此事要深刻反思，举一反三，坚决杜绝此类事件的再次发生。否则，我不管你什么背景，先停职，再查处。你现在立即亲自带队，到景观旺府施工现场给人家赔礼道歉，立即复工复产。"

叶晓仁本来想在新市长面前露个脸的，结果把屁股露出来了。他像哈巴狗一样，背对着门退了出去。

唐市长说："佳伦，晚上陪我一起到影视基地见黄政委，路上我们再好好交谈。"

汪佳伦和唐市长握手道别。

第二天，市规划局党组成员、纪检组长雷喜财找到汪佳伦说：

"佳伦老总，你看我们规划局连个大门都没有，像放牛场一样，任何人都可以自由进出。主要是我们门前就是一条直通家属区的路和几十家商户，又都是租用房县办事处的房子，把我们卡得死死的，而我们又奈何不得。我们给市政府打了报告，想把门前那六亩地买下来，成为我们局的一个整体院落，市政府领导也同意了。"

汪佳伦说："那是好事，直接办就行了。"

雷喜财说："是的，我们也是这样认为的。可是，我们新来的一把手找了很多关系，亲自到房县，人家书记县长连个面都不见。我们打听到，你跟常爱民省长关系特别好，我们局长就想请你找常省长出面做工作，让房县把这块地卖给我们。"

汪佳伦说："我是经常陪常省长去房县，几任县委书记、县长我都认识。前几天张县长来向阳找常省长，还是我陪他吃的饭，喝了不少酒。常省长'文革'期间在房县当过几年县委书记，对房县的感情很深。常省长退休后每次到房县去，我都会放下工作陪他玩几天。"

"那你帮忙出面找一下常省长，我们一起到房县去一趟，找一下房县的书记、县长怎么样？"雷喜财问。

汪佳伦说："我找常省长汇报一下，看省长是什么意见。"

雷喜财说："汪总，你一定要让常省长出面，把这个事情搞好。我给你打包票，只要你帮我们规划局把这块地搞到手，你景观旺府小区的土地规划，我负责给你搞好。"

"那你可要说话算话呀。"汪佳伦说。

"放心，我保证给你办好。"雷喜财拍着胸脯说。

于是，汪佳伦专门到常爱民省长在向阳的家里，详细汇报了这个事。常副省长说："佳伦，这块地是我任市委书记时专门特批给房县的。主要是照顾山区县，方便他们把山区的土特产运出大山。当时地是批给房县供销社的，至于现在是个什么情况，我了解一下。如果可行，我们就做做工作，争取把这个事情给办一下。"

过了两天，汪佳伦接到常爱民副省长的电话，说明天可以去房县，让向阳市规划局长也跟着一起去。汪佳伦通知雷喜财，让他和规划局长明天早上八点钟赶到向阳市政府机关大院，跟常副省长一起去房县。

路上，房县县委书记给常副省长打来电话，欢迎他回房县指导工作，并说自己正在北京出差，全权由县长和县委副书记兼县政协主席袁新云代表他接待省长，会把省长交代的事情办好。

上午十一点到房县后，县长热情地说，常省长要他们办的事一定会办好，具体由县委副书记兼县政协主席负责和汪总及向阳市规划局的领导们详谈。

常副省长说："你们房县的几个领导都熟悉佳伦同志，他和向阳市规划局长是好朋友，要我出面做你们的工作，把原来我批给你们作为房县驻向阳办事处的那几亩地转让给规划局。如果你们觉得可以，具体由佳伦代表我，与新云主席及向阳市规划局的同志们具体商谈。总之，在你们双方都满意的前提下，把事情给办一下。"

房县县长和袁新云主席表态一定办好，汪佳伦和市规划局局长一再表示感谢。

下午,房县县长陪着常爱民副省长去看望老同事老部下,袁新云主席让房县供销社主任在宾馆和汪佳伦及市规划局的领导们见面。袁主席对县供销社主任说:"你今天回去后,召开个领导班子办公会,统一一下思想,集体拿出一个意见,形成会议纪要。然后给县委县政府写个报告,我们研究。"

当晚,常副省长把老同事老部下喊到宾馆一起吃罢饭,就和佳伦及市规划局的同志们一起回到了向阳。把常副省长送到家后,市规划局长特别对汪佳伦表示感谢,也请佳伦督促袁主席早点把这个事情办好。他还要求雷喜财放下手中工作,全力给汪总搞好服务,并再去一次房县,早点把协议签了。

雷喜财说:"局长放心,汪总办事牢靠,我一定按你的指示精神办。你也要早点儿把汪总景观旺府小区的规划批了,否则我也不好做人。"

市规划局长说:"放心,我会办好的。"

过了三天,汪佳伦接到房县政协主席袁新云的电话,要其速到房县商谈土地转让的事。汪佳伦带着雷喜财和局办公室主任董文明一起赶到房县,当晚十一点,房县供销社和向阳市规划局签订了土地转让合同。

规划还未批准,但按照唐市长指示精神,景观旺府小区的地下工程顺利推进,已经到了地平线,马上就要一层一层起高楼了。市政府分管城建的副市长电话联系汪佳伦,传达市委市政府主要领导同志意见，说建行向阳分行想把紧挨景观旺府小区的六亩多地，与景观旺府小区的地整合到一起，再用建行下面正在营业的现有房屋和景观旺府盖好的房屋进行置换。希望汪佳伦顾全大局，慎重考虑，争取双方好好合作，尽早把建行那二层破旧房子扒掉，以免影响向阳关键节点上的城市形象。

汪佳伦答应副市长，可以让建行向阳分行的领导来面谈。在市政府有关领导督促下，向阳微观实业集团和建行向阳北城支行签订了房屋置换意向协议。

二〇〇七年初，根据新的国家产业政策，装机五千万千瓦时以下的小火电厂必须淘汰。汪佳伦接手后已运行三年，经济效益和社会效益都很好的溪水电厂也接到通知，要求迅速与国家有关部门达成补偿协议，年底必须停产。

二〇〇八年初，历史罕见的冰雪灾害突然袭击江南省大部分地区，包括怀明市全境。溪水县更由于外送输电线路"崩溃"，全县停电。

那天，汪佳伦和刚刚升任向阳市委书记的唐非凡正在办公室谈事，接到怀明市委书记张人杰的电话，要求本已关闭的溪水电厂重启发电。汪佳伦立即安排电厂干部职工全员上岗，克服一切困难，重新启动发电。电厂持续发电三十四天，亏损六百余万元，却为县城人民送去了光明。汪佳伦一声没吭，默默承受了下来。

冰雪灾害过后，溪水电厂淡出了历史舞台。汪佳伦在全体干部职工大会上宣布："国家给予电厂的所有补偿全部留在溪水，实行不予不取的政策。电厂男性年满五十五周岁、女性年满五十周岁的退休，其余的一部分转产，一部分留在原电厂搞房地产开发。开发的房屋首先满足电厂干部职工需要，每户一套按成本价购房。溪水双子湾煤矿凡干满五年的煤矿工人，也与电厂工人一样，按成本价购房。今后房地产开发所得利润一律留在怀明滚动发展，一分钱不带走。"

汪佳伦话音未落，全场响起了经久不息的掌声，不少干部职工流下了激动喜悦的泪水。

五月十二日上午，汪佳伦正在怀明市溪水宾馆讨论原电厂房地产开发项目的优化方案，忽然接到向阳市规划局雷喜财的电话。雷喜财说："汪总，按说你还得再'出点血'，最后考虑方方面面因素，已经把景观旺府小区的规划许可证办好了，你让人来规划局领取。"

汪佳伦说："难怪人们说，钱这么靠谱的东西都有假，何况人说的话。你们千万不要说话跟放屁一样，一门心思往钱眼里钻，早晚会吃亏的。"说罢就挂断了电话。

午饭后，汪佳伦还在午休，忽然感觉宾馆房间的吊灯叮当作响。汪佳伦睁开眼一看，顿觉天旋地转，写字台上的台灯摇摆着倒在桌上。

汪佳伦连忙跑出房间，走廊里已经有很多人在议论，说可能发生地震了。人们纷纷顺着楼梯跑出宾馆。

很快得知，四川汶川十四点二十八分发生了里氏八级特大地震。汪佳伦立即通知向阳花开救援队做好准备，随时准备参加灾区救灾抢险。同时，号召公司江北、江南所属企业及公司干部职工积极捐款捐物。

当晚，汪佳伦个人不留姓名向灾区捐出了一百万元人民币现金。第二天，公司给向阳花开救援队拨款三百万元，要求救援队在征得有关部门同意后，带上二十吨大蒜和救援物资奔赴四川灾区参与救援。

二〇〇八年八月八日晚八点，北京奥运会举行。好友给汪佳伦送了一张开幕式门票，他亲赴现场观看。汪佳伦早早来到北京鸟巢体育场，刚一落座，工作人员就递给他一张明信片，要求现场填写，交由工作人员邮寄给自己想要送达的任何人。

开幕式上，北京鸟巢体育场变成了红色的海洋，星光灿烂，礼花满天，古老而崭新的国度将自己灿烂的文明呈现给了全世界。看着熊熊燃烧的奥运圣火，汪佳伦的心沸腾了。回到宾馆，汪佳伦写下了一首诗《赞北京奥运会开幕式》："缶吼晷舒长卷开，雕今铄古无人猜。大智谋得惊世作，鸟巢万国乐开怀！"

同年九月，汪佳伦到北京参加北京大学工商管理博士（DBA）毕业典礼。当晚，他把女儿送上了赴美国华盛顿大学就读的飞机。

十月一日，汪佳伦参加了景观旺府小区的盛大开盘仪式。开盘当天狂销百分之八十，汪佳伦回归向阳地产，旗开得胜。

二〇〇八年底，汪佳伦获得江南省怀明市抗震救灾先进个人称号，向阳花开救援队获得了向阳市抗震救灾先进集体称号。

二〇〇九年，汪佳伦全力督促景观旺府小区的工程质量和工程进度，力争二〇一〇年交付。

二〇一〇年五月，汪佳伦报名参加了北京长江商学院的 EMBA 非全日制招生面试。赴京航班上，汪佳伦刚好和向阳市委书记唐非凡坐在一起。唐书记说："我刚刚听说北京大学正在筹办一个高端 EMBA 班，主要招收副厅以上的党政领导干部和优秀企业家及影视明星等知名人士，各占百分之五十，你不妨去试试。"

汪佳伦说："好的，我打电话问一下北大博士生导师，看看是什么情况。您这次到北京是开会吗？"

唐非凡书记说："主要是找民政部领导，汇报我们向阳某些地名的理顺关系问题。佳伦，你这个大才子，我看你为我们古隆中、习家池、鹿门寺等都写了诗词，非常好。我们向阳护城河，那可是华夏第一城池呀，你怎么不写一下呢？"

汪佳伦说："唐书记，从北京回去后，我专门到护城河实地感受一下，拿个东西出来，交给您审阅。"

"我期待着！"唐非凡紧紧握住汪佳伦的手说。

飞机落地后，汪佳伦就打电话给萧国光教授了解北京大学高端 EMBA 班的情况。萧教授回答是肯定的，并说学费目前是国内最高的，要求很严，目前正在筹备首届招生工作。汪佳伦非常不舍地放弃了长江商学院，转而报了北大 EMBA。

回到向阳后，汪佳伦走进杨柳轻拂的向阳护城河，极目远眺，古老的城墙席地而卧，仿佛温顺的春姑娘坐在向阳护城河的怀里。

汪佳伦顿时诗兴大发，豪情万丈。他掏出纸笔，恣意挥洒，心泉上澎湃出《诗话向阳护城河》，唐非凡书记过目后，发表在《向阳日报》上：

枕着岘山睡眠，
拉着汉水联欢，
抱着古城缠绵，
望着白云呢喃。
山水相扶相搀，
心灵相恋相牵！
习家池是你玩耍的儿伴，
鹿门寺瀑雨池是你生命的泉眼，
九街十八巷是你放飞的群雁！
啊，向阳护城河，
华夏第一城池名不虚传！

你为诸葛亮隆中对策摇羽扇，
你为孟浩然煮诗炖句灌田园，
你为米芾飞墨刷字呈端砚，
你为张继枫桥夜泊揉双肩，
你为李自成大顺称王插旗杆，
你为李喜华清嗓悲歌唱破天，

你滋养了全国村民调解第一敖大焕,
你哺育了张文驰中国最年轻骨髓捐献好儿男!

你的魂魄你的胆,
打捞了香飘飘的牛肉面,
腌制了脆生生的大头菜名片,
酿造了霸王醉中国第一高度烈酒仙,
纺织了"寸纱不落地"勤俭节约顺风帆,
照亮了东风汽车城里不夜天,
展开了津门新城新画卷,
奏响了向阳人奔涌浪尖的和谐幸福弦!

水灵灵,波闪闪,
白嫩嫩,亮鲜鲜,
一河圣水一河诗篇!
向阳护城河,
你见证了向阳历史的清浊与丰歉,
你品读了向阳云卷云舒的必修经典!
你是向阳纯情天空的眼,
你是向阳新娘羞涩的脸,
你是向阳男子汉踏浪前行的智慧泉,
你是向阳水花与心花怒放的并蒂莲,

你是向阳人永不典当的宝贵遗产!

啊,向阳护城河,
向阳人已踩着先贤的鼓点,
韵脚沿着你的诗径向着心灵的流水盛宴,
奔向花竞芳艳的人间四月天!

北京大学 EMBA 高端班的招生,前后经过报名、审核、面试、担保人担保、交费等一系列手续后,直到二〇一二年元月才正式开学。

授课间隙,院长赠给汪佳伦一本新著《跬步集》。书中有她一路走来的艰辛历程和学术成果,还有各个时期的一百三十二帧照片,很是感人。汪佳伦诗兴大发,专门为她填了一首《钗头凤》:"柔指尖,玉珠牵,翰墨书香四月天。未名边,博雅轩,墨语眸间,文赋经典。览,览,览。凌云端,执教鞭,吹皱春池风拂面。影经年,娇颜妍,气定神闲,唯美天然。念,念,念。"

回到向阳后,汪佳伦召开了集团中层以上干部会议,正式宣布,今后公司一切事务全权由高薪聘请的原国企上市公司的高管吕文总经理负责,自己今后专心做学问和公益事业。原在公司后勤服务处工作的杨诺担任公司出纳,公司任何开支必须由总经理吕文签字。

一个月后,北大 EMBA 第二次授课期间,汪佳伦与知名影视演员金莉莉成了无话不谈的好朋友。汪佳伦为她填了一首《钗头凤》:

"玉脂手，眉翠柳，颜如桃花偷天酒。忆红楼，迎春游，娇尘莲步，暗香盈袖。顾，顾，顾。影视秀，天红透，德艺双馨群芳妒。燕园路，苦争渡，尊前笑淡，羞花依旧。赋，赋，赋。"

北大 EMBA 第三次授课，在北大经济学院三楼举行。班主任让每个小组选出一名组长、一名副组长后，要求每个小组选出一人参加马上举行的班委选举。刚刚当选第七小组组长的汪佳伦被推举参加班委的选举。演讲中，他简单介绍了一下自己后，由所在地向阳市的推介，延伸到来北大读书的目的和意义，以及如何为同学们搞好服务。他出口成章，引经据典，声情并茂，妙趣横生，多次被同学们的掌声打断。最后进行无记名投票，汪佳伦得了个满票，顺利当选班委，并被推选为班长。

汪佳伦还是有顾虑，因为来北大读 EMBA 的大部分同学都是副厅级以上领导干部和全国各地的知名企业家及著名影视演员、主持人，而自己只是一个地级市的民营企业家，又不在北京，他无论如何也不敢挑这个担子。汪佳伦反复找班主任和分管院长陈述理由，最后，终于同意他担任常务副班长。

课堂上，汪佳伦即兴为上课的老师们赋诗，同学们也纷纷邀约汪佳伦为他们赋诗留念。班主任同意后，汪佳伦就以"影·诗·情的交响"为刊名，制作了诗词辑——将所创作诗词，配以自己与老师、同学们的合影等，设计印制好后发放给大家，深受同学们喜欢。

五月，汪佳伦为授课的资深外交家填了一首《浪淘沙》："璀璨肇星空，且共从容，旁征博引话西东。遥想国际风云处，舌战芳丛。

政坛已争雄，苦乐无穷，今朝夕阳花正红。铁血柔肠傲风骨，谁与君同？"

二○一二年六月，汪佳伦与部分北大学子应邀前往美国进行了为期半个月的考察访问。代表团先后访问考察了纽约、洛杉矶、芝加哥、华盛顿等城市。在华盛顿，汪佳伦看望了女儿小清。参观了纽约联合国大厦后，汪佳伦写了一首七言诗《联合国大厦沉思》："巨厦高悬万国旗，化敌为友世人祈。讲坛空留交锋场，天下为公何所期？"

八月，汪佳伦随中国企业家代表团参观考察中国台湾。他们先后游览了台北故宫博物院、阿里山、日月潭、太鲁阁峡谷等景点。汪佳伦在碧波荡漾的日月潭里尽情游玩，拍照留念，并写了一首《台湾日月潭即兴》："日月辉映碧翠蓝，盈盈春水情缠绵。把酒掏心问青天，何日母子把梦圆！"

八月十八日，汪佳伦回到向阳，放下行李，拿上从台湾带回的土特产赶到老家蔡营看望日思夜想的奶奶。奶奶见到孙儿非常高兴，脸上每条皱纹里都是幸福，当即吃下了佳伦从台湾带回的凤梨酥糕点。

当佳伦走时，奶奶眼含热泪舍不得孙儿走，紧紧抓住佳伦的手不放。佳伦对奶奶说："奶奶，您放心，今后您照顾不了大爹了，一切由小爹和我来照顾，您不用操心。"奶奶听后连连点头。佳伦又给奶奶留了些钱，并交代父母要好好照顾奶奶，一步一回头地上车走了。

第二天上午十点半，佳伦接到小爹电话，说九十一岁的奶奶无疾而终，安详地走了。汪佳伦听后心一下子就碎了，在电话中放声大哭。小爹在电话中告诉佳伦，说奶奶提着一口气，一直等到佳伦从台湾回来见了面，才放心地走的，没有遭罪。

汪佳伦放下电话，立即回到老家蔡营帮着料理奶奶后事，日夜守孝，直到一生比黄连还苦的奶奶入土为安。吃奶奶的奶水长大的汪佳伦，无法承受奶奶离开的事实，他很长一段时间精神恍惚，以泪洗面，仿佛要把一生的眼泪都流完。

在对奶奶的无限思念中，汪佳伦继续完成北大EMBA学习，《影·诗·情的交响》也已出了八期。漫步北大未名湖畔，他在博雅塔间吟咏半日，突发奇想，结合北大103位同学所在单位的工作情况及个人特点，以每个同学姓名作为七言藏头诗连接起来，写了一首《未名湖情思》，发表在《影·诗·情的交响》上。听到第二批北大同学访美期间遭受不公待遇后，汪佳伦愤然命笔，写下了一首诗《别了》，并转给了在美带队访问的负责人。

别了，
我滚烫的心早已冻成冰窟，
何谈什么心灵的归宿？
别了，
月亮早已爬上树梢准备溜走，
难道还要再次冤枉付出？
别了，
泪眼已看不见蔚蓝天空，

滴血的心哪能擂得响丢弃在墙角的暮鼓？
别了，
回望来时的小路，
虽有鲜花却暗藏毒素。
别了，
年轮已碾碎了岁月的国土，
谁为我擦洗心中的酸楚？
别了，
你那写满春天谎言的谈吐，
早已成了传说中的乌鸦枯树。
别了，
我要大声疾呼，
重新去丈量心灵的坦途，
找寻我生命的未名湖！

二〇一二年十一月，汪佳伦随国家领导人出访法国和意大利，并出席了中国和意大利工商界晚宴。汪佳伦激情难抑，写下了《出席中意工商界晚宴抒怀》："中意政商齐聚首，行云有情月含羞。举杯畅饮夜未央，吟笺纸笔系行舟。"

汪佳伦看到了更广阔的世界，感觉自己的人生由此更加丰富。随团回国途中，代表团转道访问了莫斯科和圣彼得堡。汪佳伦专门拜谒了俄罗斯诗人普希金的墓地。

刺骨的寒风中，汪佳伦面对普希金雕像，想到普希金在十六岁时就为自己写好了墓志铭。在三十八年的短暂人生中，每当遇到不幸的人，他都会如自己在墓志铭中所说的那样，想方设法给予帮助。即使自己没有金钱，他依旧会不遗余力地帮助别人，用善良的心灵和开阔的心胸，去战胜生活中的不幸，并用笔墨和实际行动告诉世人，只要坚强乐观，自由和美好就触手可及。

从普希金伟大的灵魂，想到自己人生，汪佳伦难以言说，心情久久不能平静。回到宾馆，他写下了一首诗《哭普希金》：

真不忍心仰望你太过年轻的脸庞，
谁愿触动那道决斗的枪伤？
更不想追忆那撕心裂肺的悲怆！

秃笔落在苍白的纸上，
久久形成不了诗行。
只有热泪在心中流淌，
思绪打湿了眼眶。
山在崩，地在裂，天在晃。
1837年1月29日沙皇阴谋取走了你的心脏，
圣彼得堡连同整个世界都成了泪水汇成的海洋，
还有白桦林哽咽的河流与风雨中哭泣的山岗！

今天我伫立在你的塑像旁，
冬雪抚摸着你的脸庞。
花蕊顶风冒雪为你绽放，
青春的诗歌在为你咏唱，
凄凄的泪花敲打着你的心窗。
你为整个世界留下的痛苦和怅惘，
怎能用文字言状？

舔着冰凉的冷雨挽唱，
含着锥心的无法言语的寒霜。
拾不起满地落英的魂芳，
翻着一页一页多皱的心房，
唯有在心灵的素宣上留下一笔痛断肝肠的哀伤！
普希金……诗歌的国王，
今天为你点一炷心香，
用带泪的笑容，
去迎接明天冉冉升起的朝阳！

回到北京，已是岁末年初。汪佳伦参加了财智精英慈善晚宴，来自全国各地各行业的精英云聚于此，美国前总统小布什的弟弟尼尔·布什也专程赶到北京参加活动。晚会由汪佳伦的北大 EMBA 同学、央视著名主持人主持。

汪佳伦出价一百万元，拍下了一件乒乓球世界冠军奖杯。

元月十六日，汪佳伦又参加了第十届中国经济十大创新人物颁奖典礼，他从原国家领导人手中接过奖杯，并发表获奖感言说："心在山顶的人，不会贪恋山腰的风景。创新企业家就是要不断创新，百折不挠，坚持到底。最终，美丽的景色一定会尽收眼底！"

回到向阳，汪佳伦参加了公司景观旺府小区第二期的开盘活动。开盘即清盘，完美收官。

这时，已从建行向阳分行北城支行行长岗位辞职下海的卫鸣平找到汪佳伦，向汪佳伦讲了一个惊人秘密。建行北城支行与向阳微观集团置换协议的房屋面积是假的，实际只有一千零六十八平方米，伪造了近一千平方米。在与向阳微观实业集团签订置换协议前，当地首寨办事处已下达了限期拆除违建的通知书。卫鸣平交给汪佳伦一份通知书原件。汪佳伦立即让律师前去交涉。

二〇一三年二月十一日，汪佳伦忽然接到电话，说著名乒乓球运动员庄则栋大年初一在北京逝世，享年七十三岁。汪佳伦闻讯后伤感扼腕，伏案追思，翻找出一九九六年接待庄则栋先生时的合影，疾书《悼庄则栋》怀念："仙鹤西去声幽噎，倾江注海凄泣切。哀筝一曲向天国，乒乓外交垂名节。"

六月十七日，汪佳伦以中企会副主席身份，率团赴中国台北祝贺中国国民党荣誉主席七十五岁华诞，赠送著名画家作品。晚宴后回到圆山饭店，汪佳伦心潮澎湃，提笔写下了《浪淘沙》："快意人生欢，寿比南山。谈笑鸿儒风流传，妙语连珠澎湖湾，花香春暖。

地脉本同源，萁豆何堪？纵有千顷浪滔天，君破坚冰挂云帆，期盼月圆。"

六月二十日，汪佳伦从台北直飞深圳参加全球华人企业家论坛暨中国文化创新大会，国家领导人为他颁发了经济贸易促进会副会长聘书。晚宴后，汪佳伦赋诗一首《担当》：

像铺开的暖阳，
洒在我担当不起的肩上；
像翡翠的清香，
碎在我眸子里放光。
逼人眼的新绿在心中发疯般生长。

花喜鹊抢占了村头的新瓦房，
用她脆亮的清嗓，
率先把心中的喜讯唱响。
是她拥抱了我的臂膀，
读懂了我的向往，
硬生生闯进了我的心房。
唯有用谦卑礼让，
把紧锁的一扇心门开放，
任一次次变奏的交响，
在我人生的旅途上回味激荡！

七月七日，汪佳伦应邀前往贵州茅台酒厂参观学习。七月十日，名誉董事长专门接待了他，进行了长时间座谈。汪佳伦乘着酒兴，特意为他咏唱了一首《茅台情深》：

> 心舟轻划泊小镇，
> 惊艳佳酿向天问。
> 异乡只身，
> 系紧命运绳，
> 踏石留痕直达顶层。
>
> 晓霞缠痴，星月为证：
> 为造极品奇珍，
> 你的目光洞穿了桑田红尘；
> 你的血泪洒满了古道缤纷！
> 染白的银丝惹人疼，
> 国酒的美名醉倒五湖四海人！
>
> 举金樽超凡入圣，
> 倾玉壶激荡乾坤。
> 烈火雷霆点燃了文人的诗灯；
> 玉液泉涌敲开了豪杰的心门！
> 似羞花闭月倾国倾城！

我愿在奢望浓墨处，

看你书写传奇永恒，

将那份怦然心动悄悄藏珍。

任相思道尽绵绵乡愁共春，

尽痴情叹断悠悠俗子凡尘。

想你的美，

爱你的诚，

恋你的真，

愿与你共续秋水长天情缘今生！

在贵州学习考察期间，汪佳伦接到有关部门电话，邀请他随团参加在印度尼西亚巴厘岛召开的 APEC 亚太经合组织会议。会上，汪佳伦聆听了国家领导人的精彩演讲，会场掌声四起，汪佳伦非常激动，民族自豪感油然而生。回到阿优达皇宫大酒店，他写下了一首《出席亚太经合组织会议感悟》："政商印尼傲苍穹，经济风云热浪涌。联盟舌战显儒雅，雄韬伟略笑春风。"

随后的会议中，汪佳伦根据大会议程及会议组织者安排，分别与智利总统、印尼总统、新加坡总理等政要合影留念。

二〇一四年元月十二日，汪佳伦参加了北大 EMBA 首届毕业典礼，从院长手中接过了沉甸甸的毕业证书。他把刚刚出版的个人诗词集《心韵》赠给了参加毕业典礼的老师同学们。

秋高气爽、硕果累累的九月，汪佳伦再次随国家领导人出访英国和法国。在英国，他随团参加了中英联合投资论坛和中英工商界欢迎晚宴，参观了有九百年历史，培养了五十七位诺贝尔奖获得者、七个国家的十一位国王、五十三位总统和首相的牛津大学。

在法国，他随团参观了邓小平同志赴法勤工俭学的工厂、法国荣军院、埃菲尔铁塔、凯旋门、巴黎歌剧院、卢浮宫博物馆。尤其给他留下深刻印象的是，卢浮宫博物馆的三件镇馆女神，都彰显了残缺之美。这到底是上帝的有意安排，还是艺术家的疯狂捉弄，抑或命运的自然造化？他陷入沉思。

利益野蛮生长，罪恶必定洪水滔天。这一年，由小额贷款公司引发的金融乱象开始爆雷。有关部门全面排查，开展专项整治，化解金融风险。向阳市也从上到下开展小额贷款公司整治活动，汪佳伦庆幸自己坚决不办小额贷款公司的决定。

地狱空荡荡，魔鬼在人间。当初向阳一家知名企业在办理小贷公司过程中，资金出现缺口，找到有关领导给汪佳伦打招呼，同时又找有实力的公司出面担保，拿出草拟好的借款合同和担保合同找汪佳伦借钱。汪佳伦磨不开面子，就按对方已打印好的合同借给对方二千万元，用款时间三个月，月息三分，若到期不还款，利息涨到五分。结果，对方一直拖到一年半才还，且一分钱利息也没有。同事拿着合同要求还款付息，对方又找到领导说情，汪佳伦只好放弃。

汪佳伦召开专题会议，要求公司上下一定要吸取教训，今后任何人不准进入小贷行业，也不准将个人的钱轻易贷给别人，更不准在集团公司账上打主意，否则，一经发现立即开除，并追究经济和刑事责任。

汪佳伦说："放高利贷的人，都是没有灵魂的人。在座的大家都知道，我是从来不进赌场，不进舞场，不进桑拿房，不进洗头洗脚屋，但我并不反对别人到这些娱乐场所，而是自己长年累月养成的自律习惯。我的脚指甲过去是我爱人帮我剪，因为我太胖，弯腰困难。我爱人去世后，我克服困难自己剪，从来没有图省事儿，到洗脚屋脚一伸，花几十元钱，一剪了事。为什么呢？并不是我有多么伟大，多么了不起。因为我坚信，所有优秀背后，都是苦行僧般的自律。放纵和克制，是两种截然不同的人生。坏习惯一旦养成，慢慢就会变质，一旦变味儿了，就容易出毛病，到时，一切都晚了。

"有四句话，我想送给你们，与大家共勉。这四句话是：贝者是人不是人，只因今贝起祸根。有朝一日分贝了，到头成为贝戎人。这四句话寓意很深奥也很浅显，很容易理解。每句话包含着一个字。即第一句话里的'贝者'合在一起是个'赌'字。意思是，人一旦沾上赌博，有时候是人，有时候就不是人了。第二句里的'今贝'是个'贪'字，意思是，人一贪婪，灾祸就会找上门。贪婪就像失控的洪水一样，所到之处无一幸免，全部会被淹没。第三句话里的'分贝'是个'贫'字，意思是，人一旦贫困潦倒，就会怎么样？这就引来了第四句话里的'贝戎'二字，合起来就是'贼'字。意思是，人一旦穷了，就容易去偷，去抢，就会成为小偷，农村叫'贼娃子'。不义之财，如汤泼雪。去偷去抢，就会坐牢，那不就完了吗？俗话说得好，人虽不能把钱带进坟墓，但钱却可以把人带进坟墓。我不会去劝一个执意要吃屎的人，不然，他不但不会感谢你，还会以为你会和他抢着吃。希望大家一定要铭记在心！"

汪佳伦的话如千钧重锤，似惊雷砸地，字字震撼人心，句句振聋发聩。会场上响起了经久不息的掌声！

然而，"万绿丛中过，片叶不沾身"的汪佳伦做梦也想不到，自己喂养的一群猪，正在拱自己菜园里的白菜。更想不到的是，屋子脏了可以用水洗，人心脏了就得用血来洗。

二〇一五年六月，向阳微观集团有限公司连续收到市、县（区）两级法院的传票，起诉微观集团公司借款逾期未还及担保借款负连带责任，涉及资金高达数亿元。汪佳伦立即让新聘请的律师和公司内部审计人员查明事实真相。

真是知人知面不知心，画人画心难画骨。经初审查明，杨诺竟然以微观集团名义，私自开设了公司和个人账户一百九十七个，目的只有一个，就是把公司的账目搞乱，把公司的资金转移出去。杨诺有了吞天的欲望，地球已经容纳不下他的野心了。前前后后要把几亿资金东挪西借转移出去，必须得有人配合方可，于是一些虾兵蟹将，包括公司的会计、记账员、银行工作人员等都成了他的帮凶。

没有路灯的地方，夜里到处都是鬼。杨诺就像慢性毒品侵骨入髓，他和公司会计半公开地挪用、贪污公司资金，其他工作人员也就浑水摸鱼、无孔不入地巧取豪夺。工程部的人和施工方相互勾结，工程造假，巧立名目，套取资金。一个小电工每月偷电两万多元，保卫人员监守自盗工程材料，律师造假套取公司资金，司机伪造修车费、汽油费、洗车票等大肆贪污，真是触目惊心。

如果报案，杨诺、公司副总、工程部长、几名会计、水电工、保安、物业经理、物业收费员、司机、律师、法官、银行工作人员、售楼人员等十几人都将锒铛入狱，几十个家庭将面临灭顶之灾。

汪佳伦哑口心想，如果他们贪的是国家的钱，肯定要将他们送进监狱，但他们贪的是公司的钱，汪佳伦还是想家丑不外扬，将军有剑、不斩苍蝇，长草短草、一把挽倒，还是想治病救人，选择放他们一马，让所有人自己交代贪污、挪用公司资金的情况并积极退赃，清收账款。向外单位和个人的借款及担保的钱款，由公司先背着，待核实后偿还。不追究任何人的刑事责任，但所有人一律开除，一个不留。

正在这时，汪佳伦曾经最信任的人，自己师傅杨凤安老师的儿子、公司出纳杨诺，猩红悔恨的双眼里像是锁着一头凶兽，他用铁拳把媳妇朱如狠狠揍了一顿之后，留下一封遗书，跳汉江自杀了。朱如与公司会计刁英怀随后携赃款仓皇逃亡，开车撞上岩石掉进悬崖双双殒命……

第十章 向阳花开

第十章　向阳花开

生命，这个圣洁的字眼，是上苍给予每个生灵的无私馈赠。古往今来，无论帝王将相、才子佳人，还是乡绅商贾、庶民布衣，乃至飞禽走兽、花草林木，从呱呱坠地，到百年归天，在生与死的临界点，他们的生命都是唯一和宝贵的。因为只有生命，才是世界上独一无二的。

作为万物生灵，人必须有热气腾腾的灵魂，让自己的生命绽放出最光辉的色彩，乃是对生命最基本的热爱和敬畏。像波澜壮阔的江河，不畏千沟万壑、急流险滩、曲折迂回，奔腾入海，才不枉在这人世间走了一遭。

汪佳伦认为，人生于世，本凡尘微末。生命这朵人世间行走的花，低入尘埃，却也高挂枝头。生命中除了爱，其他都是行李。人的一生就像演戏，千万别演砸了。每个人在自己的人生舞台上，要用爱扮演好自己的角色，用爱肩负起社会赋予自己应尽的责任，生命才有价值和意义。

要有范仲淹"先天下之忧而忧，后天下之乐而乐"的远大抱负，文天祥"人生自古谁无死，留取丹心照汗青"的浩然正气，龚自珍"落红不是无情物，化作春泥更护花"的献身精神。生当似鹏起，终当如鲸落。用生命里所有的时间和精力，真心和真情，欢笑和泪水，去演奏好完美无瑕的生命乐章。那么，在剧终谢幕之时，不管是亲爱的故旧好友、同乡同学，不管是亲爱的领导同事、宿怨新仇，也不管是亲爱的小狗小猫、小鸟小鱼，抑或亲爱的一树繁花、一杯茗茶、一捧热土、一泓清泉等，都会为你五彩的美丽人生流泪鼓掌！

每个人都是在自己的哭声中诞生，在别人的哭声中死去。人生就是哭给自己听。

　　面对公司杨诺夫妇和会计刁英怀之死，汪佳伦惋惜心痛，毕竟是三条鲜活的生命。他找到杨诺的父亲杨凤安老师，把详细情况向他汇报。汪佳伦一把握住杨凤安老师的手，面露愧色，像犯了错的小学生，眼泪直朝下走。

　　杨凤安老师说："佳伦，杨诺走上这条绝路，是他自己把手伸进了装满金子的油锅，是咎由自取，是活该，我不怨你。他的媳妇朱如才是罪魁祸首！杨诺第一次把朱如带到家里时，我就持反对意见，让杨诺慎重考虑。我通过关系了解到，朱如的妈在街道服装厂工作。这女人手脚不干净，经常偷工厂的布料，最后被保卫科长现场抓住，她竟以身抵罪，两人成了情人。在这种没有公序良俗的家庭环境中长大，怎么能好？朱如的两个哥哥先后犯罪坐牢，她本人从小就抽烟喝酒跳舞胡混。最后和杨诺搞到一起，杨诺鬼迷心窍，被折腾得七荤八素，很快缴械投降，同居怀孕，只好和她结婚。真是跟着蜜蜂采花朵，跟着苍蝇找厕所。自从杨诺和朱如结婚后，我们家就没安宁过。现在搞成这个结局，给公司造成这么大的损失，给你找了这么大的麻烦，太对不起你了。我这辈子算是永远也报答不了你们汪家几代人的恩情了。"

　　汪佳伦说："杨老师，您这说到哪儿去了？"

　　杨凤安老师说："佳伦，我今年八十四岁了。一九六六年政治风暴爆发时，我三十四岁，已当了九年右派。蔡营的造反派们又把我

第十章 向阳花开

揪出来批斗，我一时想不开，就向你爷爷倾诉，不想活了。你爷爷反复劝我，千万不要轻生，困难的日子终究会过去的。但我确实被他们辱骂殴打得受不了了，当天夜里，我原准备跳粮食仓库旁边的南坑里淹死算了，但又怕被人发现了施救。最后，我在家里上吊自杀。当时还下着小雨，你爷爷怕我想不开，半夜从生产队牛栏里冒雨赶到我家。他半天没敲开门，因为我已经昏迷了。你爷爷感觉情况不妙，一脚踹开了我的房门，把我从鬼门关拉了回来，救活了。五十年了，你爷爷'事了拂衣去，深藏身与名'，没有和任何人讲过。我怕丢人，更是难以启齿，也没有跟任何人说过。你爷爷是我的救命恩人，他虽然只比我大十岁，但我一直把他当长辈看。后来，你爷爷又想办法请人做媒，帮我找了杨诺的妈妈结婚。这样，我才生活了下来。你爷爷去世时，我哭死过去，很多人不理解。现在，我把这件事讲给你听，否则，我会永远烂在肚子里，要带到坟墓里去了。"

听了杨凤安老师的一番话，爷爷的形象在汪佳伦心中更加高大了。爷爷使人性的光辉发亮到了极致，他在无声地托举、成全、点亮别人的生命，自己却悄悄藏身隐匿。

是啊，这个世界上总有一些社会最底层的人，让我们灵魂颤抖。他们如此平凡，却有如此高贵的灵魂，让我们看到了人性的光芒和伟大。

汪佳伦心想，爷爷身上到底还有多少秘密没有公开？长期以来，爷爷被打入"另册"，为什么从来没有被批斗过？家里"弹尽粮绝"之后，爷爷空手坐船过江到城里，为什么天黑以后总能挑一担粮食回来？为什么几十年他一直在给生产队喂牛，却从未下地干过农活？爷爷有智有谋，为什么从来不说自己的辉煌，不谈自己的历史，不愿讲述自己的过往？为什么爷爷在去世前一天，才把一张从未示人的年轻时穿着军装，腰中别了一把盒子炮，骑着一匹大白马的照片交给自己？去世后，为什么突然一下子来了那么多吊唁的陌生人？

往事并不如烟。回忆像考古神秘文字，汪佳伦自己难认，别人更看不懂。一连串的疑问，成了汪佳伦心中的不解之谜。

汪佳伦说："杨老师，杨诺出事儿，我也有责任，对他管理太放松了，也是太信任了。这样，他的儿子，也是你的孙子。我今天带了二百万元钱交给你，等你孙子长大后使用。"

最后，汪佳伦把二百万的银行卡，交给了杨凤安老师。

这时，在深圳工作的殷红打来电话，问汪佳伦在不在向阳。汪佳伦告诉她在省城，明天回向阳。

殷红说，近日准备回向阳，想约佳伦见面。汪佳伦满口答应。

二〇一六年九月十三日，殷红飞到了向阳，同行的还有汪佳伦的同学、贵仁律师事务所高级合伙人凡京生。殷红告诉佳伦，她这次回来，一是见见亲朋好友，二是帮姐夫的弟弟打官司，所以专门把凡大律师也请回来了。

汪佳伦问："你姐夫的弟弟是谁？出什么事了？"

第十章　向阳花开

殷红说："就是向阳市科技投资集团董事长柳林桥，他与向阳市城管局原局长叶晓仁，向阳诸葛酒厂原厂长牛二虎，市规划局原副书记、纪检组长雷喜财一起被逮捕的，你不知道吗？"

"向阳科技投资集团，知道，但具体是个什么事儿，我不太清楚。"汪佳伦说。

殷红说："我这个姐夫的弟弟人很不错，坏就坏在他不成器的媳妇身上。他媳妇叫黄克诘，原是向阳县大沟镇实验小学教师，本来跟镇武装干事蔡天问谈恋爱，准备结婚的。她身材性感，皮囊好，灵魂却不安分，出轨本校音乐教师，被蔡天问逮了个现行。背叛是仇恨的引线，点着了真要命。当兵出身的蔡天问把黄克诘和音乐教师打了个半死，怕他俩告状，工作也不要，跑了。其实，蔡天问也是个多情种。他在到大沟镇当武装干事前，是在向阳县山谷乡当武装干事，与乡中学教师王波丝谈恋爱并珠胎暗结。后来，他嫌人家个子矮，不般配，不谈了。人家不依，告他。最后，他找北京的战友胡又多出面，调到了大沟镇。"

殷红说："蔡天问为了爱情颓废了自己，只能收割自己的付出，一副好牌被自己打得稀巴烂。"

汪佳伦说："殷红，人生在世，真是你笑笑他，他笑笑你，太讽刺了。多亏我的牙结实，否则，大牙都笑掉了。这些你是怎么知道的？"

殷红说："当时，凡京生的哥哥凡京音从向阳县新华书店选拔到市广播电台当播音员，我比他晚几年从向阳县广播站调到市广播电台，我们是同事。蔡天问和凡京音的弟弟凡京生是发小同学，蔡天问带黄克诘从大沟镇到市区第五人民医院打胎，还是通过凡京音找关系，在凡京音家里住过。这些都是京音告诉我的。我姐夫的弟弟柳林桥，大学毕业分配到向阳县科委工作，后来调到市科委。他鬼迷心窍，和黄克诘谈起了恋爱。我还专门找我姐夫说，让他弟弟不要和黄克诘谈恋爱，因为我知道她作风不好。但我姐夫的弟弟死活听不进去，后来，两人结婚了。黄克诘自从向阳县大沟镇实验小学调到县幼儿园后，贪财如命。身为向阳市科技投资集团老总的柳林桥，就不设防地受贿，走上了犯罪的道路。"

汪佳伦说："殷红，关于柳林桥和黄克诘过去的人和事，就不要再说了，拎着垃圾的手，怎么腾得出来接礼物？把它遗忘在时间的轮回中吧。"

殷红说："好好好，不说了。我这次回来就想看能不能给柳林桥轻判一点儿，让凡大律师伸出援手，助一臂之力。"

汪佳伦说："京生，向阳是你的老家，柳林桥、叶晓仁、牛二虎、雷喜财这几个灵魂缺失、受贿的钱数到手抽筋的可耻蛀虫，只是庞大机器中的几颗螺丝钉，你也不要见怪。殷红过去对我很好，我永远忘不了她的情谊。你这次下点儿功夫，好好帮她一把，对柳林桥，在法律允许的范围内，想想办法。"

"佳伦，你放心，我一定尽力。"凡京生说。

"那我祝你们一切顺利。晚上我给你们接风洗尘，你们先休息一下，晚上见。"

第十章　向阳花开

　　花草不言，但芬芳了人间；时间不语，却回答了所有问题。晚饭后，殷红说："佳伦，你到我房间坐一下，我给你说个事儿。"

　　到了殷红所住的向阳南湖宾馆三号楼套房，殷红说："佳伦，我告诉你一个秘密。我在美国华盛顿大学当访问学者时，认识了在美国摩根公司工作的吉利女士，当她知道我是江北省向阳人后，她问我认不认识你。当我告诉她不仅认识你，差一点儿我们还谈恋爱了。随口唱出'因为爱情，在那个地方，再唱不出那样的歌曲，听到都会红着脸躲避'这几句歌词，吉利露出羞涩的甜美微笑，并说，'你和汪佳伦，正像印度大诗人泰戈尔赠给徐志摩和林徽因的诗句——天空的蔚蓝，爱上了大地的碧绿，他们之间的微风叹了声，唉！'从此以后，她对我特别好，一直很关照我。我从美国回国时，她还送了很贵重的礼物给我。她把我送到机场，分别时我总感觉她有什么话却止于唇齿，有什么事埋在心里。我闪着两个大大问号的黑眼珠瞪着她，她心房里荡漾着纤细波纹，却始终没有说出口。

　　"直到今年七月，她从美国飞到香港参加一个国际经济论坛，我因为到香港拜望一位涉外企业的高管，在电梯里和吉利不期而遇。我们两人相拥，瞬间泪目破防。她邀我在她所住的酒店吃饭，饭后她趁着酒兴，诉说了她和你的秘密。我才知道，她那么一个跨国集团公司的漂亮高管，在社交场合竟然从不化妆，原来是你不喜欢化妆的女人。她现在五十多岁的人了，还是那么年轻漂亮，岁月这个神偷，没能偷走她太多靓丽的美貌；时间这把刀生了锈，很钝，没能杀死她的容颜。她仍然不化妆，她为你愿与世界为敌，你说她对你该有多痴情？我感觉，她对你的爱很执着，就像蓝天离不开云朵。她虽然是个百万富翁，但在感情上却是一贫如洗，是个乞丐，到现在她依旧孑然一身。而你，一九九七年爱人就去世了，中间我和你通电话问起你的个人问题时，你说你字典里还没有结婚这两个字，必须等你女儿考上大学后再考虑。现在，你女儿研究生都毕业了，也参加工作了。这都二十年了，虽然你眼里写满故事，脸上看不见风霜，千帆过尽，没见你弱水三千取一瓢饮。你久溺深海不冷吗？你是不是'除却巫山不是云'，没有放下吉利，还在等她？在香港，吉利让我有时间一定要代她来看看你。现在你应该知道，我这次回向阳，为什么非要你安排住宿了吧？"殷红说。

汪佳伦记忆的钟摆，停留在盛时锦年和安莉初识的起点。他多想"爬上屋顶，给月亮递根烟"，让它给安莉捎个信，谈谈她是如何熬过的这些年。佳伦说："谢谢殷红！特别感谢你对我个人问题的关心。尽管人们都说，天下除了筷子，什么都可以放下。我心里除了没有放下尊严、骨气和爱，也确实没有放下安莉。同时，我也'曾因醉酒鞭名马，生怕多情累美人'，害怕'错把陈醋当成墨，写尽半生都是酸'，心里顾虑太多。对我而言，爱情就是个梦，而我总是睡过头，甚至是一梦不醒。我近期手头上的工作堆积得很多，待我把一些问题处理好后，我会立即考虑并解决自己的个人问题。谢谢你，谢谢！"

汪佳伦胸口堵得慌，声音沙哑，语带哽咽，直喘粗气。他忽然感觉，思念像村头树冠上的鸟窝，又孵化出了一个芳草嫩茵的春天。

第十章　向阳花开

真是"人有生老三千疾，唯有相思不可医"，汪佳伦也终于知道了女儿小清在美国读书期间，房东对她如何如何好的原因了。原来房东就是安莉，也就是吉利。

"上天啊！你怎么这么捉弄人，又这么眷顾人啊！"汪佳伦禁不住喊道。

送走殷红和凡京生后，汪佳伦一头扎进已泥足深陷的公司事务中，亲力亲为处理公司的所有债权债务问题。整个城市都睡了，只剩他和他的一大堆心事夜不能寐。

朝朝暮暮，关关难过关关过，步步难行步步行，夜夜难熬夜夜熬。他多想把自己挂在衣架上，好好晒晒全身的疲惫呀！但是，即使心中汹涌着一条汉江，汪佳伦也不让一滴泪珠流出来。他要把寂寞坐断，苦涩尝遍，伤痛过尽，亏责全担。他就像一只通人性受了伤的动物，独自躲在暗洞里舔自己的伤口。

羊亡了，也该补篱笆了。经过近两年的逐笔逐项清理，汪佳伦把杨诺用公司名义以两分的利息贷进，四分、五分的利息贷出的所有款项区分清楚后，把借款连本带息全部还清了。整个处理过程风平浪静，没给当地政府增添诸如上访告状之类的任何麻烦。至于杨诺贷出去的高利贷及担保单位的债务，大部分都成了死账，但最起码把问题搞清楚了，汪佳伦心中有数了。与建行北城支行房屋置换的官司也在紧锣密鼓推进。

二〇一八年，扫黑除恶冲锋号吹响。沆瀣一气，蝇营狗苟，是黑恶势力与保护伞两者之间的脸谱。中央要求依法严惩，打早打小，除恶务尽，对保护伞连根拔起，共筑朗朗乾坤，海晏河清，风清气正。向阳市委市政府全民动员，重拳出击，扫黑除恶专项斗争迅速取得阶段性突破。

过去有头有脸的所谓江湖大佬、富豪巨贾，由于涉黑，基本被一网打尽。抓的抓，捕的捕，逃的逃，而汪佳伦与上述情形一概不沾边，不少人有些不解。只有汪佳伦自己心中有数，闯红灯的人只有两种后果，要么比别人快一秒，要么比别人快一辈子。他永远都不会闯红灯，绝不会为了谋求不义之财，而选择放弃良知，违背道德底线，甚至做出一些违法乱纪的事情。他永远都是一尘不染、干干净净做人。

汪佳伦在处理公司业务的同时，还于二〇一八年十二月随国家领导人参加了在法国举行的中法财经对话会，随后又参加了在海南三亚召开的第六届中国企业家发展年会。会议期间，汪佳伦与多位知名企业家座谈交流。与一位传奇大佬见面时，汪佳伦引用《尼克松传》中的一句名言与对方分享："失败固然令人悲伤，然而，在人生的旅途中，最大的失败在于，既没有胜利，也没有失败。"

二〇一九年六月，汪佳伦随中国经贸考察团访问了日本东京和横滨，出席了在东京举行的中日企业合作交流会。回国后，他作为江北省观赏石协会副会长，接待了参加向阳"石圣杯"精品石展开幕式的中国观赏石协会领导。

八月七日星期四，这一天是蔡天问的生日。原本八月九日星期六举行的向阳花开救援队例行会餐，因此改为八月七日晚。晚上六点,汪佳伦准时赶到救援队食堂。大家正在打麻将,他打了个招呼后,坐在沙发上喝茶。这时,他明显感觉头晕脑涨,心里发慌。他只好半躺在沙发上休息,但仍然很不舒服。实在支撑不住了,他就拿出两千元红包,让赵运来转交蔡天问,然后悄悄让司机送自己回家休息。

到家躺下后,他感觉头晕得厉害,就打电话给向阳市第一人民医院纪委书记余林,余书记让汪佳伦赶紧到医院,他安排医生在医院门口等候。

汪佳伦赶到医院后,余书记和医生立即让他躺到小推车上,人不要动,马上推进CT室检查。当即要求他住院,因为头部血管堵塞破裂,已有出血点,必须马上手术。经检查还发现,他的心血管也堵塞了百分之六十,待脑血管手术一年后,要再做心血管手术。

市第一人民医院立即联系了省协和医院,邀请最权威的心脑血管专家进行网上视频会诊。最后,省协和医院选派陈刚教授当晚赶到向阳,并于第二天早上八点钟,给汪佳伦做了脑血管微创手术。苏醒过来后,陈刚教授告诉汪佳伦,手术非常成功。随后安排他先到重症监护室观察,再转到普通病房。

总是错把身体赌明天的汪佳伦,如"老牛卸轭",终于再也拉不动车了,倒下了。他终于明白,世界上最奢侈的奢侈品就是健康。

转到普通病房后,汪佳伦对看望自己的亲朋好友开玩笑说:"我现在是真正的'两院院士'了。"大家不解,他笑着解释说:"疾病缠身在医院,官司缠身在法院,是不是'两院院士'?你们可要爱惜好自己的身体，因为零件不好配，贵。有钱也不一定有货。"

亲友们哈哈大笑，总算放松了一些。

汪佳伦在医院治疗十五天后，顺利出院，回到了家中休养。

远在大洋彼岸的安莉，得知佳伦生病住院，立即飞回国内。她在省城看过母亲后就赶到向阳，找到汪佳伦的家。

在和保姆打了个招呼后，安莉直接走进了佳伦的卧室，一把抱住佳伦，未语泪先流。哭泣是精神忍受不了痛苦，向肉体的投降。安莉放声大哭，撕心裂肺，仿佛要将一辈子的泪水宣泄干净。

安莉说："一九八九年出国，至今三十年了，我每时每刻都在想你。今天，我终于见到你了，你没有变，还是那么率真、高大、细皮嫩肉的大小伙儿一个，岁月的齿轮仿佛没在你身上碾轧过。"

汪佳伦执手相看泪眼，竟无语凝噎，情浪翻滚。两人紧紧地拥抱在一起。他们曾说过再见，说过永远，也说过道不尽的离合与悲欢。而今，必须要温暖向阳，踏着平凡而坚实的脚步精彩前行。

老天爷眷顾看似坚强、实则脆弱的善良可怜人。随后的日子里，安莉每天亲自下厨给汪佳伦做可口的饭菜，手拉手陪他到楼下的汉江边散步，捡拾光阴里曾经遗失的美好。他俩"掬水月在手"，从汉江水里捞起湿漉漉的诗，享受着人生的浪漫时光。他们一起哼唱当年的流行歌曲《春光美》：

我们在回忆
说着那冬天
在冬天的山巅
露出春的生机

我们的故事
说着那春天
在春天的好时光
留在我们心里

我们慢慢说着过去
微风吹走冬的寒意
我们眼里的春天
有一种神奇
…… ……

万人宠，不如一人懂；万人追，不如一人疼。"爱可以移动高山"，温柔永远是黑暗世界里永恒的光。汪佳伦的身体恢复得很快，他们一起赶到佳伦的老家蔡营，拜谒了爷爷奶奶的坟墓。而后游览了古隆中、习家祠、米公祠、鹿门寺，专门造访了佳伦十三岁时曾经做小工的野山冲林场。汪佳伦特意给安莉讲述了他和杨阳认识的经过。难忘的初恋，缝缝补补又有了酸甜的味道和温度。

他们还专门到向阳花开救援队看望队员。回到家，安莉问佳伦："那个长得烟熏火燎的蔡天问，还是你们救援队的队长？"

　　"是呀，他当兵出身，也是我的发小同学。原来在四川生活，唯一的儿子投奔姑奶奶到美国遭遇车祸去世后，他妻子悲伤过度，精神恍惚，掉进河里淹死了。他孤苦伶仃，回到了老家蔡营，以杀猪宰羊为生，整天喝酒打麻将。我看他可怜，就把他安排到救援队，他干得怪起劲儿。"

　　安莉说："那你也肯定认识黄克诘哟？"

　　佳伦说："认识，你也认识黄克诘？"

　　安莉说："蔡天问和胡又多是战友。蔡天问一脚踹了黄克诘，黄克诘到处找不到，就跑到北京找胡又多。胡又多确实也不知道蔡天问在哪里。这个做糖不甜做醋酸的女人，为了报复蔡天问，就把她听蔡天问说的我和你谈过恋爱的事，添油加醋告诉了胡又多。胡又多心里像塞了一团猪毛似的乱糟糟，人性的丑恶嘴脸就暴露了，非要把美好的东西撕碎。他就威逼殴打我，要我说出和你的关系。"

　　汪佳伦说："原来黄克诘是罪魁祸首！算了，不说这些了，知道事情真相就行了。一个人跑步没有问题，但遇到一个故意使绊脚的坏人，跑步者就容易摔跤。"

　　"大千世界有好人，就会有坏人，有善良就会有邪恶。尽管坏人会把人生吞活剥，坏到吃人不吐骨头的地步，但这个世界从来不缺善良的人，缺的是历经挫折打击背叛后，仍然善良的人。你就是一个非常善良的人，并且是一个站在精神和灵魂最高处的人。"安莉说。

"亲爱的，谢谢你告诉了我真相，让我们从此彻底和过去告别，去拥抱属于自己的世界和生活。"汪佳伦意犹未尽。

"佳伦，你说得很好。'从来没有人如此，贴近我的心，总有许多许多话，想说给你听。'可又真的不知从何说起。你的女儿小清很懂事，也很乖。关于你的点点滴滴，我都是从她口中知道的。真是上天对我的眷顾。那么巧，小清到美国留学，她和另一个女生租住进了我的房子。那个时候，我住的别墅，是租公司同事的房子。当我偶然间知道小清是你的女儿后，我就下决心，把房子买了下来。小清在我那幢别墅里住了整整七年时间，直到她读完研究生毕业回国。我和她相处得很好，她和我无话不谈。每每谈到你，她就两眼放光。她说，你把她从头发丝儿宠到了脚后跟儿。让人感觉，你女儿享受到了如大山般厚重的父爱。她特别为你感到骄傲和自豪，同时她也非常心疼你。听她说你，我和她一样钻心地疼。你吃的苦，遭的罪，受的委屈太多了。"安莉说着说着流下了伤心的眼泪。

佳伦帮她拭去眼泪，他竭力护着自己深爱着的安莉。

安莉接着说："你话太好说，心太软，太善良，太容易向别人敞开心扉。你从来只想着去关心别人，为别人，为单位，为国家操心，从来不考虑自己，再多的苦，再难办的事，都是自己背着、扛着。泪自己擦，痛自己扛，苦自己咽。回头看看，你是不是无枝可依，除了没人疼，全身哪儿都疼？当小清说到你的爷爷奶奶、父母、弟弟妹妹一切都是你在管，都是你大包大揽，掏心掏肺，我觉得也是应该的，因为你是老大，又有这个能力。你总是选择默默付出，从不计较个人得失。更让人不可思议的是，每年春节，你都给弟弟妹妹的小孩压岁钱，他们上大学甚至参加工作了，你还照给不误。你的弟弟妹妹包括你的弟媳、妹夫，尽管有的就是扶不上墙的烂泥，你还是千方百计地把他们向上托举。在你的关照下，他们都混得不错，都有一官半职，有的甚至当上了厅级干部。他们却连一个豁鼻子针都舍不得给，舍不得给小清压岁钱，哪怕是十元、五元。小清抱怨时，你总是说，他们要给你没让，替他们打圆场。

"说实话，善良是很珍贵的，它是心湖绽放柔媚的花朵，是装点人生华美的诗行。但善良如果没有长出牙齿来，那就是愚蠢。这个世界，你若好到毫无保留，对方就敢坏到肆无忌惮。你种下的是一颗种子，收获的就可能是一个跳蚤。如果你每天给别人一块钱，只要一天不给，别人就会恨你。如果每天给他一巴掌，只要一天不打，他就会跪谢。这也是人性。玫瑰只有带刺，才不会被人随意踩躏。只有成为一个外表带刺的人，才是成年人世界里最温柔的法则。你往往都是因为给别人撑伞，而淋湿了自己。因为别人一有困难，你就施以援手；一请求，你就答应，不懂拒绝；话太好说，不设防，总是被利用。往往使别人得寸进尺。你总是把别人的好记在心上，把别人的坏丢在风里。现实生活中，随便扒扒，兄弟姐妹给你的千疮百孔的剔骨伤痛比比皆是。树叶不是一天黄，人心不是一天凉。你过去总认为，对弟弟妹妹们全身心付出再多，也是应该的，现在回头一看，是不是全是失望和寒心？

"你知道为什么吗？首先一点，就是被自己弟弟妹妹们无休止地索取和物质精神的双重消耗。其次，就是弟弟妹妹们屡屡不领情，不懂感恩，他们总感觉你的付出是应该的，作为弟弟妹妹理所当然应该享受。他们谁读懂过你的沉默，体贴过你的艰难，抚慰过你的心伤，分担过你的风雨？尽管再冷的石头，坐上三年，也会暖，冷酷的冰也会含烫，却没有人记得你数十年如一日的操劳，更没有人将它折算成回报。他们连感恩的念头也没有，还不如一个外人。你的无私养大了他们的自私，让他们觉得，即使把你吸干榨净都理所当然。最后，失望的叠加，剩下的就只有血缘，没有任何关系了。

"越亲近的人，对你的伤害越深。你的尊严被无休止地践踏，最后只好决裂。你不觉得他们是把你的心摘下来，扔进了油锅里煎吗？你永远记住，大恩养仇人，小恩养贵人，中恩养懒人。现实生活中，有太多的人用圣人的标准苛求别人，用贱人的尺码丈量自己，甚至窃喜于恩将仇报。当然，你也有很多亲朋好友，包括一些老领导、老朋友、老同学对你厚爱有加，对你非常好，他们是你生命中的贵人。小清也跟我讲了很多。但你身边也确实有一些'狐朋狗友'，根本不珍惜你对他们的好，还一味算计你、欺骗你、伤害你。你太重感情，一而再、再而三地妥协、原谅，忍让、付出甚至到了没有底线的地步，不断上演农夫与蛇的故事。别人朝你扔泥巴，你拿泥巴种荷花。你一味给别人面子，他们本来是一只猫，也会觉得自己是一只老虎。你今后一定要远离垃圾朋友，千万不要拿好酒好菜去喂背后咬人的狗。因为你的好心热肠，最终会烫伤你自己。

你一定要清楚，狗永远是狗，但人有时却不是人。我说得有些难听，也不一定完全正确，仅供你参考。"

安莉一口气说了很多。

"安莉，你说得很好，我身上确实有一些弱点需要克服和改进。一个人来到这个世界，真的不容易。世界大雨滂沱，万物苟且而活，谁人肩上负累不多？谁不是被社会毒打了半辈子？人们不是没有眼泪，而是把苦水吞进去，含着眼泪依然在奔跑。没有人可以天天花团锦簇，包括许多成功人士，在光鲜背后，谁没有经历过深夜孤独苦熬的日子？谁没有体会过泪人不舍别离的场面？谁没有咀嚼过酸涩生活馈赠的苦难？哪一个人不是被生活吊打得鼻青脸肿、伤痕累累？但人们仍然咬紧牙关，努力使自己闪闪发光。人类本就是一个奇怪的物种，生活在地球上的每个人，都只是历史长河里的一粒尘埃，一粒小小的碳基生物而已。都有自己的不如意，只是有的人站在太阳下哭花了脸，有的人却躲在墙角旮旯里开出了花。"汪佳伦感慨道。

"无论是同学同乡，同事朋友，还是至亲至爱的父母兄弟姐妹，我的原则是，能包容就包容，能体谅就体谅，尽量多回馈、多善待，无愧于自己的良心就够了。我也清楚，老天爷下再大的雨，也不润无根草，恩恩怨怨全咽到肚子里吞下去算了。不要抱怨自己没有鞋穿，因为还有很多人连脚都没有。人这一辈子，除了生死，其他都是擦伤。真正的强者，哪个不是在夜深人静时，把心掏出来自己缝缝补补，完事了再塞进去，睡一觉醒来，又是信心百倍？这一点，我有切身体会。我们每个人,上对得起天,下对得起地,中对得起自己的良心就行了。事不三思总有败,人能百忍自无忧。我无怨无悔,珍惜拥有的,既不奢望,也不悲伤。从现在起,遗忘过去,因为昨天的太阳,晒不干今天的衣裳。放过他人,饶过自己。将好的坏的全部丢进太平洋里去,以崭新的面貌去迎接不期而遇的惊喜。我们应该笑着把所有的痛苦和心酸,都化为生活的调味品,因为只有自己的生活才是主食。只要皱纹不长进心里,就会永远风华正茂。我们要努力创造属于我们自己的幸福,健康快乐每一天。将每一分每一秒都活得摇曳生姿。你想想看,这个世界,万事万物都有终结。神龟虽寿,犹有竟时。树活千年,也有枯萎的那一天。我们谁也赢不了和时间的比赛。三千繁华,弹指刹那,百年封棺走后,皆为一捧黄沙。在死亡面前,任何人都没有豁免权。往后余生,要把长路切成小段,不必纠结所谓的漫长终点。让生命归于简静,内心清欢富足,不疾不徐,漫卷时光。把人生调成静音模式,像小草一样,多为世界增添绿色,人生才有意义。我愿你踏尽红尘,依然一笑作春温。"汪佳伦轻声细语,眼里闪着光,言有尽、意无穷。

"说得好,我应该向你学习。佳伦,生活以痛吻你,你却报之以歌。你的心胸像大海一样宽广,志向像天空一样高远。你的每一个毛孔都渗透着修内堵外的智慧和刻在骨子里迷人的谦卑、包容与善良。我爱你!"安莉燃烧到心口的烈焰,给了汪佳伦一阵滚烫的狂吻。汪佳伦像个找奶的孩子,一头拱进安莉的怀里。此刻,世界已经消失了。

"我想告诉你一件事,希望你能答应我,好吗?"

"你说,安莉,我什么事情都答应你。"

安莉说:"这几十年,我的心无处安放,没有归宿,无论在任何地方都是在流浪。无人陪我立黄昏,无人问我粥可温。我想和你结婚。我马上回美国辞职,处理掉在美国的资产,叶落归根,回来和你一起生活。今后只做一些公益慈善事业,陪你慢慢变老!"

"安莉,你就是我手心里的宝,我今后再也不会把你弄丢了。"汪佳伦理了理安莉额头前几根花白的碎发,轻声地说。

安莉说:"刚把我焐热,你可不要失言。如果你再把我丢在半路上,我该怎么活呀?"

两人相拥,柔情满怀。

经历了病痛,才对生命有了刻骨的领悟。

送走安莉后,汪佳伦因自己突然生病住院、轻叩冥府铁门,就想对一些事情提前布局,不能留下遗憾。他首先把公司工作分工到人,稳扎稳打向前推进。本着宽打宽算宽用的原则,留足公司的发展资金,然后把剩余资金进行分解。

女儿小清已经和男朋友确定了恋爱关系,汪佳伦给她留足了购房款和嫁妆钱。他将给向阳花开救援队的现金存入银行,每年可得利息数十万元,足够人员工资和日常办公生活经费。对于每年救助的贫困学生的专用账户,再注入数百万元,确保项目延续。

这时,"爱你在心口要开"大酒店总经理来电,问大年三十中午

第十章　向阳花开

的团年宴会是否还是预订在三十人的最大包间。汪佳伦告诉对方，还是预订最大包间。

二〇二〇年新年伊始，人们沉浸在节日的喜悦之中。

女儿小清电话告诉汪佳伦，她将于腊月二十七从上海飞回向阳过年，男朋友将于腊月二十七从上海飞到海南三亚，与在海南过冬度假的父母和爷爷奶奶团聚后，争取腊月三十飞到向阳一起吃团年饭。

汪佳伦非常高兴，感觉时光终于把过去的日子包装成礼物馈赠给自己，可又感觉日子步履蹒跚，每天过得很慢。在期待和寂静中如同孤单的老者一样，将时光拉得冗长而愁绵。

一个不幸的消息突如其来，新型冠状病毒感染肺炎病例出现并迅速扩散、蔓延，将他美好的春节计划撕得支离破碎。

腊月二十七，汪佳伦接到了女儿小清。第二天，小清告诉爸爸，男朋友和他的父母、爷爷奶奶商量好了，计划于腊月二十九下午从海南三亚飞到向阳，腊月三十吃团年饭，结果机票没有了。好不容易买到了一张腊月二十九上午从海南海口到临江市的机票，当天下午到后转乘火车或直接打出租车到向阳。

汪佳伦说："打出租车到向阳，那人家司机过不过年？还是我亲自驾车去临江机场接吧。"

为了安全，同时想到自己司机一年到头都没闲着，好不容易要陪乡下的父母过个年。于是，他自己开车，于腊月二十八下午提前到临江市，入住鹦鹉洲大酒店。

暮色中的江城，正褪去残雪，酝酿着新生。汪佳伦原想约几个大学同学一起吃饭，但考虑到疫情，他就独自一人在酒店吃罢晚饭看电视，并与女儿视频电话。想着即将见到女儿的男朋友，汪佳伦很兴奋，一直到深夜一点钟才关灯入睡。

第二天早上九点，他到酒店三十三层旋转餐厅吃早餐，结果发现原来熙熙攘攘的餐厅，只有他一人优哉游哉吃饭。回到房间，打开手机，所有的信息都是关于临江市当天"封城"的消息。

汪佳伦蒙了，如果封城，女儿的男朋友来不了向阳，自己也回不去向阳了，因为出城通道已关闭，所有人员都不准出城了。千万人口的城市"封城"，旷古未有。他通过视频向女儿通报了临江的情况，面对百年不遇的疫情，汪佳伦想到了两个字：责任。

责任不是一个漂亮的说辞，就像花朵必须装饰世界，雨滴必须滋润万物，作为一份厚重的成年礼物，责任早已不知不觉扛在了汪佳伦肩上。他立即打电话给蔡天问，在征得上级领导和相关部门的同意后，全力以赴组织向阳花开救援队协调口罩、药品等防疫物资，他马上给救援队打款五百万元抗疫救灾。汪佳伦当天还向临江市红十字会捐款一百万元。

汪佳伦发现，自己所带的治疗高血压和心脑血管疾病的药物已经没有了，他赶紧让酒店服务人员帮忙购买。他不敢关手机，天天紧盯电视新闻，了解临江及向阳和全国各地的疫情动向。由于疫情严重，很多病人住不上院，临江市决定紧急建设两所临时医院。

汪佳伦从电话中得知，杨凤安老师和爱人张赛琴老师、女儿杨阳腊月二十八回到了向阳，陪孙子即杨诺的儿子过年。杨阳的丈夫酷爱运动，几年前参加西北某地举行的马拉松越野赛时，突遇冻雨大风极端天气，导致身体失温不幸遇难。杨阳现在一直和杨凤安、张赛琴老师生活在一起。退休的省商业专科学校唐成夫妇，也回到了老家向阳过年。他们都迫切希望见到佳伦。

安莉从美国打来电话，给了佳伦深情问候和祝福。

南光市的孙奇，深圳的凡京生、叶哲、殷红，以及国内的亲朋好友们都向汪佳伦祝福新年，同时密切关注临江的疫情，股股暖流激荡在汪佳伦内心。

面对来势汹汹的疫情，数万医护人员白衣执甲、逆行出征；人民子弟兵冲锋在前，基层干部和社区工作人员迎风冒雪，志愿者争分夺秒抢运物资，爱心人士向疫区源源不断捐款捐物，海内外中华儿女伸出了温暖援助之手。

汪佳伦个人捐款三百四十万元，他还将准备给女儿的购房款和结婚费用二千万元，连同从自己卡上转给向阳花开救援队的五百万元，总计二千八百四十万元，全部捐出用于抗疫。爱在流淌，生的希望在升腾。灾难面前，汪佳伦和千千万万个无私奉献的人一样，都是大美之人，平凡之神！

经过三个月殊死较量，全国抗疫斗争取得了重大成果。临江从至暗到曙光，春暖花开，又成为令人向往的诗和远方。向阳市也宣布初战告捷，小清立即将好消息告诉了爸爸。

远在美国的安莉，在处理完事务之后，买到了回国的高价机票，准备隔离结束后，就回到向阳。安莉温暖的话语，使汪佳伦沉浸在幸福甜蜜的憧憬里。

四月三日，汪佳伦接到殷红电话："我和凡京生、叶哲明天一起回向阳，给过世的长辈们清明扫墓。安莉也可能这几天到向阳，你什么时候解封回向阳？"

佳伦说："正在等候通知，你到向阳后先陪安莉他们转转，一定要等我回来，不见不散！"

"好，我们不见不散！"听筒里传来殷红银铃般的笑声。

四月八日，临江市解除离市通道管控，有序恢复对外交通。安莉在电话中对汪佳伦说："佳伦，上午开车回来，我和小清等你一起吃午饭，不要着急。我想把杨阳和她的父母、唐成夫妇等喊到一起聚餐，我将当着他们的面宣布我要和你结婚的消息，行吗？"

汪佳伦说："很好，我还想邀请一些老同学老朋友一起见证，包括凡京生、叶哲、殷红、孙奇等。也请向阳花开救援队的蔡天问、赵运来、吴建设、韩雨参加。我马上把'爱你在心口要开'大酒店最大的721号包房订下来，可以坐三十个人。大家在一起好好热闹热闹，咋样？"

"太好了，遵命！"安莉喜出望外。

女儿小清说："爸爸，'721'谐音是'亲爱的'，我让男朋友也从上海飞过来，参加完你们聚会后，我们再一起回上海，如何？"

"好，非常好！"汪佳伦满心欢喜。

放下电话，汪佳伦有些难为情，因为他把原来准备给女儿买房的钱和结婚的嫁妆钱全部捐了，回到向阳怎么向女儿交代呢？他想，最好还是如实给女儿讲清楚，由原来计划的全款买房改成按揭贷款买房。

伫立窗前，汪佳伦久久凝视着临江市渐入苍茫的夜空，思绪翻飞。年过半百，他时常回忆起自己饥寒苦涩的童年，痛楚辛酸的少年，求索拼搏的青春，也不免思考星空一样深邃无常的人生。

一幕幕过往，就像放电影一样渐次入怀，快慰的是自己总能保持热爱、良善与希望，总是丹心向阳，恰如印度诗人泰戈尔的诗句："生如夏花之绚烂，死如秋叶之静美！"

图书在版编目（CIP）数据

丹心向阳 / 汪选龙著. -- 北京：中国青年出版社，2025. 1. -- ISBN 978-7-5153-7603-5

Ⅰ . I247.5

中国国家版本馆 CIP 数据核字第 20246JZ845 号

丹心向阳

汪选龙　著

责任编辑　　彭慧芝
书籍设计　　IDEA·XD 刘清霞

出版发行　中国青年出版社
社　　址　北京市东城区东四十二条 21 号（邮编：100708）
网　　址　www.cyp.com.cn
编辑中心　010-57350578
营销中心　010-57350370
经　　销　新华书店
印　　刷　北京盛通印刷股份有限公司
开　　本　710mm×1000mm 1/16
印　　张　21
字　　数　220 千字
版　　次　2025 年 1 月北京第 1 版
印　　次　2025 年 1 月北京第 1 次印刷
定　　价　98.00 元

如有印装质量问题，请凭购书发票与质检部联系调换
电话：010-57350337